角色

色X

路魃 著

海峡出版发行集团
海峡文艺出版社

后浪出版公司

目　录

鸦肉店

栖息在森林中的乌鸦，通体黑蓝，肉质膻臭。用平底锅来煎，佐以薄荷，肉微酸而苦涩，尚能下咽。为了调和肉中的腥臭味，荒木和他的妻子阿庆已经尝试过无数种配方。多年前，两人就在街道边开了一家鸦肉店，向客人们提供这种不寻常的肉食。

阴雨连绵的三月以来，一股臭味像尸衾般缠绕在屋子里。因无法忍受这股臭味，荒木多次从睡梦中醒来。凌晨，他扯亮电灯，像只猫一样，低头嗅来嗅去。可是臭味无处不在，飘忽不定，总找不到一个确切的源头。这种起因不明的臭味，正以令人难以忍受的特殊质感，如腐坏的内脏，或沤馊的木头，在屋子里聚集起来。荒木翻遍了家里的角落，频繁的弓腰动作令他的心脏很吃力，像根弹簧那样跳动着。晨光透过窗户时，荒木在窗户底下的一个铁盒子里，发现了一团黑色的东西。

是一只死乌鸦。窗户玻璃上的破洞提醒了他：这只死乌鸦，就是上个月撞死在窗户上的三只乌鸦中的一只。荒木撑起身子，去抽屉里拿了根蜡烛，点着，颤巍巍地凑到铁盒子上面。一小团烛光艰难地填满了铁盒子内部。

乌鸦萎缩得几乎只剩骨架，黑不溜秋的；羽毛被虫子咬掉了许多；翅膀以违反生理结构的角度扭曲到背上，可见那一次撞击的力度有多么大。荒木凑近一点，想看清楚些，找个方法把死乌鸦取出来。他不想把铁盒子也扔了，因为物价上涨了很多，店里的支出越来越大。庆幸的是，乌鸦数量很多，杀不完，他因此可以省去一笔食材费用。由于成本低廉，很多有商业头脑的人，都尝试过开张鸦肉店，但大多数都因为无法去除鸦肉中的臭味，纷纷宣告停业。许多尝过荒木家的鸦肉的人，都知道鸦肉中加了薄荷，由此模仿的人不在少数。尽管如此，成功的人却一个都没有。

三年前，荒木和妻子把鸦肉店搬到森林中，在那儿重新搭起了一间小木屋。妻子曾担心，鸦肉店搬远了，客人免不了会减少。但那些钟情于乌鸦肉的客人，依然络绎不绝地来到小木屋。对他们来说，只不过多走几步路罢了，鸦肉店的生意这才得以继续下去。

蜡烛的光线一直在晃动，荒木揉揉模糊的眼睛。这时，一股更浓的臭味从铁盒子里涌出来，把凑过去的荒木熏得天旋地转。等妻子醒后，荒木便埋怨起来。

"上次那三只死乌鸦，有一只落在咱家了。你怎么就任它在这里臭熏熏的呢？你没有闻到臭味吗？整个月的好心情都没了。上了年纪，什么都难啊。"荒木试图用棍子挑起那只死乌鸦。由于血液凝固了，整只乌鸦都死死粘在盒子底部。

"它爱死在哪儿，就死在哪儿。这种事不是我们能管的。"妻子从卧室里走出来，"这森林里的乌鸦本来就臭得要命，要不是我知道怎么煮，连狗都不吃这臭肉。"

"你好歹多加注意。臭熏熏的总不是办法，会吓跑客人的。"

"我把注意都放你身上啦。你这几年患风湿，谁照顾你的？还不是我吗？"

"好吧。我感觉自己快死了，这种事我比你更清楚。"

三只乌鸦撞破窗户后，荒木就预感到，死亡将不远于他。风湿不会一下子要他的命，让他感到害怕的，倒是无处不在的臭味。他好不容易把乌鸦从底部刮走后，臭味还萦绕在屋子的每个角落。他闻闻自己的手臂，舔一舔掌心，看臭味是不是从皮肤下渗出来的。

三只乌鸦的事发生在二月末。那天清晨，乌鸦在低鸣，荒木很早就醒了，上了七十岁后，他总是睡不长。妻子在睡梦里轻微抽搐，她像一只虾那样，蜷缩着身子，从被单下露出半个头。他就着微亮的光辨认，已是清晨六点。窗外的树林被晨雾笼罩，能见度不高。雨雪不来，除了乌鸦，其他的鸟类都不再鸣叫，在整个森林中，舒展开幽暗之感，如一张绵长、不透风的纱布，缠绕着每个夜晚。

荒木打算托人去买一把电锯，锯掉湖畔枯死的水杉，储备木材，以备下一个冬天的来临。他推开门，去湖畔取水。他在那儿修建了一座木桥，往湖面延伸了大概十米。一条小木船撞着桥墩，吱嘎地响。

乌鸦聚集在枝丫上，转动着头，眼里透着苍凉和怪异。太阳刚升起，一缕光线挤进了树林里，在稀薄的日光下，乌鸦的羽毛蓝得像宝石。荒木通常不在自己家门前打猎。太阳再升高一些时，他拿起猎枪，走进树林。走开十几米后，荒木突然听到了玻璃破碎的声音。妻子也叫了起来。荒木匆忙返回，只见三只乌鸦撞破了窗户的玻璃，三个身子一同塞进了玻璃洞里。玻璃碎片扎进它们的身体，宝石蓝的羽毛参差不齐，像箭一样，击中它们的身体。它们不再挣扎了，只是微微喘息，爪子蜷缩成一团。

妻子烦躁地把乌鸦从窗户上拽下来，丢进湖里。乌鸦沉入湖底之前，血在湖面染开了一朵小花，很快被涟漪冲散。妻子吸一口冰凉的雾气，让自己冷静下来，接着钻进屋子里，乒乒乓乓地捣鼓起餐具来。特别是春之临近，她对失踪儿子的思念越发强烈。这么多年来，她一直梦见她的儿子。

他们是在那场骚乱中跟儿子走散的。孩子当时五岁，要是还活着，如今也三十好几了。每个冬天，她都买些毛球回来，坐在火堆旁，织起毛衣。"要是他回来了，衣服的尺寸肯定不适合吧？"她面露难色，举起织了一半的毛衣。于是，她又把毛线拆了，加大一号，从头开始编织。

他望进屋里，妻子正为没有食物做早餐发愁。荒木记得，角落的笼子里还有几只乌鸦。他拿起猎枪，朝角落射了几枪。子弹的火星猛地闪烁几下。妻子被这枪声吓得尖叫。

"好了，这下有吃的了。"荒木把猎枪重新挂在肩上。

"你疯了吗?"妻子说。荒木低着头,擦了擦猎枪,转身离开:"你收拾一下吧,客人要来了。"烹饪乌鸦肉是个艰苦的过程,肉不容易煮烂,常常要提前一个多小时来准备。而后,荒木又加了一句:"咱都明白,他是不会回来的了。你清醒一下吧。"

"我很清醒!"妻子说,"倒是你,除了耍枪,还会什么?"

乌鸦血沾染在玻璃洞四周,呈喷射状,已经凝固。树林里,充溢着暴雨来临前的冰冷。空气从玻璃洞挤进来,发出哨子般的呜呜声。这个偶然的小事件让荒木大为不快。

这个月以来,死亡的忧虑总是伴随着臭味出现,阴魂不散。有时,荒木在树林中逗留大半天,也不打猎,只为躲开那股臭味。他坐在树底下歇息,乌鸦在树丫上聚集。从远处看,他的头上仿佛停了一大块乌云。

多年前,那个布满瘟疫的黑夜,他们从城市逃出来,一群惊恐的乌鸦在他们头顶飞过,消失在一阵狂风中,化作片片乌云。然后,妻子发现自己牵着的,根本不是自己的儿子,而是一个长着黑脸的小老头。她将那个小老头推开,冲进人群,叫唤着:"儿啊!你快出来!妈在这!"

"他是鬼差,趁乌鸦飞来时把咱儿子带走了。我还牵着它冰冷的手啊!"妻子断言。荒木已经从丧子之痛中缓过来了,只有妻子一直活在长年累月的思念中。阿庆也担心这么下去,自己会彻底崩溃,鸦肉店的生意也会受到影响。毕竟,去除鸦肉腥臭味的真正配方,掌握在她手里。她不透露配方给丈夫知道,是缘于失去孩子后的某种惊疑,担心丈夫知道配方后,她连在家里的地位也一同失去。

树林里晦暗如夜，太阳似乎再也升不起来了。乌鸦在寄生藤遍布的树顶上出没，像一团团迅速掠过的影子。翅膀声很大，此起彼伏，看来乌鸦数量很多。荒木抬起猎枪，怎么也瞄不准一只乌鸦。放两枪，打下来的却是落叶。

今天大概不能做生意了，荒木叹了口气。

他只好向外走，先到医生那儿给他妻子买点抗抑郁的药。说不定她得的就是抑郁症啊。荒木觉得脑袋肿胀，路走也走不完，来到森林边缘时，竟是黄昏了。自己在林中逗留了多久？大半天？竟无知无觉。一阵轻微的刺痒引起了荒木的注意，是他的脚，有什么东西在蠕动。不知怎么，他浑身湿透了，身上缠绕着一些水藻和绿苔。他掀起裤脚，恶心感马上从脚尖蹿上了天灵盖。好几条蚂蟥正趴在他的脚踝处，血吸得胀鼓鼓的。荒木把蚂蟥扯下来，腿上的眼洞像泉涌一样流着血。

荒木用树叶简单地包扎了伤口，匆匆往诊所走去。他踏进街道时，已是傍晚。街道开始营造有情调的气氛。比如，站在小剧院门前的女服务员，兜售当晚的门票，演的是一个教人如何睡觉的故事；摩天轮上的孩子都睡着了，它转了一会儿，又倒回来转；有几个和尚站在摩天轮下，慢慢吸着烟，另外几个尼姑则拼命将烟气往回吹。他像来到了别的什么地方。但那座熟悉的庙宇，仍矗立在镇中心，烟雾缭绕，那么说，这的确是原来的街道嘛。他花了很长的时间，才从这些假象般的街道事物中走出来，找到了诊所。

一进诊所，荒木就被塞在诊所里的人吓了一跳。来看病的，大多数是患有怪病的人。站在荒木前面的那个舞女，一脸泪痕，穿着体积庞大的舞服，头顶着鸡冠发饰，穿着鸡尾巴裙子。正当他为这个舞女穿着舞服来看病感到奇怪时，他发现裙子上的鸡尾巴饰物，竟长在了她的皮肤上，简直是从真正的鸡皮长出来的那样。

"这东西一旦穿在身上久了，脱也脱不掉！"舞女回过头来哭着说。

荒木连忙点头，不过有点不耐烦了。医生正愁眉苦脸，坐在他面前的，是一个屈着双手的男人。仔细一看，才发现他抱着的是一条没有毛发的狗。令人担忧的是，那只狗淡红色的皮肤跟他的手臂粘连在一起了。

"大夫，怎么办？老伴死后，我就这么抱着她留下的狗，一个月后竟……"那个男人说着就陷入了回忆中。

医生用硕大的指关节敲着桌面，对如何分离这种奇怪的连体感到疑惑。不到一刻钟，诊所里的病患都纷纷唉声叹气地离开了，原本塞得满满当当的诊所，一下空了下来。

"怎么治呢？"医生在嘀咕。

"大夫。"荒木打了声招呼。

"哦，荒木，晚上好。您夫人最近可好？"医生问。

"她——"

"嗯，我已经知道了。"医生没等荒木回答，"老样子啊，还是老样子。"

"她就想要个孩子。我怕她活不长了。"

"你也好不到哪里去。"

荒木在椅子上坐下来。医生把台灯的软柄扭了扭，抬高了灯罩，一束光直打在荒木的脸上。荒木用手挡住灯光，但医生抓住了他的手。

"张开嘴。"医生命令道。

荒木眨眨眼，勉强张开嘴。医生挤着眉头，观察荒木的喉咙。

"你的喉咙里有水藻呢。"

荒木想起自己湿透的身体，说："我刚才可能跳湖自杀了吧。"

"有可能。"医生回答，"你们这些以杀鸦营生、以鸦肉为食的人，很容易受到诅咒，出现幻觉，连累家人遭祸。乌鸦是森林女妖的鸟，本来是万万碰不得的。"医生从抽屉里拿出了一本外国的书，封面残旧，画着一张女人狰狞的脸。他拿出放大镜，研究起某些段落。

医生几乎把眼睛贴到放大镜上了，嘴里念念叨叨："女妖擅长幻化人形，通过乌鸦来传播邪恶的病毒……乌鸦的肉里有致人疯癫的毒素……千年来，女妖在森林里谋划着重返人间。当初乌鸦骚乱的出现也不是没有道理啊……"

"医生，我的腿被蚂蟥咬了好多个洞。"荒木岔开话题。

"很多吃了乌鸦肉的人都疯了呢。"医生从书本里抬起头来，继续说，"只有你们夫妻俩，敢再次经营起鸦肉店。不过看来，你们生意还不错嘛。"

"自从那次骚乱后，乌鸦肉就变得腥臭，发生了什么变异呢？"荒木说。

"是阴谋……"医生快速翻着书页，"让我找找，阴谋论啊……"

荒木低头检查伤口，那里的眼洞竟然没有了。他闭上眼睛，揉了揉太阳穴。

"她会不会得了抑郁症？可能就是这样啊！你卖这种药吗？"

"恐怕我帮不了你，最近很多人都靠吃这种药过日子，卖光了。"医生一摊手，"而且我警告你，抗抑郁的药可不能乱吃，特别是你夫人都这个年纪了。"

"难道给她搞个孩子？"

"或许吧，只要老兄你能行、她能生的话。"医生从镜片下投来暧昧的目光，"你说对吗？"

"瞎说。"荒木起身离开诊所。

早在孩子失踪的第二年，他们俩就尝试过再要一个孩子，但阿庆怎么也怀不上。到底是谁的问题，两人都没有明白谈过。

还没走出街道，荒木就察觉有个黑影尾随自己，一回头，影子就不见了。该不会是打劫吧。他加紧脚步，绕进一条狭窄的巷子，想回去诊所避一避。可是诊所的大门紧闭，窗户里灯火闪烁。透过窗帘的缝隙，可以看到医生正坐在床边。躺在床上的是一个浑身包裹着绷带的人。医生说过，他接收了一个浑身烧伤的男人，样子烧得无法辨认。看来就是那个男人了。他手里捧着几本经书，对着床上的病号读起来，时而停顿，用放大镜艰难地辨认，隔一会儿，又问那个男人感觉好点没有。医生轮流翻开几本经书，似在寻找最适合病人的段落，进行某种古怪而耐人寻味的疗法。

荒木拍打窗户，医生都没注意到他。倒是那个绷带人，举起手朝窗边指来。

月亮已经从云层后面完全露出来了，街道的石板泛着光，把每个角落都照得亮堂堂。那个黑影没有出现了，荒木长吁一口气，便朝森林走回去。

通往森林的小路有点泥泞，雾气在月光的照耀下，变得像空气中的灰尘。他觉得自己的喉咙里也充满了这种胶体。黑暗处有扑翅膀的声音。这里的乌鸦似乎彻夜不眠，夜夜交配，繁殖力极强。除了有血有肉会叫会飞之外，它们其他的特征都不像一般的生物。在他的乡下，乌鸦是死人的化身：人死后，灵魂就会化成无数的碎片，附着在尸体上，接着尸体会撕裂，跟灵魂碎片结合，变成乌鸦，在世间游荡。在老家的人看来，他开鸦肉店是在吃死人饭，死了会下地狱。

当他走近湖边时，有个黑乎乎的东西正停在露出水面的死杉上。是一只乌鸦。很大的一只乌鸦，看上去有兔子那么大。它朝着荒木的方向看。荒木向前走了几步，乌鸦的头竟也跟着转了，就这么瞪着他。他举起枪，故意把上膛声弄得很响。乌鸦挥动被夜雾打湿的翅膀，沉重地从湖面掠过，没入湖对面的森林。

他走过去，发现刚才乌鸦停留的水边，有一只胸膛被撕开的水鸭。

"臭乌鸦。"这只水鸭是自家农舍里的水鸭。农舍在湖对面，就是乌鸦刚才飞走的方向。他打算明天再去查看情况，今天实在累得没法再做别的事。

阿庆在屋里等待了一个上午，然而一个客人也没有，锅里的水一直沸腾着。她担心客人以后也不来了。她修补好被枪射破的笼子，清洗掉乌鸦残骸。碎成浆的内脏清洗起来很麻烦，费了很大劲才使那股臭味消退一些。内脏表面附着的那层脂肪是比肉还臭的东西，必须清理干净。荒木把乌鸦射碎时，她就知道麻烦事来了："发什么神经，洗笼子的可是我。"

阿庆比荒木年轻五岁，但她的脸布满了黑色的皱纹，挤一下眉头，皱纹就像一条条黑色的小溪那样，汇集起来，流向眉心。在照镜子时，阿庆留意到，自己老得太快了，脸颊消瘦后而隆起的颧骨，让她看起来比丈夫更老。

儿子的失踪是阿庆摆脱不了的噩梦，她没有告诉荒木，每夜出现在她梦里的脸，不是儿子的脸，而是那个小老头的黑脸。她几乎快忘记儿子的模样了。思念越重，对她记忆的损害也越重。假如她要保持对儿子仅有的记忆，就要彻底放下这种疯了似的牵挂，做母亲的她明白这样做的矛盾和荒谬。鸦肉店刚搬到森林的那几年，她都会到森林里晨跑，试图减轻这种受到诅咒般的情绪，但它不请自来，入侵自己的大脑，完全覆盖了自己的理性。

看到荒木回来，她稍稍宽了心，但很快埋怨起今天糟糕的生意。荒木也甚觉奇怪，这样的日子是少见的，即使在最繁忙的周一，来店里就餐的顾客也不少。

"歇歇吧，明天再算。"荒木说。

"今晚肯定是个不眠夜啊。"阿庆说。

阿庆在嚼薄荷，把碎渣含在嘴里，让自己清醒一下。

"我可能中邪了。"阿庆又说。

"我也中邪了，腿上明明被蚂蟥咬出几个血洞，过一会儿竟不见了。"荒木把猎枪整齐地挂在墙上，用布擦拭着上面的剐痕。

"我看你清醒得很呢。"

"你不知道。"

"你根本就忘了儿子。"

"他已经在天上了，说不定成了观音娘娘身边的童子。你应该觉得幸福。"

蟋蟀在湖边叫着，几只大天蛾在窗户上产下一排排灰绿色的卵。为了缓解抑郁感，阿庆在屋子里烧起了艾草，还加了些干薄荷到火里。混杂的清香很快充溢着屋子。她缓缓地吸着烟雾，安静了下来。森林下着雨，很小，只有轻微的滴答声。春天的森林夜晚是宁静的，到了夏季，就变得聒噪。阿庆斜躺在椅子上，在记忆里寻找儿子的蛛丝马迹。

"我怎么会牵着那个黑脸老头呢？到底哪里出了错？"她问。

"你中邪了，你自己也这么说的。别折腾了，睡吧。"

她察觉到，天上的云总是变得很快，或者肺部老有咕噜声，脑子里有个瘤……

"我还是回城里住比较好。"她说，"住在这里，我总是想起儿子。"

"儿子、儿子，你能别提他吗？"荒木说，此时他已经换上睡衣了，"我敢打赌，你在城里活不过三天，就会自杀。"

"你怎么可以把过去都忘了呢？"

"记得又如何？"

火堆一直烧到凌晨，阿庆去湖里取了一瓢水，浇在火堆上。

"农舍那边好像有点动静。"阿庆躺下床时说。

"我们死了一只鸭子，是乌鸦干的。"荒木半睡半醒地嘟囔着。

阿庆侧身，背对着荒木。窗外的月光透过百叶窗，有薄荷的味道。

连续几天，除了必要的饮食，荒木和阿庆就这么在床上昏昏欲睡地度过，他们为生意的惨淡在床上不停地互相唠叨，说着说着又进入了下一场沉睡中，也为没有顾客来打扰他们的平和而庆幸。荒木在房间里烧起了火堆，火很小，烧得很慢。火里烧着的是一种叫达利亚的玫瑰，是他从医生那里买来的，有催眠和舒缓紧张的作用。烧玫瑰的烟在午后的苍白反光，使他的神志像上了一艘摇摆的船，慢慢地划水，划过湖面，去往对面的农舍，赶着那头母牛，犁一片旧地；他以为事隔三十多年后，再次进入的还会是那个阴湿的迷宫，而他触碰到的却是干燥、盐碱地一般的矿洞。阿庆想象自己的体内还有一个生机盎然的花园；她吹着清脆的哨子，呼唤那些鸟儿前来她的花园，在花朵上起舞；她把红色的水管接在水龙头上，准备浇灌那些花，流出来的却是一小溜绿色的浊水。

荒木打开窗户，一股闷热的气流涌进来，湖面上的光线刺眼发白。

"好像要下雨了。"荒木摇摇妻子的肩膀，看到她裸露的肩膀在方格螺旋纹饰的被褥中，如一根枯柴。

"雨？我好渴。我梦到湖里的水都干了。"她还在睡意中挣扎。

"今天也没客人来。"

"但愿他们吃光乌鸦，一只不剩。我们的儿子就是因为乌鸦才走失的呢。"

荒木走到屋外，天上的阴云被风吹散了，雨是不会下了。天气闷热，空气下沉，又拼命向上跑。灰红的太阳掉落一束束火焰，他站在高处，看到医院的贴瓷外墙、低洼地带的瓦屋顶，像是一张银幕，闪动着太阳火。

雨还是下了，在半夜时分。荒木把椅子搬到后门的走廊上，坐在那儿。梅子酒有点辛辣，这倒驱散了荒木的睡意。随着这场雨的来临，森林的雾气也退去了。

吵醒他的是小路尽头的脚步声。荒木睁开眼，发现已经是黎明了。他的身上披着几片黄叶，衣服凝结着露水，酒杯中横浮着一只死甲虫。他在这里睡了好几年似的。从路那头走来的男人们一脸困惑，衣衫不整。那是几个常客。

他本想前去开个玩笑，埋怨他们好几天都不来店上，却被他们抢先一步，对自己吐了苦水。他们在那个教人如何睡觉的剧场上演的晚上，打算来鸦肉店就餐，进了森林后，却起了雾，原本熟悉的路不见了，他们在莽莽藤蔓中迷了路。

"怎么会呢？"荒木给每个人都递去了一杯梅子酒，"我那天晚上很快就从镇上回来了。"

"听说乌鸦聚在一起，能产生一种扰乱人神志的磁场。"药材店的老板说。

"是乌鸦让你们进了一个幻觉里走不出来？"荒木问道。他想起了那天晚上消失的蚂蟥血洞和尾随的黑影。

"的确有这回事啊。"另一个卖高仿古董画的人说，"我一个外地的画家舅舅画过一幅乌鸦国画，你们没见过就不知道那有多神似啊。飒飒的蓝羽毛、硕大的鸟喙，最厉害的就是那双眼珠子，像针一样盯着画外人呢。有些乌鸦站在枯树上做飞腾状，又似俯冲而下。舅舅画完后还邀请了镇上的人去他家观赏。可是第二天，那幅画里头的乌鸦全部消失了。最初舅舅怀疑是买了伪劣墨水，可是题的字还在啊。他用放大镜在纸上辨认，原来画有乌鸦的地方连水印都没有留下。纸上乌鸦就这么凭空消失了。不仅如此，他发现自己的名字也不见了。几天后我舅舅就死在了画前。"

荒木把杯子里剩下的梅子酒饮尽。在座的人猜测，乌鸦是从画里复活了，还带走了作画人的灵魂，跟乌鸦沾上关系的，都逃不出噩运。

"那你们还来这儿吃乌鸦肉？"荒木问。

大家就笑着不说话了。荒木走进卧室，叫醒妻子。

"客人来了。"

阿庆一骨碌从床上坐起来，径自走到梳妆台前，给自己抹了唇膏，打了粉底，梳好头发，接着默默走出门去。

"你今天要去参加哪个孩子的婚礼？"荒木问。

"没人结婚。干吗这么问。"阿庆正在架子上挑杀鸦用的刀。

"那你化妆给谁看？"

"没谁。难道等死的那天，才雇入殓师给我化死人妆？"

阿庆打开笼子，两只手分别抓住一只乌鸦的大喙和爪子，像拗断木条那样把乌鸦反着拧过来，然后把它们抓在同一只手里，用另一只手割喉放血。

笼子里的乌鸦关了好几个星期，变得萎靡不振，羽毛稀疏。妻子根本不用费这么大的劲，她这么做好像是为了表现自己的状态还很好。荒木觉得妻子睡了一觉就变得古怪了，蛮不讲理，不认老。

阿庆进厨房前把帘子放下，防止外人偷看。

帘子落下时，妻子的脸如同被抹掉般从他眼前消失，他有种被嫌弃的感觉。这些年来，他忍受屈辱，妻子并不知道把帘子放下以为这样就能防止丈夫偷看她的秘方的行为，是对他的侮辱。至少在荒木看来，这是对他的味觉的侮辱。第一次吃到经妻子成功处理过的鸦肉时，他就尝出来了，那种不同于乌鸦肉本身的苦涩发臭的味道，是胆汁的味道。外界的人一直把这种胆汁残留的苦涩味，当成是乌鸦肉臭味经淡化后的味道，其实不然，这是胆汁经过药材——特别是干薄荷——处理后的余味。发现乌鸦胆汁能去除乌鸦肉的腥臭味，是一个意外。当时，妻子在去除内脏时把胆囊割破了，绿色的胆汁很快就浸润了乌鸦。她把乌鸦放在一个碟子里，准备扔掉。当她在傍晚才想起这碟被胆汁污染过的乌鸦时，已经过去了五个小时。家里的肉不够，她索性煮来尝尝，意外发现乌鸦肉的腥臭味已经淡了不少。妻子发现这个秘密后，有意无意地对外谎称，内脏是乌鸦最腥臭的部分，必须扔掉。殊不知，臭味的解药，正被包裹在那一团小小的内脏皱褶中，是一颗小小的胆囊。

门口走廊上的客人还在说个不停。荒木叫他们进屋里坐，屋外冷，雨还会下。但那几个男人似乎没有听到他讲话，沉浸在脱离了世界的对谈中。他这才发现这几个人脸色苍白，身上湿漉漉的，衣衫褴褛，还有泥巴。

"那么，请问鸦肉要怎么煮呢？"荒木问道。

"清蒸会不错。"

"卤水鸦吧，这个好吃。"

"不不，红烧！"

"椒盐！"

"这样吧，我们最近推出了一个新食法，乌鸦刺身。"

药材铺的老板被吓了一跳，几个人交头接耳地讨论一会，便说：

"那就来一份吧。"

荒木撩开帘子，看到妻子正把放了血的死鸦扔进沸水里搅拌去毛。

"阿庆，来一份乌鸦刺身。"

"好嘞。"隔了好一会她才回答。

厨房里充满了腥臭的水汽，妻子搅拌乌鸦的身影像一个女妖在蒸煮小孩。她真的中邪了，荒木想。妻子给乌鸦拔毛，湿漉漉的乌鸦如一团从沼泽中挖出来的烂树根。她剖开乌鸦的肚子，两手抓住，往两边一扯，把它的胸腔扩大，然后小心翼翼地割掉内脏和腔壁之间的脉络，把一团小小的内脏掏出来。她在肝脏旁边找到了那颗小小的胆囊，用指尖托着，轻轻放在洁白的瓷碗里。乌鸦剥净羽毛后，晾在另一个瓷碗里。妻子用小针刺破胆囊，绿色的胆汁流出来。荒木觉得那更像脓液。妻子把胆汁浇在乌鸦洁净的肉上，胆汁顺着乌鸦的脖子、翅间流淌开来。她用刷子均匀地把胆汁涂满整只乌鸦。薄荷、茴香、罂粟籽等香料已经准备好了。荒木从未像现在这样，对妻子的烹饪方法产生了如此深的厌恶。

妻子把头朝帘子这边转了过来。荒木立刻把帘子放下。

"你怎么敢偷看！"阿庆发出一声尖叫，然后继续侍弄她的食物。

约莫一个小时后，阿庆从厨房走出来，端着一盆肉。她把碟子往桌上一丢就离开。

"这是什么东西！"

"太可怕了。"

听到顾客的叫喊，荒木走过去，发现那盆乌鸦刺身的碟子中央，有一颗乌鸦头，摆在一块豆腐上。乌鸦头好像是被硬生生从身体上撕扯下来的一样，断口处的皮破碎、不齐，凌乱的短毛还滴着水，发白的眼珠了无生气地瞪着桌上的四个人。乌鸦肉被削成薄薄的一片，一片叠一片地沿着瓷碟排开，如此精致，与那个乌鸦头格格不入。

"阿庆，这刺身怎么回事？"荒木质问。

妻子像梦游一样，晃悠悠地转身，把乌鸦头抓在手里，往外一扔，它就滚进了蕨丛中。荒木连忙向他们道歉，端来了醋和酱油。

药材铺老板用筷子夹起一片深褐色的鸦肉，蘸着碟子里的醋，然后放进嘴里，牙齿咀嚼下去，发出清脆的嘎吱声。古画商人也夹起了一片肉，他对着苍白的太阳，细看肉中的纹理。另外两个顾客也埋头啃肉。

这时，荒木听到了迅速靠近的噗噗声——几只从天而降的大乌鸦重重落在桌上，用翅膀扑打食物。四个顾客怪叫着掀翻桌子，冲到小路上，像一阵烟般消散在森林的黑暗中。

阿庆此时正在窗口上撑着下巴，看着湖对面的小农舍，若有所思。荒木退回栏杆处坐着，从那四个人熟悉的逃跑姿势里，他回到了记忆的开始，有一条时间线索，从乌鸦骚乱的动荡夜晚，延伸至今，给他的生活打上死结，他的生活变得像一堆烂肉，发着恶臭。当年饲养在大棚的乌鸦，肉本是甜美、鲜嫩的。直到那天，乌鸦咬破大棚屋顶，像飓风一样，从山谷边朝镇上聚集。第一天，乌鸦停在郊外的枯树上，黑压压的，荒木还以为那是一片片树叶。到了第二天，乌鸦已经遍布了市区内所有的建筑物。人们保持着平常心，认为那只是一场简单的逃逸、一道自然风景罢了。很多钟爱乌鸦肉的市民，还纷纷拿出渔网来捕获乌鸦。第三天，鸦群组成巨大的旋涡，降落在人们头顶，城镇的模样从他的视线消失。"女妖重返人间！""人类都上当啦！谁吃乌鸦，谁就是出卖灵魂给女妖！"镇上的人开始往森林里逃跑，并放火将并排的数十座的乌鸦养殖棚烧了。整整三夜，夜空通明。像完成了一场突袭，乌鸦连夜飞进了森林，从此变得腥臭。

　　荒木就此打住了思绪，收拾起地上的残羹。这时，他看到一个人从树林后走出来，是医生。医生穿着一身黑衣服，眼镜被露水打湿了。医生来这是要告诉他，昨天森林里发现了几具尸体，希望夫妇俩能在下午出席葬礼。荒木点头答应了。

　　得知要参加葬礼，阿庆又开始化起妆来。

　　"一个葬礼罢了，朴素点好。"荒木正试穿一件陈旧的西装。阿庆没搭理他。他们在下午四点时，穿过森林，去到镇广场。几具棺材就摆在广场中央，参加葬礼的人稀稀落落地站在店铺的阴凉处，等主持葬礼的人出现。那时，医生正坐在米店的门口。荒木先是从左往右地看了一眼棺材里的人，然后走到医生跟前。

　　"他们怎么死的？"荒木问。

　　医生耸耸肩："不知道，死了有一个星期了。"

　　"可是，这四个家伙上午还来我店上吃饭呢。"

　　午后苍白的太阳让荒木进入了某个白日梦里，又好像是今早的某个回忆片段：在那里，四个人的头都蒙着一团雾，他们的轮廓几乎消失了，脸上的皮肤松弛、发黑；突然，其中一个猛地抬起头看着荒木，那张脸上掉下了一个眼球；一只乌鸦飞过来，叼走了它。

荒木胸闷欲吐，感到一种不祥的气息正笼罩着广场，空气里弥漫着鸦臭味，连阳光都充满了危险。他拉着阿庆，匆匆离开了。

　　走在森林泥泞的小路，阿庆在令人困倦的迷雾中说着梦话。荒木也晕乎乎的，攀过起伏的树根，脚踝几次卡在里头。他卷起裤腿，一条条蚂蟥错落有致地攀附在小腿上，看起来像穿了一只湿透的、会呼吸的袜子。"阿庆，你看，这是蚂蟥吗？""是小蛇，缠在那儿呢。""那我得保持这样的姿势走路，以免激怒它咬我。""反正你都快死了。""我们要到农舍看看。"

　　荒木牵着妻子上了船，划船时，他看到水底下游过一个庞大的阴影，像某种水怪。上了岸，荒木把船拴在码头上。阿庆跄跄地从船上跳到岸上，她打开农舍的门，农舍里很寂静。她燃起蜡烛，吓了一跳，因为那头母牛正站在她面前。她挥手驱赶母牛。荒木赶过来，把它牵到干草堆那里，抚摸它的头，"别吓着它，受惊后它会停止产奶的。"荒木并不喜欢吃乌鸦肉，所以他坚持养了母牛和鸭子，给家里提供一点牛奶和鲜肉。荒木走进鸭圈，伸手到黑暗的角落抓鸭子——一只鸭子都没了！

　　"鸭子都不见了。"荒木用蜡烛四处寻找。

　　"老头，你看，那是什么？"

　　一团肉色的物体正横在农舍的角落，像一只足有人那么大的鼻涕虫。等用蜡烛看清了，荒木才认出那是一个赤裸的男人。他面对着墙，背部和手臂都受了伤。荒木戳戳他的背，他机械地拧过头来。在不大的光圈下，荒木看到一张苍白的脸，满是鲜血的嘴叼着一个鸭子头。荒木退后几步，发现他身下有几只断了头的鸭子。这男人约三十岁，呆呆地看着两人。

　　"是跟死掉的那四个人一伙的吗？他疯了吧？"阿庆远远地站着问。

　　"说不准。先送到医生那儿吧。"

　　"不行不行！咱得带他回家。"

　　"他需要治疗，带回家干什么？"

　　"万一人家说他是吃我们家的乌鸦肉疯掉的怎么办？你说对吗？"阿庆说，"咱先照顾他，等他恢复了，再送到镇上吧。"

　　荒木把男人背起来，冰冷的皮肤让他吃了一惊。在小船上，那个男人沾满鲜血的嘴对着空气咂巴咂巴的，他全程看着森林的上空，仿佛怀念起某种过去的生活。他对飞过的乌鸦的叫声产生了回应，胸腔内发出咕噜噜的气泡声。

　　阿庆用温水帮他洗干净了身体，擦掉嘴边的血。两人抱他到床上，替他盖上被褥。傍晚，屋子里点上蜡烛，他的气色慢慢恢复过来了。阿庆坐在床边，给他递去水和面包。他把鼻子凑到面包前闻闻，然后继续躺了下去。有一种奇怪的笑意隐藏在那张看似毫无表情的脸上——察觉这一点后，为了驱散这种紧张感，荒木在屋子里又燃起了一根蜡烛，试图让周围亮堂起来。

"老头,你说他像不像咱儿子。"阿庆说。

"不像。"荒木回答,"我先去农舍检查母牛有没有受伤。我迟点带它去找公牛配种。过不了多久它就能为这个家产下一头幼崽了。"一听到儿子的事,荒木就借口走开。

阿庆翻过他的耳背,有一块红色斑纹:"你仔细看看吧,这是他的胎记!"

"凑巧罢了。"

雨又下起来了,烛光在房间里慢慢晃动。等荒木走开后,阿庆用手抚摸他那张有烛光浮动的脸。阿庆想象着自己的儿子长大后,就是长得这么俊的吧:轮廓硬朗的脸,有神的黑眼睛,连身上的毛发都那么有光泽。男人躺在床上不说话,只是看着阿庆笑,笑得那么好看。

他学会笑了啊,过几天得教他说话,阿庆想。

"儿呀。"阿庆有点难为情地叫了一声,但她沉浸在美好的幻想里,接着很自然地又叫了一声,"我的乖儿子啊,我知道你会回到妈身边。"

一会儿,阿庆给那个男人换上了丈夫的衣服。

"他恢复得不错。"妻子说。

"是不是该送他到镇上了?"荒木打量这个只会微笑、却笑得很阴沉的陌生人。

"还是先把他留在这住吧。"

"我们连他是谁都搞不清楚,就留下来?你想想他做的可怕的事吧。"

"你这什么语气？他是我们的儿子，他回来了——你还不知道吗？"

"别开玩笑了。待会儿我就去镇上叫警察来。"荒木在男人和妻子中间坐下来，把妻子挤开，问那个男人，"你是谁？再不说我就要报警了。"

男人还是笑着不说话，荒木心里被那双黑色的眼珠吓着了，简直像两个黑洞。

"他不会说话，别再逼他了！"阿庆推开荒木。她把那个男人搂进怀里，亲吻他的头发："在那个夜晚走失后，他就一直在森林里过着野人的生活啊，没人教他说话、没人教他生活，吃着生肉，我可怜的孩子。"

荒木退到门口。这个男人就要取代他的位置啊，穿了他的衣服，抢走他的妻子。荒木拉着妻子，走到后门的庭院。那儿有一棵樟树，樟树下有一个小土堆。阿庆哭了。"娘们，哭个屁。"荒木拿起铲子，挖开那个土堆。他用余光注意到，樟树上竟站了一排乌鸦，每只都低下头来看他，转动小脑袋。十分钟后，他从坑下抱起了一个东西，塞到妻子手里。

"看吧。"

阿庆抹干眼泪，发现手上的是一个骷髅头，小小的一个。她浑身一抽搐，就把它甩到了湖里，发出沉闷的落水声。

"这是什么？你好恶毒，竟然这样骗我？我不把配方给你是对的！"

"他在那个夜晚就心脏衰竭死了。你牵着的黑脸老头，就是我们的儿子啊！他得了早衰症，你不记得？要不，我叫医生过来给你说说？这些年你到底犯了什么失忆病？"

阿庆瘫倒在树下，声嘶力竭。这时，那个男人赤着脚走出来，扶起阿庆进了屋。那个男人走起路来非常轻盈，像飘浮在地面上。

乌鸦"啊啊——"地叫了几声。荒木走进湖中。湖水的冷彻像锥子一样钻进他的膝盖。他弓腰在淤泥下摸索，打捞起头颅，埋进了坑里。

夜深了，钟在胡乱地敲，荒木坐在厅里吸烟。半天时间不到，那个痴呆的男人从只会对着乌鸦发声，到学会了笑，现在还主动扶起自己妻子，谁知道他下一步会发展成什么样呢？荒木不禁害怕起来，把烟掐灭，又点起了另一根烟。

阿庆躺在床上一直在听，看是否能听到她孩子的打鼾声，他的梦话声。隔壁房间躺着的，正是我的儿子呢，她想。她下床，端着烛台进了他的房间。她把烛台放在窗口，然后坐在床边，花了好一会才艰难地在他身旁躺下来。她把那双冰冷的腿伸进被子里，发现被子里更冷。她挪动身子，把胸部贴着他的背。她浑身抖了一下，那是一种比冬天的湖水更冷的皮肤啊。她只好抱住他的腰，摩擦着，尽量使他暖和一点。在他的身上，阿庆还感受到了一种与自己衰老的身体相悖的气息，与自己丈夫那副老骨头截然不同的血脉，尽管摸上去是那么的冰冷。她将他抱得更紧。这下，她分不清自己抱着的，到底是她的儿子，还是一个不存在的情人。阿庆把耳朵贴在他的背上，里头的心跳是微弱的，仿佛从遥远、幽深的底部传上来，并且很凌乱，似有很多个声音一同颤动，接着慢慢结合成一体。

一阵风吹灭了窗口的蜡烛。她伸手要去重燃蜡烛时，一只手握住了她干瘪的乳房，笨拙地揉搓，一边调整着力度。接着那个冰冷的身体压在她身上。尽管像是被一块冰压着，她也一句话没说，这一刻，他是某个比自己的丈夫强壮得多的男人，从消失的时间中，为她盗取罪恶的情欲。在月色的浸润下，她解开的睡衣下的皱纹渐渐抚平，一条冰冷的、像小蛇一样的东西，在她的腿部爬行。这是什么样的奇遇啊，阿庆的体内慢慢升起一股愉悦，整个身体如飘浮起来。

荒木在偌大的房子里，过着形同一个人独居的空荡生活。妻子整天忙着照顾那个男人，用药治疗他身上的伤口。客人来了，她就把男人藏在房间里。好几次，荒木拿枪威胁他，要他马上离开这个房子，但妻子往往挡在枪口前。荒木用枪托推开妻子，那个男人便胡乱地抓起身边的东西朝他扔去。后来，这个男人试图克制自己的情感，他放弃了扔东西这种幼稚的抵抗，拿起杀鸦刀，对着荒木。每次在妻子注意不到的时刻，荒木面对的是那个男人故意流露的充满敌意的笑容，简直跟医生书上的女妖的鬼魅笑容一样。

在这种毫无希望的对峙中，荒木感到生命流失得极快，如瀑布往一个无尽的谷底冲泻而下。事情的真正开始，或者说他的时代的真正落幕，是在八月的一个夜晚。

当时三人正在桌上吃饭。荒木瞄了一眼那个男人，发现他身上的伤口处，长出黑色的疣癍！荒木以为那是伤口结的痂，但黑色的疣癍正从各个伤口处蔓延开来，慢慢覆盖他的全身。那些黑色物质跟肉的质感无异，更像老年人脸上长的黑肉疙瘩。

"你到底是什么？"荒木扔下筷子，从墙上取下枪。

不仅如此，他的背上还长出了一双翅膀，附着细细的白色绒毛。翅膀还很小，像腌制过一般干瘪发白，褶皱遍布，与他强壮的身体比较，这更像是造物主在他身上错误拼接出来的零件，而且它一上一下地拨动着，如同某种上了发条的幼儿玩具。

这是他生长发展的另一个阶段吧？荒木隐隐猜测。

男人抬起头，流着眼泪，看着阿庆，饭食从嘴里掉下来，喉咙里发出"咿呀咿呀"的叫声。

阿庆跪在他身边，抱着他的肩膀，但极力避免碰到那双怪翅膀："老头你先把枪放下！他肯定是得了什么病。我们欠他太多了。"

"你还不知道吗？他就是乌鸦变的！"荒木把枪口顶到他的脑壳，"这是我们的报应。等这鸦人完全长大，我们的死期就到了。"

他把枪向下一指，朝男人的腿上放了一枪。血汩汩地流出来，他哀嚎着。阿庆用手捂住他的伤口，把他拖进了房间。一整夜，他的翅膀越长越大，绒毛脱落后，便长出了坚硬的黑羽。尽管目睹如此异象，荒木心里还是拿不定主意，他会是我的儿子吗？

在男人的翅膀生长的同时，阿庆发现自己的肚子也越来越大。

"老头，你看，我终于怀孕了！"

"天啊，到底发生了什么？"

荒木不得不到镇上叫来了医生和传教士。首先来的是医生，医生检查了翅膀的结构，还剪下了一根羽毛，用放大镜观察毛管内流出来的黏液，发现那的确是一种从体内长出来的翅膀。

"是返祖现象吗？"阿庆问，忧虑极了。

"人类的祖先并不是鸟。"医生回答。

"我说了，他是鸦人，是乌鸦变的！阿庆，你怎么就不信我呢？我对乌鸦的气味实在太熟悉了。"荒木与医生对视了一眼。医生迅速垂下了头，看样子很害怕，说他也无能为力，便要离开。

"医生，等一下。"阿庆在门口拦住了他，掀起自己的衣服，"你确认一下，我是怀孕了吗？"

医生看着荒木："你？"

荒木没作答，摇摇头，兀自坐下来。医生用听诊器放在阿庆的肚子上听。但什么动静都没有。医生怀疑阿庆得的是某种癌症，听说某些极度渴望怀孕的女人会自我暗示，导致肚子变大。

"这是我怀的孩子啊。你这个庸医，走吧！"阿庆护住自己的肚子。阿庆看着那个长满羽毛的男人，心想，说不定里头是鸟卵？

传教士在午夜才来到，他一直忙着帮几个新生儿受洗。

"神父！他是天使吗？"阿庆领着传教士来到房间内。

当传教士看到男人的那双巨大的黑翅膀时，他哑叫了一下，就逃了。

在那个被鸦人入侵的荒废时期，鸦肉店已经彻底关张，沦为鸦人的生养繁殖之地，生意早就成了不可企及的过去。鸦肉店周围被浓雾笼罩，人无论怎么走都走不出森林，外面的人也走不进来。

"房间里的就是鸦人，这是我们的报应。我们不会有好日子的。"

"你滚吧，这个家不需要你！"

荒木闷着气，趁着天光尚亮，牵着母牛去镇上找老朱的公牛配种。可那些路依然怎么走都走不出去。回到鸦肉店时，他对母牛配种的事已经全然不记得了，脑子里全是那个男人可怕的眼神。

阿庆天天梳理鸦人的羽毛，清理从上面掉下来的残余绒毛和寄生虫，累了后就躺在羽毛间睡过去。鸦人的翅膀已经大得占据了整一张床，他在房间里撑起那双沉重的翅膀，练习控制它，每次飞起几尺高就由于太沉重而落地。房间内的蛛网上沾满鸟的绒毛，地上铺了一层由蜕下的旧羽组成的临时地毯。才一个星期，他就已经可以飞到屋子中央了，但他对飞翔似乎不怎么感兴趣，飞起来完全是为了摆脱身上的寄生虫。

阿庆在那些羽毛间睡觉时，羽毛会长进她的皮肤。荒木在医生的诊所就见过这种无法治愈的连体了，他只好用刀子割掉它们。但不是每次都成功的，因为随着时间的推进，接近鸦人几乎成了不可能完成的任务，有几次荒木用剪子碰到鸦人的羽毛，就被他挥动的大翅膀扇到墙上。鸦人总是睁着黑洞洞的大眼睛，荒木在房间里走到哪里，他警惕的目光就移到哪里。

他的身世仍是个谜。他的生长速度快得令人难以置信，或许他就是以一个成年人的身体降临到这个世上的，只是缺了必要的智力和认知，假以时日，他就能生长成熟，飞离这个森林——要是这样就最好了，荒木最担心的是他还会搞出什么乱子来。荒木还发现了另一个现象：尽管鸦人一贯保持着阴沉的脸色，但愤怒、愉悦、痛苦等情绪可以一瞬间在他脸上出现，仿佛里头有很多个不统一的灵魂在互相侵占这张脸。

荒木看着妻子的肚子越来越大，假如那天自己和她发生关系，出现了奇迹而怀孕，那也不可能生长得这么快啊。他来到鸦人的面前："说吧，你到底做了什么？"可他只摆出一副痛苦的神情，捂着自己腿上的伤口。阿庆日夜说着同样的话，疯了似的大笑，说她肚子里怀着的，肯定是个天使。

荒木坐在角落处，研究鸦人的人形皮囊下的鸟的本质。他手里握着刀子，远远地在鸦人的身上比画着，等待恰当时机，把刀子捅进这怪物的身体，割下他的胆囊，用胆汁涂满他的全身，做一道前所未有的乌鸦刺身，以此宴请全镇的人来店上品尝。

鸦人完全无视荒木这个由于风湿而几乎不能动弹的老男人。他每日捡回来一堆堆干木，在床上搭建了一个巨大的鸟巢。阿庆像一个痴呆的育儿容器，失去正常的意识，躺在鸟巢上做梦。食物的来源已经断绝，鸦人抓住夏夜跳进屋里的青蛙，咬掉蛙头，喂阿庆吃。荒木对他说，吃生肉会害阿庆得病的。于是，鸦人拧着脑袋，试图理解荒木的意思，很快学会用火炙烤青蛙，把肉撕成小条，送到阿庆嘴里。在那些无聊的夜晚，在照顾阿庆的工作结束后，鸦人就把注意力放在荒木这个老男人身上，用翅膀末端的尖羽挠荒木的风湿腿，挠他的腿脖子。当荒木忍不住大笑起来，或者板着脸时，鸦人就用翅膀抽他的脸，似乎在研究这些面部表情到底是什么玩意儿，然后在自己的脸上机械地模仿着。他还曾把一个半生不熟的蛙头塞进荒木的裆下，观察荒木脸上的拧巴表情。

荒木既不能把他当作一个孩子，也不能把他当作一个成年人，鸦人是处于人与动物间的一个混沌状态下的人形生物吧。荒木甚至不能断定鸦人到底是一种人体的变异，还是干脆由乌鸦变化而来的——至少他没有长出鸟喙来。这也是他没有一枪射死鸦人的原因，要是出了什么差错，他就得背负杀人犯的罪名。同时出于他内心的好奇和观察的需要，或许某天，鸦肉店的营生再也不是靠贩卖鸦肉，而是通过类似于马戏团的手段，靠展览一只鸦人来收取门票。

八月的最后一夜，阿庆在房子的每个角落都燃起了干薄荷火堆。她说，到了天明，她的孩子就会出生。

荒木走进她的房间，发现门口的地上有一堆被撕碎的衣服，看起来像是因为无法包裹某个突然变得巨大的物体。在可怜的烛光下，荒木看到整个床外的空间，都被鸦人占据了，他的体型几乎比得上一头大象。荒木退出门外，取来了枪，瞄准鸦人的眉心。鸦人摇着头，望了阿庆一眼，又哀求似的盯着荒木。

荒木半闭着眼睛，扣下了扳机。当子弹穿过鸦人的眉心时，一团黑暗四分五裂，像被风吹散的乌云。紧接着，整个房间都是乌鸦，它们神情漠然，转动头颅，看着荒木。也许是烛光光线的影响，妻子的肚子看起来像个水缸那么大，足以装得下这么多年来他们所杀过的乌鸦。她的肚皮并不平滑，有很多从腹腔内部往外突起的部位，就像长了某种严重的腹下肿块。或者想想成熟的莲蓬的表面，就可以想象得到那些突起是怎么分布的。荒木稍稍走过去，那些突起就全动了起来，彼此碰撞，找到各自合适的位置后，又安静下来，仿佛在肚皮底下有很多只躁动的小动物，吸收着夜晚的不安之血，等待营养足够后大规模出生。其中一只乌鸦飞了起来，停在妻子的肚子上，用爪子在上面抓刮着，底下的突起也动得更加剧烈了。其他乌鸦都耐心地盯着，似乎在一同等待着什么。

荒木换了衣服，坐上小船，在凄凉的月色下，穿过湖面上混乱的雾气，去到湖对面。他打开农舍的门。母牛正睡在一堆干草上，荒木在它的身边躺下来。母牛沉重的呼吸声在他耳边响起，是妻子在他耳边的呼吸声的一百倍那么响。他还听到了母牛隆起的肚子下的另一个心跳声，均匀而有力；他轻轻抚摸着，心想，我的孩子也要出生了啊。

他就这么在黑夜里等待着。

窗外的黑色马

"马!"

我看见了，窗外那只海风中的生灵。在此之前，我从未见过它，从未确切见过这种活物，从未如此情真意切地说出这个字。

姑妈从英格兰带回了这匹马。从美丽遥远的海外带回一匹如此庞大的动物，其困难可想而知。但我们一家对此不了解，我们的注意力全放在窗外那匹在草坪上优雅地踱步、吃草的黑马身上。看着窗外的黑色马，就像看着一幅墙上的画。至于姑妈说了些什么，我们事后很内疚，因为我们没人听清。

我问爸爸，他当时看到了什么。我又问妈妈，问我的小妹妹。他们各执一词。爸爸说，马鬃飘动的那瞬间，他想起了一个骑马流浪的祖先卫无。妈妈说，马的心脏在跳动，有力强劲，又表示自己被那对硕大的马眼惊呆了。这时，爸爸低吟了一声。而我可爱的小妹妹呢，她说，马额头那块菱形的白斑，随着皮肤的皱缩而变换着形状，就像一只变形虫。

我们都很爱这匹马。更何况它是姑妈从英国带回来的，拥有高贵的异域血统，矫健的身躯。在这个美丽平静的海边乡村，牛羊无数，可我们拥有一匹马！那些从没离开过这里的邻居，肯定很想来看看一匹有血有肉的马，而不是电视屏幕上的二维图像。我们掩饰不住自己内心的激动，连忙问姑妈应该怎么饲养它。

姑妈说，她平常在马场上骑马，但对饲养马没有任何经验。姑妈耸耸肩。她跟我们说起马场上成群的马，跑过来时就像一阵风！天色已晚，姑妈跟我们说了声拜拜，便提着绿色长裙，避开我们家门口的泥泞，上了小汽车，离开了。她临行前提醒我们，这匹马说不定懂人性哦。我们更加兴奋了。

黄昏，爸爸对这匹马制订了一个周详的饲养计划。尽管在某些地方，这个计划对我们内部来说，是很残忍的。但为了不让它活得如牛羊一样邋遢，为了把它与肮脏的乡村畜生区分开来，我们一致同意了这个计划。

趁着夜幕还未完全落下，我们得找个地方安置它。屋外的牲畜棚挤满了牛羊，它们不安地嚎叫。爸爸用水冲它们，它们叫了几分钟后便不叫了。它们当中肯定有几只嫉妒这匹马的家伙，不能忍受一只如此高贵的畜生来到它们中间。动物们当然也会忧心忡忡。爸爸把它们全部赶了出来，关在野外的栅栏里。我走进牲畜棚，发现满地都是湿漉漉的粪便和腐烂的干草。我对爸爸说，不能把马儿养在这儿，这里太脏了。爸爸拿起铁锹，倒弄了很久都没有清理干净。我们只好先把马牵到屋内。

我们四个人都没有碰过马。马完全不理会在它面前一字排开的四个人。那种高贵的冷漠让我们感到战栗。妹妹呜呜地哭了，妈妈叫她立刻住嘴。妹妹只好躲在我身后。黄昏暗金色的光线在马背上像水一样流淌，细毛金光闪闪，没有任何一只苍蝇蚊子敢靠近它。

"哥，哥！你去牵它。"妹妹扯扯我的衣角。

我看看妈妈，又看看爸爸。他们俩投来一种热切恳求的目光。我朝马移动了一步，它侧着长长的脸，在低处仰视我。啊，我的毛孔都收紧了！它咀嚼着草料，鼻孔轻轻地喷气，低沉的噗噗声让我汗毛倒竖。这到底是什么样的存在啊？假如让那些专业的驯马师，或者让姑妈看到我们在一匹马面前的模样，我们一家铁定会被笑得脸都丢尽的。

爸爸举起他肮脏的铁锹，在我背上轻轻推了一下。我伸出手抓住它的缰绳，缓缓收短。当绳子传来它头部的沉重之感时，我浑身都动弹不得，仿佛此刻我正要拔掉一头熟睡中的怪兽的胡子。当我结束这种可笑的想象时，我拉动缰绳，马头便顺着我的力道方向转过来。它最终昂起头颅时，我只能仰视它。它的鼻息掠过我头顶。爸爸妈妈，还有我可爱的妹妹，都不自觉地让开了路。我就这么牵着马儿，在夕阳和煦的光芒中，神情焦灼，走向家门口。马抬起蹄子，在草地上发出轻微的喳喳声。我不敢往后看，有几秒钟我认为在我身后行走的，是某种幽灵。马蹄落在屋内地板上，发出"嘎咯"一声时，我更加紧张了。我担心它对这个家不满意，会迅速回头，拽着我，一路拖行，直到走入海里。

我的手会因为太紧张而僵直了，抓住绳子无法放开，最终我会淹死在海里。

接着，第二声"嘎咯"发出时，半个马身已经探入屋子。在屋外，妈妈倒吸一口气："它进去啦！进去啦！"

我把马牵到窗口处。马很安静，看着窗外的晚霞。晚霞古怪的形状映在它冷漠的脸上，越发高贵。除了高贵，我们想不出任何其他一个词来形容它。马身在黑暗里，只有马头沐浴在残余的光中，像飘浮的幽灵。对，我们还可以用"幽灵"来形容这匹马！

我们静悄悄地走路、干活，坐在客厅吃饭时，丝毫不敢弄出碗碟那可恶的噪音。马儿依然看着窗外。几分钟后，夕阳完全落下，屋子黑了。

"我们应该点上蜡烛。"爸爸在我耳边说。

"不能开灯吗？"妹妹问。

"马是古代的生物，它从来就不属于有电灯的时代啊。"爸爸解释。

"可以用布蒙住它的眼睛。"妈妈提议。

"还是点蜡烛吧。"爸爸说，"这么美的马，真不敢相信它最终会死掉啊。"

我起了身，摸索着找到一个烛台。蜡烛亮起的那一刻，我们几乎都屏住了呼吸。烛光小小的视野中，我们看到了马的肚子，一起一伏，如黑暗里一个巨大的心脏。在远处，马眼闪烁着星光，它模糊又高大的身躯在朦胧之中，显得更加压迫人心。

"爸爸，你小时候养过黄蜂是吗？"妹妹冒出一句奇怪的话。她从桌底拿起一叠图纸。我拿过来，是黄蜂的形态图和蜂巢构造图。图纸很旧了，还有白蚁蛀过的小斑点。

爸爸夺过图纸，揉成一团，塞在腿间，脸色很难看。

"你们不知道……当年蜂巢被狂风碾碎的那刻，多么令我着迷。"爸爸望着马，失神地念了一句。然后他回头看着我们，挤出一个尴尬的笑脸。

我们只好继续坐在座位上，就这么看着马，直至蜡烛烧完，直至马的轮廓一点点地消退。

当晚，我们一家四口都做了同一个梦，梦见四人坐在马背上，如马背上的水手，在海岸线驰骋，所经之处皆引人侧目。

第二天醒来后，我们在屋外的葡萄架下回忆昨晚的梦境，对彼此梦境中的相似之处都感到惊讶。我们把马牵到葡萄架下，喂它吃奶白色的葡萄。它很和气，专心地在吃。我们从未像这样团结在一起，以一种真实而坦诚的面目围坐在葡萄架下，那里弥漫着果肉的鲜香，浸没在清晨的薄雾中。此后我总是怀念起当中没有秘密、没有隐疾的对话，后来，这却在无人的荒地里被掩埋，被无数的牛羊践踏。

从我们家望出去，能看见露出一条线的海面。再走远点儿，就能到达有座峭壁的海岸。我提议，由爸爸领头，牵着马儿沿着清晨的海岸线散步。爸爸喝了一口酒，高兴地答应了。爸爸把马牵到野地里。经过栅栏时，牛羊又叫了起来，讨厌死了。我们站在野地里，迎着海风。爸爸抬起脚，意识到什么后又放了下来。

马背上没有马鞍。妹妹推了爸爸一下，说不可以骑马，要骑就要全家一块儿。

"还是回去吧！"爸爸突然怒吼了一句，丢下缰绳，跑回家里去了。

我该如何描述这莫名的一刻呢？我们的心都感到了刺痛。妈妈抱着哭泣的妹妹。我拾起缰绳，把马儿拴在葡萄架下。我不敢把马儿牵进屋里，生怕爸爸会生气。爸爸趴在窗台，目光越过我们，投向远端的海面。此刻的忧愁也同样值得铭记，它纯粹源于对一匹马的童真式的占有。妹妹不哭了，爬到爸爸的腿上，我们一家坐在窗台前，共同守望着即将退去的海潮。

我们家有一匹马的消息很快就传开了。海滨乡村的消息传播开来就像海面风暴一样快，马的气味顺着风灌满了每户人家的烟囱，反涌进屋里。在他们真正意识到我们家拥有一匹马的事实前，关于马的梦总是让他们的睡眠骚动。我一度相信自己当初的感觉是真实的，这匹马就是一个幽灵，在每个夜晚化作一股气息，潜进每户人家，入侵他们的梦境，给予他们一只高贵生灵的幻觉。就在此刻，屋外的马嘶混着海风、潮水，起起伏伏。

为了帮补家用，我们在村里贴出告示，只要付二十块，就能来我们家摸马。二十块是摸马尾的价格，从马尾往前加价，不同部分的价格都不同。马头当然是最贵的，摸一次要付一百块。是爸爸提出来要收费摸马的。我们三个都认为这样做是亵渎了这只高贵的生灵。爸爸也很痛苦，他带我们去看了海边的庄稼，都枯死了，根部都白惨惨的。最终使我们不得不同意的转折点，是我们那天夜里死了一头牛和一头羔羊。妈妈只好劝妹妹说，摸一下而已，马不会有事的，它是我们的家人，在为我们挣钱呢。妹妹抹着眼泪，看着我。我还能说什么呢，我只好说马会没事的。我们村有一百多号人，即使每人摸一次，都不会对马的皮肤造成损伤，何况马还经得起战场的风沙。

"是啊，我们那个叫卫无的祖先，曾经骑着马，在风暴四起的海面上行走，一直去到了海的另一面。在那片丰饶的土地上定居下来，才有了我，于是才有了你。"爸爸抱起妹妹说。

"海的另一面就是我们这里吗？"妹妹问道。

"当然了，要是我们去海边峭壁的山洞里找，就能找到涂刻在石头上的马的图案。只是马从这片土地消失后，大家便渐渐忘了这种生物。"爸爸又把故事编了下去，"所以说，我们的邻居们都是爱马之人，很期待再次见到这种来自远古的生物。不信你看看外面。"

屋外已经有很多人排队了。浮动的头颅朝屋里瞄。妈妈打开门，跟外面的人说少安毋躁，马很快就来了。

我走上楼梯，来到二楼的房间。我敲敲门，里面发出噗噗的喷气声。我轻轻拧开门锁，马在床边，隔着窗户，看楼下涌动的人。马转过头来，我无法描述它眼里复杂的神色。我由此想起了我曾经的一个同村好友利马。利马当初离开时的眼神，就是这样的，跟这匹马被硕大的眼珠子放大的神色一样，类似惊恐，又仿佛只是对未知的好奇。我听渔夫说，每到月圆的夜晚，海岸线上就有一个衣衫褴褛的神秘男人在海里洗澡，生吃爬上海滩的螃蟹，剥开沙里的蛤蜊。那个人或许就是利马，我很想念他。他已经化作了夜色海滩上的幽灵啊。他离开的目的不可知。有人说他在大城市里流浪，但海滩上出现的神秘人一次次使我认为，利马还在乡村里徘徊，在远离人迹的峭壁间出没。他是自然之子。眼前这匹马，与利马惊人地相似，将我深深震撼。我抑制不住冒出这匹马最终也会离开的念头，有些生灵注定是无法在人类中间生存的。你给他狂风暴雨，峭壁荒滩，他会义无反顾地离开。

把马牵进我房间，是爸爸的主意。把巨大的马拽上楼梯是我做过最艰难的活儿。这匹马似乎从没见过楼梯，鼓着大眼珠盯着楼梯。前蹄踏上楼梯，后蹄却一动不动。我只好抬起后蹄，把它放在楼梯上。经过几次的尝试，马才笨拙地爬上来，它喘着气，四肢惊慌地滑动。在那一刻，我突然对它产生了一种厌恶。这种厌恶感如此突兀。不久前面对马时的震撼，在那瞬间完全堕落成厌恶：它是如此的笨拙丑陋。当马走进我的房间，在黑暗里静止成一尊塑像时，我对它的敬畏又达到了高峰。

我的房间此时没有任何马的骚味。我想象中的混浊之地，如今冰冷沉着，只弥漫着淡淡的青草味。马再次面对楼梯时，竟优雅地作几步便下去了。

爸爸牵着马，自己先走出门口。马随后把半个身子伸出门口，人群纷纷荡开一个空位。他们呆呆地看着，随后低声赞叹马的高贵，和身形的完美。远处的牛羊又开始叫了。马站在葡萄架下，昂起头吃葡萄。葡萄的汁液沿着它肌肉分明的脸部流下，一个村民扑过来用手接住了快要滴到地面的混着马唾液的葡萄汁，然后疯了似的跑开。人们安静下来，准备付钱摸马。第一个付钱的人，是我们的女邻居，爸爸优先给她摸马，还打了八折。她选择摸马的肚子，手刚触到马肚子时，马肚子整个颤抖起来，她兴奋地尖叫着又跑掉了。中间还来了一个屠夫，他是全场唯一一个要摸马头的人。由于马一直昂着头，吃葡萄吃个没完，爸爸只好端来一张凳子。屠夫撸起袖子，站在凳子上，伸手要摸马头。马把头低下来，嘴里喷出一团糜烂的葡萄，一口咬在屠夫的脸上。屠夫的脸立刻红起了一圈整齐的牙印。马踢掉凳子，撞开家门，冲上了楼梯。屠夫在地上滚了一会儿，拿着爸爸退给他的赔偿费用就哭着离开了。

我们的摸马营生算是彻底结束了。但偶尔还有几个对马情有独钟的人过来求我们让他们看看马，头几次爸爸还乐意让他们免费摸，后来便拒绝任何外人的来访。爸爸要马为这一切负责：额外的收入断了，每次屠夫卖肉给我们时总是拣那些坏的……不过我们还是得到了不错的收入，那天我们赚到了五百块。

这五百块钱我们谁都没乱花，我们叫外面的人给我们打造了一套马鞍。马鞍看上去很廉价，像是翻新的旧物。但怎么说，我们还是得到了骑马的基本装备。

晚饭后，我们守在电话机旁，等待爸爸打电话给姑妈。姑妈已经回英国了，打长途电话的话费很贵，但至于离谱到什么程度，我们心里都没谱。于是，为了节省时间，我们在吃饭时就预先组织了语言，把问题简要地罗列出来，并决定由爸爸问姑妈。妹妹还要爸爸问问姑妈，到底怎么才可以让马像鹦鹉一样说话。

爸爸拒绝了，说这种问题显得脑袋有病。妈妈则是想了解更多的关于马的饮食习惯。

电话打了几次，都忙音。最后一次发出喳喳的恐怖噪音后，姑妈温柔的声音从话筒那边传来了："Hello？"

"妹子，是我啊。哥。"

"哥，咋打电话来啦？最近跟那匹马相处得愉快吗？它——"

爸爸砍掉了那些问候语，很快就进入了正题，问姑妈关于如何安装马鞍、上马、策马的技巧，后来还提出了如何跟马交流之类的抽象问题，包括妹妹那个如何让马说话的蠢问题。骑马的技巧姑妈说得很详细。但考虑到话费，爸爸总是还没来得及让我们将细节记下就匆匆进入下一个问题。挂上电话后，我在笔记本上写的全是稀奇古怪的文字。妈妈和妹妹也不记得了。妹妹唯一还有印象的就是如何让马说话的回答，我也记得姑妈很风趣地说："像鹦鹉一样剪掉它的舌头吗？哈哈。"我后来跟妹妹解释说，鹦鹉说话跟舌头没关系，八哥也只是需要捻舌，也用不着剪掉。妹妹很迷惑，伸出自己的舌头看。

马鞍已经装在马背上了。我们希望爸爸能成为第一个驾驭它的人。我心里惴惴不安，它是否有能被驯服的一天？可它是姑妈的马，野性应该已被驯服。我想象它坐飞机，或者坐渡轮来到中国土地的历程。它在我们家这段时间表现的冷漠和安静，说不定是由疑惑和水土不服导致的。爸爸抬起脚，踩在马镫上，这时候，那种存在于马和人类之间不止于体型上的巨大差异，才终于体现出来。有那么一刻，我希望爸爸能把马鞍卸下来，把马笼头也卸下来，放它去海边，让它自由。

"爸!"我完全没料到自己迸出了一个字来。

爸爸把身体的重量加在马镫上，一只手攀着马脖，像个爬山的旅人。他停顿了一会儿，在思考接下来怎么翻身跨马。当爸爸终于坐在马背上时，马前后踱步几下。他不敢动，抓住缰绳的手背青筋突起，生怕坠马。然后，他夹了一下马腹，又甩了一下缰绳，羞涩地吐出一个"驾"。马犹豫了半分钟，才抬起脚向前走。由于极度紧张，爸爸全身绷直，被马一路带着走。我们跟在身后，宛如恭送一个出巡的王爷。练习几次后，我们一家四口都坐在了马背上。对于马来说，这是个极大的痛苦吧。我们骑着马在海风湿润的村落里穿行，有人递给我们钱要上去骑。爸爸大笑着驱马离开。多么傲慢。

我们骑马来到海边。海滩上有几个游人，拖网的渔夫和收集海草的小孩。妹妹坐在最前面，我在中间，妈妈在最后。马小跑着，在沙滩上留下了一前一后延伸开去的两串马蹄印子。

"爸爸，刻有图案的峭壁在哪里啊?"妹妹问。

爸爸于是带我们去寻找那个峭壁。当我们转个弯，避开树林的遮挡时，一座石头峭壁就矗立在远处。峭壁铁色冷峻，连着后面的山体。峭壁前面有一个入口，在这个距离看不清入口的情况。去峭壁那边，要绕过一个河湾。绕过河湾却必须要穿过丛林。爸爸收住马，说到这儿就不能往前了。一个海浪撞上峭壁时，马突然抬起前蹄，冲进河湾。海浪把我们从马背上打下来。

我们四人好不容易才游回岸边，却看见马儿凫水朝峭壁那边去了。在水面上它只露出半个头。它似乎带着什么目的才这么做。

我们回家后都感冒了，海水的苦味还残留在我们的喉咙里。到了晚饭时间，都不见马的踪影。妈妈责怪爸爸，说这匹马是不能骑的。妹妹还吐着舌头，思考马说话的问题。吃完饭后我第一个离开餐桌，上了天台。我朝峭壁的方向望去，尖尖的顶端有一道光，时而像星星那样凝聚成一团，时而朝海面投射出去，像灯塔。有人在那里吗？我看见一个身影从那团光中跑出来，是那匹马，然后跃下了峭壁！可是，马的身影在落下几秒钟后，便凭空消失了。我相信这匹马并不会自杀。那道光此时已经不见了。灰色的海面涌来团状云层，风似从海的喉咙深处吐出来，吐到我们这个海边乡村，周围都是海的黏腻的唾沫星子。

睡到夜半，我浑身动弹不得。我转动眼珠，看见窗户打开了，腥冷的海风吹动窗帘。我耳边响起了沉重的呼吸声，如此熟悉，是个人？我慢慢把眼珠转过去，瞄了一眼：一个无比庞大的头颅浮在半空，两个圆球大眼珠分开了两个视角方向，一只盯着我，一只盯着窗外。当我终于从这种睡眠瘫痪状态中挣脱时，扯亮灯，才发现那是匹马。不是人……

马安静地立在我的床头前，浑身湿漉漉，耳朵上挂着海草。房门还是锁上的。它到底是怎么进来的呢？从窗户？它就是一匹幽灵马。经过海水的浸泡，马的眼睛有点儿发白。我抱住它的头，那里的皮肤没有马的味道，更像是人的体味。

"利马，是你吗？"

马转头走到门边，蹭着门锁。我过去给它开了门。它走到走廊里，低着头，下了楼梯。脚步如此轻盈，我要仔细听才听得见马蹄声。我重新躺在床上，那夜我做了一个梦，那匹马的头变成了利马的上身，这只混合体的怪物在挣扎，时而脱离半人马状态，时而半人半马地在海水里奔跑。本月是八月。我再次醒来后，看着天空，在银河中心附近的，就是人马座。我发现那匹马也在楼下的空地，仰望着跟我同样的方向。

第二天，我们都为马儿自己回家感到高兴。昨夜的事情，我只字不提。

爸爸在马的身上发现了几道伤痕。"这么美的马！怎么能受伤？"爸爸又一次变得歇斯底里。妹妹用放大镜观察马的伤口。伤口呈纵向分布在脖子、腹部，是一种撕裂伤，有可能是浸泡海水后经过了曝晒，让原来的小伤痕裂开了。

妈妈拿来了消毒药水和绷带。

"不要！不要碰它的伤口！"爸爸制止了妈妈给马伤口敷药，"优秀的战马是拥有极强的自愈能力的。我要见证……"

"万一它不是呢？"妈妈说。

"它这么美，不是战马！"妹妹也反驳，"它只是一匹爱美的马。"

"……是啊，人受伤了都要治疗，何况一匹马？"我附和道。

"这么美的战马……"爸爸重复道。

妈妈和妹妹都站到我身边来。在是否要治疗一匹马上的讨论上，我们有点神经病，因为以往，我们的牛羊只要受一点儿伤，就得马上送去兽医那儿治疗，担心受感染。马有什么不同呢？我们应该叫兽医来。爸爸坚决不让任何治疗加于它身上。他要见证这样一匹在他心里接近神灵的生物，如何在神奇的自愈能力下康复。事出突然，我们找不到任何解释的理由。

我把马牵回房间里，关上门。一般来说，牲畜的伤口都不会出现严重的感染，本来考虑到马身上的伤口现在已经结痂，我想应该不会出太大的问题。可在爸爸的影响下，站在他的反面，我们却越来越担心要是不抹点药水，说不定真的会发炎。

妈妈偷偷把药水扔上二楼的窗台，我接住后，用棉签给马的伤口抹药水。马想舔伤口，我把它的头推开了。妈妈和妹妹有空就会上来我的房间查看马的情况，这成了我们三个共同的秘密。爸爸每天早上依然要牵马到海岸去散步，他很少骑，只是牵着它散步。他会跟马说话，马只管看着前面，偶尔眨眨眼睛。他即使骑马，也不会走几步，只会停在浅滩处，看着遥远的海面朝阳，唱着他父亲教给他的牧马曲。爸爸说，他爸爸，也就是我爷爷以前是在草原放牧的，后来骑着一匹马离家出走，再也没有回来过。妈妈私下跟我说，情况不是这样的，他老爹骑着的，不过是一头驴子。妈妈叹气说，我们家族的男人总是有耽于幻想的毛病。

我问妈妈知不知道利马去了哪里。妈妈问我利马是谁，是不是一种马。我说是我旧日的一个朋友。妈妈说她嫁来这里这么久，没听过叫利马这个怪名字的人，她对我的伙伴也很熟悉，所以担心起我是不是也得了幻想症。

马照旧住在我的房间，吃上好的草料。然而每次爸爸带马回家，我都发现马身上多了几道伤口。伤口的切口很整齐，是利器割出来的。我去过爸爸带马散步的海岸，发现那里有一丛茂密的海茅，边缘很锋利。回家后，我就跟爸爸说，以后不能带马去那里了。我还把伤口指给他看。他暴怒不已，又对自己的疏忽感到悔恨。他拿一把火，把那丛海茅烧了个精光。

海茅烧掉后的某个清晨，我发现马的身上又多了几道伤口，滴淌着血。我问爸爸怎么回事，他颤抖着说不知道。妹妹把缰绳抓在手里，说以后她来负责饮马，不让爸爸再碰它。爸爸把妹妹的手打掉，抢过缰绳，说我们谁都不懂得照顾它。他坚持认为，这匹马只有经过他的训练调养，才会最终显露出神物的光芒。

"你说什么梦话？"妈妈说完就继续做饭去了。

后来几天，马越来越虚弱，在夜里喘大气，吵得我无法入睡。是不是这里的海风让它患了气喘？它身上的黑色逐渐褪掉，露出一块块不规则的白斑。

我发现马身上的伤口已经严重溃烂了！我把马牵到客厅，妈妈正在择菜，妹妹还在研究她的舌头。爸爸见到我牵马过来，站了起来。

"马要死了。"我说。

"不可能！"爸爸说。

我们在阳光下察看马的伤口。它身上的伤口参差不齐，发炎灌脓了。妹妹突然大叫一声，指着马额头。在马额头的菱形白斑上，有东西在动。是蛆虫。蛆虫跟白斑一样洁白，我们过去几天完全没有注意到这种寄生物。马一声不吭，干巴巴地眨眼。我用筷子夹起伤口中深藏的蛆虫，每夹起一条，就把腐烂的暗红色血肉也带了出来。妈妈受不住了，拿出药箱，给伤口抹药。消毒水流到伤口时，马睁着大得恐怖的眼睛，浑身颤抖，仿佛一个小型的发动机。

兽医来过了。爸爸没说话，看着兽医给马用药，神情哀伤。夜晚，我们把马拴在新建的牲畜棚里，那里空气流通，有助于伤口愈合。大家都上床睡觉后，我偷偷给姑妈打了通电话，告诉她这段时间发生的怪事，报告了马的身体状况。姑妈说，这是一匹老马，从马场退休了，所以才有机会离开英国。她希望她的马能在海边度过它的晚年。姑妈还表示，这些话她来的时候就跟我们说了。

难道，马脸上流露的所谓高贵和冷漠，只是因为它老得连表情都难以流露？它根本不是神物，不过是千万只会衰老的马中的一只吧。我把姑妈的话告诉了妈妈和妹妹，她们都很失落。她们失落的是这匹马很快就会老死。我决定把这些话告诉爸爸。但爸爸不在房间。

我们睡不着觉，于是下了楼。我们听见牲畜棚那边有马的踏步声。闻声出去，打开那扇门，我发现爸爸正用小刀在马背上划出一道道伤口！

"这么美的战马……"爸爸低声说道。

马颤抖着，眼珠睁得快挤出来，蹄子不停地跺地。可是它没有跑掉。

"为什么还不自动痊愈呢？为什么还不……"爸爸一直问。我从爸爸手里夺过那柄刀子，刀刃不小心割开了我的虎口。马血流到我的虎口上，像针扎一样刺痛，又非常灼热。

妈妈把爸爸拉出去，骂他竟然如此残忍。妹妹把马牵出门外。在月色下，马竟被割得血肉模糊，喉咙叫不出声，仅喷出气流来。

由于愧疚，那几天爸爸一直在干活，不过问马的事儿，也不与我们有过多的交流。他说，自己不过是一时鬼迷心窍，被战马传说蒙蔽了眼睛，才对马做出这种事，他现在已经认清了现实。他解释时，我更多认为他是在搪塞我们。

妹妹专心照顾起马来，给伤口上了药后，用纱布把马的全身包扎了一遍，就像制作了一匹木乃伊马。包扎的手法很娴熟，纱布交叉而成的纹路极具美感。这其中的创造力让我感到震撼，也隐隐不安。马除了五官和生殖器外，其余都被裹得严严实实。它基本站在同一个地方不走动，它半闭着眼睛，犹若凝神静息。苍蝇逐渐多起来，萦绕在屋子里，妹妹拿扇子驱赶这些小恶魔。更多时间里，我觉得屋里站着的，是一具马尸，靠硬化的骨头支撑四肢站立。

那晚回到家里来，我发现整匹马都变成了黑色，刚走近时，那片黑色突然飞了起来。原来覆盖了一群苍蝇。纱布依然很白，没有被脓血玷污的痕迹。但纱布隐约在起伏，那不是马的呼吸引起的起伏，而是纱布底下有什么东西在动。我不敢想下去，便把马牵到屋外去，让它吹吹风。马似乎不愿意出门去，死死往后退。它往后一拽，我意外扯掉了它腿上的一根纱布，噼噼啪啪地掉下了一堆蛆虫。我跑上楼！"妹妹，你看你干的好事，你的马生虫子啦！"妹妹三步并作两步跑下楼。但我们发现，地上什么都没有。

妹妹解开马的纱布，发现马的伤口以一种奇怪的方式愈合了：在灯光下，鬃毛沿着马身蔓延，跟伤口的血肉长在了一起，或者说，是鬃毛直接把伤口缝合了。是我再次出现幻觉了吗？但马依然很憔悴。妹妹把它牵到屋外。马乖乖地走出去。

"马儿啊，你还疼吗？你告诉我一声吧。你为什么不说话呢？"妹妹劝着马。

马低着头，伸出舌头来，毋宁说，它的舌头自己耷拉出来了，像死掉一样。妹妹掏出一把刀子，一只手握住马的舌头，另一只手把它割了下来。

"马儿，你快说话啊！你到底怎么了？"妹妹丢掉手里刀子，抱着马腿。马吐着血，突然对月亮昂起了头，前蹄在半空挥动，朝海边跑去。缰绳随马被抽走时，捆在了妹妹的脖子上。拖动几米后，妹妹把绳子解下来，竟抓住绳子，上了马。她是怎么做到的呢？我顾不上了，只好追上去。

我跟着马血的踪迹，绕过河湾，来到那片峭壁前。寒冷的海水拍打着石壁，老马垂着头，缓慢地在凹凸不平的石滩上趔趄行走。可是妹妹并不在它背上。这时，一声口哨传来，在空旷的峭壁间回响。马警觉地抬起头，快速朝峭壁的洞口跑去。它消失在洞口里。我来到洞口前，这里就是爸爸说的刻有马图案的洞。

马嘶声突然在我头顶上方传来。一匹马站在峭壁的顶端。黑色雨滴到我脸上，是马血。随后，马朝着月亮嘶鸣一声，向前一跃，遮住了月亮。那个庞然大物四肢张开，形状就像个人，在我上空急速下坠，投下的阴影越来越大。

偏偏这时，洞口传来了人走路的声音。在洞口前，一个衣不蔽体的男人站着。

"利马，是你吗？"我喊，"快回家吧。你还记得我吗？"他似乎长着一张马脸那么长的脸，下巴垂到了胸口处。

随着一声巨响，马在我身边坠落。整只马几乎碎了，溅得我浑身热辣辣、黏糊糊的。当我朝洞口看去时，他已经不在了。站在那里的，是我的妹妹。

爸爸妈妈赶来时，我正在海水里洗掉身上浓重的血污，脚边围了一群白色的鱼，吞食凝结的血块。爸爸妈妈合力把马尸拖回家去。妹妹走出洞口，来到海边，手里拿着那截马舌。

"哥，马！"她哭着把马舌朝我扔过来。苍白的马舌在我身上跳了一下，随海水漂走。

"你还好吗？"我问。

妹妹哭了好一会儿，然后安静下来。"刚才有个男人要我跟你说，他——"妹妹好像突然失忆一样，那半句话始终没有想起来。

又是一个和煦的清早。我们吃着盆子里的马肉时，谁都没有说话。一种秘而不宣的高贵，正在我们的身体里酝酿着，积聚着。那永恒的占有啊。我们全家再次团结在一起。

　　我依然不知道利马去了哪里，或许他真的只是我的一个幻想。他有可能是我失踪多年的兄弟，也有可能是别的什么关系。我还是很想念他，但我不会再去寻找他。如今，他无疑在我的身体里，在我的血脉里。我会重新找到在这里生活下去的动力。

　　后来，我们四人去过那个峭壁，洞口里根本就没有任何石刻的马图，只有藤壶寄生而成的丑陋黑斑。我们站在洞口前，谁也没有说要离开，只是不语，似乎在等待什么。只有一群海蟑螂在我们脚边的石缝间穿行，洞口深处鼓出来的海风带着古老的腥臭味，从祖先存在过的岁月，一直吹到我们现在重新建立起的生活里。从那以后，爸爸就开始专心照料起牛羊来，变得跟那匹黑马一样沉默不语，似乎一下子就老了十几岁。他记忆里关于祖先骑马流浪的故事，同样沉默了下去，蒙上了捏造的嫌疑。

　　一年后，姑妈再次来到我们的海滨乡村。她坐在椅子上，看着墙上挂着的半块马头骨标本时，问我们马哪儿去了。妹妹这时从屋外跑进来，捧着一个鱼缸，放在我们面前。

　　"马在这儿！马在这儿！"

　　鱼缸里有两只白色的海马，蜷曲的尾巴勾连在一起。

巨脉

今天是儿子出狱的日子。去接他之前，我照了照镜子，发现原本秃了的地方，长出了新发，如同长冬蛰伏的菌落孢子，被雨水唤醒。

我在监狱门口等了半天，才等到狱警出来。他刚走出铁栅栏门口，就定定地看着我，等我走过去。他知道我是谁。儿子入狱后，我们见过一两次。但狱警没有带我儿子出来。他的脸色告诉我，他正在某种现实的困惑中。

"风真大啊。你听说了吗？灯塔管理员跳塔死了。"狱警跟我说。

"是啊，这季节容易让人抑郁。"我回答。

"他每晚都在等遇上风暴的船归来。'就算是幽灵船也好啊。'他还这么说。但船要么沉了，要么停在别的港口，等风暴过境……他心里空空的吧。灯塔的工作就是这么寂寞。"狱警看着我，叹了一口气。

"给别人指引方向的人都死了，我们这些人活着更艰难呢。"
我开玩笑说。

"管理员跟你儿子关系挺好的吧？"狱警问。

我点点头："我儿子经常上去灯塔找他，看着船员平安回港，
就会很高兴。"

"他这种独身的男人，很危险呐！找不到女人的男人总是有
问题的。你做爸爸的，该看好儿子。"狱警说话时一直在原地
踱步。

"好啦。你可以说了。"我拍拍他的肩膀，"我儿子还好吗？"

他瞄我一眼，努力把头缩进帽子里，模样像只乌龟，恰好躲
过了一阵疾风。

"怎么说呢，事实上，我确定那个东西就是你儿子……至
少，曾经是。但依目前来看，你最好亲自去确认一下。"狱警说。

我不明白他的话，一时没做出回应。

"这么说吧，那是一只蛹……"狱警说话时，显然鼓足了勇
气，"我和你都记得，当初抓进去的是一个人。对吧？"

"开什么玩笑？这种变形的事，总不会发生在现实里吧？"我
呼出一口白雾。

狱警笑了笑："管理员跳塔的时间，跟你儿子变蛹的时间，
是同一个晚上。"

"会有关系吗？"我反问。

"哈，不知道呢。"狱警摇摇头。

我只知道，蛹化的确是事实，不必太过惊讶。只不过，在这

个场合，我要拿出这种语气说话才符合常理。儿子曾说，只要能结成蛹，蜕化后就能以另一种形态，过另一种人生吧。我们这个镇的地底，是一片无穷无尽的虫类化石。研究所的人说，我们活在三亿年前的石炭纪废墟上呢。我冷得跺跺脚，路面发出易碎空洞的声音，是远古巨型昆虫在叫吗？要是全体搬迁，就可以大规模出土地底的化石了。我们这种小地方不要紧，让我们搬到别的地方去也可以。但研究所的人不愿意，他们只发掘周边的土地，不愿意破坏镇中心，尽管谁都知道，那个位置下有大量的巨脉蜻蜓和远古蜈蚣。

儿子小时候就喜欢养蛹，喜欢看它们如何变成蝴蝶。他没日没夜地收集化石碎片，拼凑出一些奇形怪状的生物。"说不定，下一次孵化出来的，就是巨脉蜻蜓。它们有一只鹰那么大！"他曾说，展开双手，丈量想象中的史前昆虫。

"现在的蜻蜓都没这么大。"我说。

"爸爸，地底下的化石会复活吗？"

"不可能。但谁说得准呢？"

儿子点点头，眼里充满了光芒。

狱警把小门打开，用目光示意我先进去。我从未进过监狱。儿子的身份，在成年与未成年之间徘徊，他的品性也是如此，仿佛有一股力量在撕扯他，于两种形态间来回转换、挣扎。我将要去看的，不是一个犯人，而是我儿子。他的血肉有一半是我的，我总认为，被关进去的同样是我自己。那种心痛与煎熬是等同的。现在，我要看他如何活着，如何神奇地变成一个他少年时代一直热爱观察的蛹。这是一种有趣的人类现象，一种罕见的物种对比。我想象，这个镇的空气里到处都是石炭纪时期的昆虫的灵魂：或许那一片阴沉低垂的云，或许那一阵冰冷的风，或许那一道没有温度的斜阳，就是它们的灵魂。我儿子多么狂热，他的身体就是一个容器，所有漂泊的昆虫灵魂都会被他吸引的：它们住进去，然后借他的身体复活。

我沿着两侧都有铁丝网的甬道前进。这里的风景跟儿子的校园相似，只不过多了会让人眼神失焦的重重铁丝网，以及铁盒子般的宿舍。错落有致地排列着的房子中，有各种功能名目的建筑。其中，有一幢叫作孵化楼。狱警不紧不慢地跟着我。我回头问他，什么是孵化楼？他说，监狱里连续出现犯人结蛹的现象，他们不知作何处理，只好像人工孵蛋一样，腾出一栋房子来储存那些"蛹"，加速他们出壳蜕变的过程，以便重新收容犯人。但他们从没见过蛹开裂，因此缺乏应对犯人蜕化后的手段。我一想到这栋楼的每个房间都摆满了褐色的蛹，心情就变得很复杂。我儿子也在上面吗？我问。狱警解释，由于我儿子已经刑满，狱方没有把他的"蛹"转移到孵化楼，而是继续将它留在监房里，等我来接手。

我对这一做法感到不满，因为我也没有办法把我儿子从蛹里弄出来，至少他们要尝试一下。狱警只是点点头，表示抱歉。我宛如走进隧道一样，穿过一条条黑暗低矮的通道。

儿子的蛹，一个纺锤形、半个人大小的褐色物体，此刻正黏附在墙壁上。非常相似！可以说跟真的一样！这个名为"周涅"

的蛹，表面有未分化的、紧贴着的翅膀，一层薄薄的脉络呈螺旋状分布。我已经无法把它当成我儿子了，因为它的质感是如此的天然。

这个蛹没有五官，找不到与我相似之处。然而，我能否认他就是我儿子的事实吗？众人目睹他结成了蛹，他又没有逃狱，在这里面的，除了他，再无二人。我指了指我"儿子"，狱警点点头，默许了。我走过去，离蛹有几米远。它散发着我儿子熟悉的体味。我已然分不清这种体味到底是人类真实的气息，还是蛹本身的腥臭。

离婚后，我有过一段煎熬的生活。我托父母帮我暂时照顾他们的孙子。他们住在镇的边缘，那里的化石出土工程进行得热火朝天，每天都有巨大的蜉蝣化石被挖出。而现代的蜉蝣，如此细小脆弱，不由让人惊讶。因为离发掘现场很近，我父母的家被当作工作人员的临时休憩场所，每个月会得到一笔钱作为补偿。我儿子和那些浑身散发着泥土味的人，一同生活了几个月。在每天琐碎的交谈中，他对远古昆虫的好奇心越发强烈。"有个男人，每天都把化石搬到家里来，在放大镜下看。你儿子常常待在他身边。"我父亲说。我在想象中看见，那里弥漫着不散的烟尘，有一个小小的身体，站在巨大的坑前，等待吊机从幽深的地下，吊起一只又一只巨脉蜻蜓。

后来，他养成了收集虫蛹的习惯，口袋里总能掏出几个或死或活的蛹。我破碎的婚姻是否要为此负责？或许他只是热爱自然。镇上有很多人，不都是这些远古昆虫的狂热爱好者吗？那如今他直接变成了蛹，又是出于什么追求呢？这个只有完全变态的昆虫才会出现的蛹期，竟然发生在人身上。这会不会是昆虫灵魂转生的证据？蛹是由我儿子制造的，他躲在里面，正等待一次痛苦的蜕变。对此，我也很期待。我对大自然为人类保留着的隐秘能力感到惊诧。当超越我们认识之外的现象加于我们的肉体上时，一场变革注定是要发生的。我很羡慕他已经进入到了这种超凡体验的过渡期。

那次，我走在那条通向乡村开阔地带的小路上，去看寄养在父母那里的儿子，衣袖在空气中显得沉重，有种湿答答的感觉。山坳里，阳光顺着凹型地势倾斜下来，水汽终日凝聚在中央，宛如一个湖。我看到很多衰败的飞虫与蝴蝶，在阳光中扑腾它们那些被风一吹就会自行解体的残翅。越走脚就越沉，鞋底沾满了由虫尸混合而成的泥巴。

我在这里度过了半个童年，如今再次回来，发现植物依然绿得阴沉，似乎全都是将腐烂的草梗，而不是这个春天中蓊郁的生命。生命的勃发看起来竟像是衰亡的过程。穿过一片密密麻麻的野茅，跳过一条墨绿色的宽沟，我终于像闯进一个世外桃源似的，看到了庞大壮观的发掘现场。父母住的小屋简直像是陨石坑旁的一颗石头。儿子站在坑边，再往前一点，他就会掉下去。他手里好像有一捧野草莓。野草莓颜色并不正常，粉红中透着褐色。我朝他挥手，随即看见他把野草莓塞进口袋，朝我走来。我抱起他。这是我办完离婚手续后，第一次来看他。他问我，妈妈怎么不来，又支支吾吾地吐出几个字，像是在分散这个问题给他带来的困扰。他从我怀里跳下来，自己走开了。我追上去，把手伸进他的裤兜里，原本想掏几颗野草莓。然而，抓下去的那瞬间，一种黏糊糊的液体迸射出来。我立刻把手抽出来，手沾满了红褐相间的碎片。儿子抓住我的手："我的蛹！你为什么要捏死它们？你和妈妈也要捏死我吗？就像这样！"我沉默，任由他在飞虫蝴蝶腐烂的坟场之上，一路逃跑。我站在化石坑边缘，黑洞洞的，看不到底。一阵风从下面涌上来，一群扑棱着翅膀的虫子呼呼地从我耳边飞过。等我回过头，想观察它们在空中飞翔的姿态时，发现它们早就跃入了虚空，看不见了。

现在，我站在一个巨大的人蛹前，惴惴不安。我彻底体会到了那种超越生理伦常的进化。我给予他痛苦，他这样是在报复我吗？他带着古怪可疑的胜利，通过蛹表面的螺旋纹，如一圈圈可憎的暗光，刺激我发昏的脑袋。我突然又沉浸在无法解释的喜悦中，为自己的一部分血肉已经超越了人类而存在着，感到睥睨众生的优越，也缓解了离婚给我带来的挫败感。也许这并不是报复？毕竟，我跟他拥有共同的愿望。

他，已经是神迹了。

我问狱警要来小刀和一张床单。我小心地割开蛹跟墙壁间黏附的白色胶状物。蛹轻轻晃动身体。"是我，是爸爸，我带你出去。出去后，我们去见妈妈。"蛹被剥离下来后，我用床单包着它。蛹发出轻微的嘶嘶声，从一个看不见的小洞里喷出一股难闻的气体。

"走得动吗？"狱警问我，但并没有表示要搭把手。我点点头，背着它，走出了监狱。

街上人流潮涌。背着这么一个东西，我不敢坐公车，只好穿过阴巷回家。

适宜的温度和安定的环境是必要的。我开了控温暖气，把棉被卷成一个鸟窝状，然后将蛹放在其中。这看起来更像是在孵鸟蛋。蛹晃晃头部，似乎很惬意。通常，幼虫会去寻找适宜的环境，避开天敌，躲开暴风雨，然后固定下来，吐茧缠身。儿子为什么不出狱后，在自己父亲家固定下来吐茧呢？非得选择监狱？要进入监狱，又必须要干点什么坏事，才能够被抓进来。

但他做的那些事，是坏事吗？我为他感到不公。在他被抓进监狱后的每个日夜，我都在考量他的所作所为，是否只是出于慈悲和怜悯。

海上风暴肆虐的那几周，在一个漫天都是灰蓝色云朵的黄昏——想到这里，一种史前生命大灭绝后的恢弘之感，在我心里油然而生——灯塔管理员看到一个孩子，使尽全身力气，把几个从外海漂来的没有人认领的海难人员的尸体，拖到滩涂上，那模样就像一只野狗在拖拽比它体型大几倍的海象尸体。那个孩子在海边的灯塔下为他们举行送葬仪式，将几个简陋的十字架插在尸体前面，然后用小刀割开他们的肚子——这是第一次，他贡献出了自己珍爱的蛹——分别在每个死者的肚子里，"种下"几个蛹。管理员不理解他所见到的景象，太古怪了，甚至令人恶心。他忽然对这个每周都和他守在灯塔上等船回港的孩子，感到陌生。管理员匆匆走下灯塔，来到孩子的身边。

"孩子，你这是干什么呢？他们已经死了。我刚打电话去警察局，他们说会派人来处理。"管理员看着孩子的行为，不禁浑身发颤，而且有一种仿佛来自异世界的震撼。

"求你了！别告诉警察！"孩子哀求道，"要是警察带走了他们，他们就、就、就不能重生了！信我，我有办法——"

管理员抚摸这个语无伦次的孩子的头："你没事吧？"警察还是来了，他们将孩子抓起来，并把海难人员的尸体带走火化。

"他这是蓄意破坏尸体！"警察后来说，"要是不纠正思想，恐怕以后不知道要干出什么事儿来呢！"

"你这是干吗？"那天在警察局的大厅，我这么问儿子。"尸体不能随便碰，脏呐……这不是有警察叔叔吗？他们会处理的。"我抬头看了一眼警察。"他只是个孩子。"我补充道。

"正因为是孩子，才令人害怕。"警察故意让身体抖了一下，眼神恶毒，好像非要置我儿子于死地。

"爸爸，蛹里面住着蝴蝶，也许住着巨脉蜻蜓。它们呐，是一架飞机！"儿子当着所有人的面说，包括在场的我的前妻，父母和岳父母，"蛹蜕化时，那些人的灵魂，就可以跟着巨脉蜻蜓，一起飞上天咯！你们理解吗？但现在都太迟了，他们已经变了孤魂野鬼。"

我回头看看我的亲人们。但他们只是吸吸鼻子，咳了几下，便集体看着天花板，好像在研究上面龟裂的石灰纹。

"我们镇上好像没有少管所吧？"过了一会儿，岳父问警察。警察摇摇头。

"送去监狱也可以嘛。"岳母说，"现在资源紧张，我们这种小地方啊，为那些总是给我们添麻烦的犯人，腾出这么大的地方来建监狱，已经仁至义尽啦！还要弄少管所？恐怕我们这地方也没几个孩子可以关进去。你们看看吧，看看吧，到处都是讨厌的化石，女人也会变成生不出孩子的石女吧？就算生下来了，也是个傻子吧？哈哈。"岳母说着就笑起来。

在场的警察跟着笑起来。前妻抿着嘴，不知道说什么好。我父母站在人群后面，一动不动，仿佛在努力消除他们的存在感。

"孩子怎么能没人管呢？你说是不是？"岳母对我说，"对一个家来说，这简直后患无穷。"

就这样，在岳母的劝说下，警察把我儿子送进了监狱，交由女狱警来感化。

我为儿子的鲁莽感到羞愧。他的"罪行"最终在他身上留下了印记，他的蛹总有种自戕赎罪的气质。在监狱里，他拒绝见我。既然他做出了选择，要惩罚我给予他的不完整人生，完成他那古怪的思想导致的蜕变，在这点上，我几乎是没有反对的资格。世俗的习惯在人类身上留下了太多隐形的枷锁。我所做的改变，顺应的是人类最天然的渴望吧。

我躺在柔软的被绒里，房间也暖和起来了。窗外蓝色的尘埃徐徐压下来，仿佛给这个世界装了一个盖子。我给前妻拨了个电话。等了几秒钟，没人接，我把电话挂了。我生出了强烈的进食欲，把冰箱里的水果和蛋糕一扫而光。我离开冰箱时，简直举步维艰。

有人敲门。我把蛹盖起来后，便去开门。来的是我的邻居，他捧着一堆食物，水果、饮料以及无数的肉排。他笑着不说话，像个送快递的陌生人，等着我给他小费。邻居说，这些食物是他特意送给我吃的，他估计我会用得着。我感谢他的好意，克制住再次进食的欲望。邻居说，即使我不吃，我的家人也需要食物。说完他朝屋内望了一眼。我只好把食物全都揽过来，邻居这才悻悻离去。

我在这间房子已经度过了好些春秋。我适应了这种无望的孤独。如今儿子回来了，以一种全新的身份回来。要不是翻开旧日的相册，我几乎忘了他原来的模样。定义这种奇怪的生活，是困难的，它的存在并不复杂，只是异常。我要发挥最大的宽容和接纳能力，才能精确感受到世界在儿子身上施加的魔法。我已经不再是一个旁观者，因为他是我的骨肉。无疑，我在某种程度上也参与进这个神迹之中。有几个游离于时间之外的时刻，我认为儿子是另一个我，在长年的孤独和黑暗中生长。他长大后，身体带着来源于我内部，甚至连我自己也不曾了解过的隐藏属性。我走近那个蛹，把手贴在它的表面。他是我的第二个心脏。我好像听到了远古的呼唤，回到那个野蛮厮杀的昆虫世纪，没有人类，那时候人的智慧还只是一抹尘土。

我想给他喂食，但在表面找不到任何进食的口腔结构。或许他不需要进食，靠众多昆虫灵魂为他提供生存的营养，共同活在内部那个无垠的空间。天黑下来后，蛹的螺旋纹散发着微弱的蓝光。我把灯关了，在蓝光的包围中，进入了深层的睡眠。

第二天，我决定再给前妻拨个电话。

"你想看看儿子么？"

"儿子？"

"他出狱了。"

"终于出狱了。我爱他。"

"他就是我，我就是他。你爱他，就是爱我。我不明白我们为什么要离婚？"

"你总是坚持要我们搬走！要把整个镇空出来，等人来把它挖开。我可不想陪你在街上流浪呢，碰到熟人还要跟人家说，我们之所以无家可归，是为科学献了身。我没这么伟大。"前妻数落我，"我真是受够了。一堆几亿年前的破石头，也没我重要么？我可是活的呢。"

"研究人员也是碍于我们是这里的居民，才没有叫我们搬走。要是我们主动一点的话，说不定能出土更大的巨脉蜻蜓。算了，这个问题……我到时候带儿子去找你再谈吧。"

过后，我又给父母拨了电话，邀请他们来我前妻家，共进晚餐。是我父亲接的电话，他在话筒那边弄出嘎啦嘎啦的剐擦声。我寒毛倒竖！我的父母会不会被复活的昆虫吃了？剐擦声其实是千足虫爬行时弄出来的？

我们约在一个周末的夜晚见面。动身之前，我就跟前妻说过，我们的儿子现在有点不同，希望她能接受。那天从黄昏落幕开始，山丘似的块状云层就竖立在天际，像一堵墙，挡住背后的月亮。月色灰蒙蒙地浸染了云层。我们的城市已经安息，地底下的远古昆虫再次进入漫长的睡眠。趁着更大的喧嚣降临前，车流人流像过早归笼的禽类，纷纷销声匿迹。我可以肆无忌惮地把蛹抱在胸前，对仅有的几个路人的疑惑眼光毫不在意。走在大道上，蛹向空中喷出一股蓝色的气体。我猜，这是他愉快的表现。我已经没有更多的办法来控制这局面了。肆意放纵和享受，沉浸在无法解释的惊惶中，似乎成了我这段时间以来唯一的消遣。

前妻的家在老城中。在那里聚居的人不多，他们如鼠穿梭，也正如远古化石一样，栖居在黑暗处。但把这两者放在一起做比较，是对神圣化石的亵渎。他们是这个镇上唯一对化石心生怨恨的人。位于造物主所造之物顶端的人类，有理由对一种消失几个世纪，如今又被重新捧上神坛的生物，产生足够的嫉妒。一旦进入这片区域，我就变得恍惚，蛹也不安地扭动着。我抱紧他，告诉他，我们即将要去的，是他妈妈的家。假如我儿子蜕化后，变成一种完全区别于人类的生物，那他更适合生活在这片没有被阳光照射的地方，成为这片黑暗之地的全新救世主。

我抱着儿子，站在前妻家门口。屋里传出锯东西的噪音。但蛹安静下来了。我希望他暂时保持这个状态，以免吓坏他的母亲。这时，狂风把门吹开了。我看见岳母一只脚踩在一头猪身上，正用锯子锯开它的脑袋。岳父一边收拾猪的肉块，一边研究猪的内部结构。我跟他们打了招呼。岳母放下锯子，朝我走来，摆摆手，说今晚做全猪宴招待我们。岳父没抬头看我，继续为猪肉做分类。

我把蛹放在沙发上。窗外的街道黑洞洞的，闪电频频。岳父选了几斤五花肉，放在我面前，说给我带回去做红烧肉。他在我身边坐下来吸烟。烟气在屋里飘荡，蛹闻到后，浑身颤抖。岳父被他身边这团东西吓坏了，要用烟头去烫他。

"这是你外孙啊！"我立马制止了他。

老头赶紧收了手，噗噗地吸几口烟，眨巴着眼睛，仿佛什么都没发生。岳母浑身都是亮晶晶的汗，她把锯子洗干净，挂在钩子上，然后把猪蹄丢进锅里白灼。前妻化了一个浓妆，穿了一件下摆过大的裙子，从房间走出来。我不敢告诉她，我旁边这个玩意儿就是她的儿子。我的父母随后也到了，他们进屋后，尾随的风在屋子里乱窜，吹乱了每个人粗糙的头发。我赶紧护住新长出来的头发。最后，风掀开了盖着蛹的被单。门吱哇一声关上。众目睽睽之下，蛹晃动脑袋，发出吱吱的声音，仿佛很满足。真是令人难堪！我简直想挖个洞钻进去，永生永世不要再听到这可怕的响声。我的母亲大叫一声，晕了过去。众人只好合力把她抬到饭桌的椅子上。

白煮猪蹄的味道很膻。锅里的水还在炖着，蒸气填满了整个狭窄的房子。我们七个（假如算上儿子的话）围坐在饭桌前。我父母坐在岳父母旁边，我和前妻坐在一起。儿子则被放在远离其他成员的位置上。他们心不在焉地看着桌面，偶尔抽动喉咙，吞咽口水。趁我不注意，他们就瞄一眼那个表面开始泛绿的蛹。我母亲还在昏迷之中，头往后仰，架在椅背上，感觉下一刻脖子就会断开来。

前妻用勺子敲敲杯罩，发出哐哐的声音。我以为她要发表什么讲话，却只听见她哼出极难听的调子。岳父咳了一声。前妻只好不满地把勺子丢到一边。

"他真是我的儿子吗？"前妻问我。

"我想是吧。他在蛹里头。"我解释。

岳父和岳母将半个身子越过桌子，拧紧眉头观察蛹。

"他是蜻蜓？"岳父问。

岳母也提出了一连串的问题。"他是毛毛虫？我意思是，他小时候是毛毛虫？要不然，长不成这样咧……你俩总不会生了条毛虫吧？他小时候可惹人爱啦……"大家沉默着没说话。岳母只好起身去看她的猪肉，搞得客厅里的水汽更浓重了。我几乎看不清四周的人。

"你打算怎么办？"前妻问我。

"我想，你是不是要像母鸡孵蛋一样——"

"啊？"前妻低吟一声，"太可怕了！"

一会儿，岳母给我们端来了各种花式做法的猪肉。

"他吃吗？"岳父问，用手里的烟指着蛹，似乎又想烫它。

我看了大家一眼："他从没吃过东西。"

"哎，亲家公，"我父亲说，"蛹的营养都在里面。你不用担心。"

"那可真神奇呢……"岳父忍住用烟头烫蛹的冲动，绷紧的手指把烟都掐断了。

我们一边吃肉，一边怀念起儿子小时候给大家带来的欢乐时光。后来，我们不再说话，各自沉浸在哀伤的回忆中。前妻抹着眼泪，说我心肠坏，不好好教儿子，让他蹲了大牢。

"你不懂。这是好事。"我说。

"好在哪里？"前妻反问。

"你不知道啊？他蜕化后，要变成巨脉蜻蜓。"我展开双手，比划着。

"瞎吹吧你。"前妻不以为然，"难道我跟邻居说，我养了块化石啊？"

"不是。我也希望自己的孩子健健康康，像个正常人。"我回嘴。

我母亲从昏迷中醒来了，脖子由于长时间向后仰，一时不能直回来，像断头鬼一样在屋子里走动，把桌面所有的水杯都拿起来喝。我们以为她的头下一刻就会断，吓得在座位上不敢动。母亲的头恢复过来时，她坐在椅子上啃了一口肉，然后扫视我们。她说她在昏迷时做了许多梦，接着滔滔不绝地向在座的我们讲述了从康德、黑格尔，一直到海德格尔等人的哲学思想。我母亲没怎么读过书，她突然说出这么多概念，我们怀疑她也蒙幸了某种神迹。当然，梦给我们的只是一些概念上的皮毛，我们不能从这种短暂的梦幻里，获取更多来源于概念内部的细节与真实，所以我母亲那一大段如同女王演讲般的梦之复述，只停留在抽象哲学概念的重复上。她用海德格尔的存在主义分析我儿子变蛹这一现象的合理性。但不幸的是，所有答案都仅仅指向我和前妻不幸的婚姻。我父亲只得打断她愚蠢的讲话。母亲也仿佛从某种附身中挣脱了，一瞬间变得又痴呆又沉默。我担心，我们现在所做的一切，也是如此愚蠢。我们从没得到过机会深入了解这个蛹。生活的秘密是否太沉重了？我们只能装模作样地在四周掂量它的重量。

接下来，我们的饭局充满了类比。比如，儿子蜕化后会是哪种昆虫？在人类和昆虫之间，他会更像人，还是更像虫？我岳父打趣说，我儿子蜕化后，会是一只千足虫，这样就可以花光我的钱给他买鞋。我岳母说，我儿子本身就是一个人，变蛹并不会改变他的本质。我父亲没发言，他从来都是个沉默的男人，一直在点头。我前妻还在哭，说一定要想办法把蛹弄开。我说，假如蛹还没成熟，剥开它，只有死路一条。

"要不……学学母鸡孵蛋？"我再次建议她。

"太恶心了！这不是人类的行为！"前妻气得站起来。

"闺女儿，你可以试试别把自己当人啊。"岳父说。

"爸爸，你在胡说什么？"

"为什么你这么坚持自己的观点呢？我时常觉得自己原本就是一条狗。"岳父吮着骨头说道，"要是那个蛹最终变成了一只蜻蜓，我认为他不会再有人类的记忆，他会以为自己生来就是蜻蜓。不对，也不对！他，只会认为自己是全新的物种。"岳父咂咂嘴，对自己这番解释感到很满意。

夜晚的风变得暴躁，把窗户和门吹得噼啪直响，像有千万只恶鬼在外面叫号。饭后，我们把蛹放在床上，在它旁边烧起了炉火。前妻负责抱着他。我们希望用母爱来加速蛹的蜕化。"这是他的报应，有罪的人才会变蛹。"前妻抱怨。在炉火旁，在众人热切的注视下，我们等待结果的发生。

这一夜很漫长，中途来了一个人。那人穿着警服，他脱了帽子后，我认出来了，是那个狱警。

"我必须告诉你另一个情况。监狱里的蛹都裂开了……那景象啊！"

"什么景象？"我们全家异口同声地问。

"……我必须毁掉你儿子的蛹。这类东西不能留在人世啊！它们都是从黑暗处跑出来的东西，会带来灾难！"狱警急得满头大汗，"监狱向来安然无事，偏偏在收押你儿子后，就发生这些怪事。所以，开会后，我们一致认为要清除所有突变的人体。抱歉了！"

狱警像狗一样闻到了蛹的臭味，走向前妻的房间。前妻用被单包住蛹，浑身发抖。"他已经刑满了，不要抓他！蜕化后，他的罪就被赦免了不是吗？"狱警对此置若罔闻，抽掉了被单。蛹在火光中发出巨大的吱吱声。狱警也惊叫了一声，一枪射掉了蛹的头部。

"你杀了我儿子！"前妻长吼了一声，死死抱住狱警的大腿。狱警由于重心不稳，重重滑倒在地。我趁机抢过他的枪，鬼使神差之下，对着他的脑袋扣下了扳机。

在一轮歇斯底里的闹腾后，我们逐渐平静下来，慢慢靠近蛹。蛹被射开了一个大口子，我们冲上去，朝里看，发现里面只有一堆暗黄色的黏液和湿漉漉的木屑，更像个人工制造的玩具。

我们所有人都舒了一口气，原来这里头什么都没有呢。我们面面相觑，想起今晚发生的所有怪事，为刚才的集体讨论感到羞愧。但我知道，每个人心里都怅然若失。月亮出来了，我们带着巨大的蛹壳走到无人的黑暗街道，浇上汽油，点了一把火。在幽绿色的火焰中，我们六个人的脸庞被照得发青，如黑暗中的幽灵，如那不应存留于人世的怪东西。

两个家庭经过讨论，一致认为我要负责将狱警的尸体处理掉。

"不能留下任何蛛丝马迹！"岳母叮嘱我。

我用两颗猪的眼球，塞住了子弹贯穿狱警头部所造成的两个血洞。岳父从垃圾箱里，找到了那个原本是用来装猪的布袋，扔到我脚下。我把狱警的尸体塞进去，跟猪比，用这个袋子装一个人绰绰有余。众人合力把装有尸体的布袋抬到我背上。趁着天色蒙昧，我朝灯塔所在的海边走去。

我来到海边时，临近黎明。海浪翻涌，昨夜沉没的渔船被冲上来，挂在礁石上，像远古昆虫的巨大残骸。前段时间从监狱走出来时的无尽喜悦，如今已经被彻底粉碎了。我失去了我的儿子，而地底下的呼唤，空气中飘荡的昆虫灵魂，再也不会有新的替身。我走了几圈，找到了管理员摔死在上面的石头。跟其他嶙峋的石头不一样，那是一块扁平光滑的大石头。

我太累了，于是把尸袋卸在石头上。

疲惫和悲伤占据了我的脑袋。我望着灯塔顶部，巨大的灯在孤独地旋转着，只是无人引航。我想象着，也感受着：在每个这种风暴的夜晚，独身的管理员和我的儿子之间，那种在血色海风中仅存的温情。在我儿子决定变蛹的夜晚，管理员曾有过什么想法呢？是生而为人的恐惧吗？如果我儿子顺利蜕化成巨脉蜻蜓，那么，管理员就可以将自己的灵魂交予他，然后飞上天吧？哎，我最近总是这样，思考一些没有答案的问题。

在我决定把尸体处理一下，伪装成海难人员的尸体时，我发现石头表面有一个暗黄色的影子。一开始，我以为那是自己的倒影，仔细看，才发现是一只巨脉蜻蜓的化石，在灰暗的海边散发稀有的金色光芒，翅膀上的脉络依然清晰可见。我还注意到，它的头部纹路中有流动的暗红。肯定是狱警的血渗出来，给沾上了。我想用手抹掉，却发现血并不是沾在石头表面的，而是被化石的脉络吸收了。幻觉中，我看见它的翅膀由于吸收了新鲜血液，获得了重生，随风而动，感受着海风的浮力。

我仰起头，突然想到了什么，转身就朝灯塔入口奔去！就在此时，一种比大海潮更澎湃的情绪，在我内心瞬间扬起了！

西鸟

那座檐高宅深的西关大屋，逢源北街 100 号，太爷爷在里头寡居了足足有二十年。自从老伴死后，他就把自己封锁在宅邸内，不再踏出门口一步，也不让任何人进入。我们只好把饭食放在冷巷的门边，摇响挂在门楣的铜铃，提醒他饭点到了。可是第二天来看，饭食大多被野狗掏吃了。

对于太爷爷能在这座宅邸寡居二十年的事实，我们曾一度抱有强烈的怀疑。但这就是铁打的事实。当然，我们的怀疑是有根据的。

在西关一带众多古老大屋中，唯独逢源北街 100 号——一座从清代同治年间传下来的宅邸——常年笼罩着令人不悦的幽暗。建筑细节明显有违常规，与传统大屋的设计初衷背道而驰，如极度封闭的围护结构、低矮的门厅、狭窄的天井，宅邸内部因此异常阴冷。古怪的装饰也随处可见，举几个例子：暗红的满洲窗、业火浮雕的红花玻璃大屏风、形如眼珠的铁镂花、四处摆放的古铜色镜台。要是到了秋季的黄昏，橘红色的落日穿过布满外墙的满洲窗，射进一道道散漫的暗红光柱，宅邸就像被弹雨洞穿的衰老躯体。

我们家族说不上是名门望族，但我肯定，能在古代修建如此颠覆传统的建筑的祖先，肯定活在他无法超脱的幻想和自我沉溺中，并将这种狂热的基因，完整地遗传至某些后代的血脉里。所以，当父亲被诊断出脑癌时，他就断言，这是作为家族后人的宿命，他肯定会早早死于这种家族遗传的基因上，死于它对意志和肉体的过度消耗上。

太爷爷去世后，房子空了有两年。听那些因贪图便宜而住进来，对房子却一无所知的远房亲戚说，只要盯着那些光线，凝视着红色的窗玻璃，连同飘浮的灰尘，都会致人意识模糊，产生幻觉。他们住上一两天，便纷纷搬走了。所以，即便得到了太爷爷的允许，我们家族相熟的人中，没有谁愿意靠近这座不祥的宅邸，也不知道该拿它怎么办。有邻居曾说，有时夜里可以听到太爷爷发出的亢奋的怪叫，像捡到了什么宝贝一样。

后来发生了一件事：父亲主动接手了它。个中原因并不难推断出来，因为太爷爷死的时候，已有一百二十岁，是这个家族罕见的逃过早死噩运的人。父亲执意搬进来，母亲也不得不跟着搬了进去。而我，就是在这座宅邸里孕育的。

母亲在我出生前，就日夜想摆脱宅邸带来的幻觉。她对这座宅邸充满怀疑，担心我终究逃不过早夭的噩运。她最后提议离婚，并选择在某个遥远的地方生下我，借此冲淡家族的印记。在她决定离开这鬼地方的那晚，她死于难产，死在这古老的宅邸内。父亲凑在耳边告诉我："你偏偏选择在那晚出生……快出来时，腿踢个不停！你妈的血越流越多。"

"当时你在干吗？"我问父亲。

"我？"父亲挠挠头，露出一脸茫然，挥挥手，不想作答。

但他告诉我，当时在母亲的葬礼上，姑姑偷偷对他说："哥，不如让我住进去吧？"就这样，姑姑取代了母亲的位置，住进了逢源北街 100 号，一起继承了这座古怪的宅邸。

父亲住在头房，到我五岁时，他直接让我住进了二房。姑姑只能搬去客房。但作为补偿，西侧的书房就供姑姑私用。书房对开有一个小院，小院中庭有一个巨大的瓷质水缸，使用的彩绘是釉里红。在父亲因脑癌而越发古怪暴怒的时期，姑姑常常花一整天的时间，坐在书房的大木窗前，研究起釉色下坯胎的图案。

"小谷，你知道坯胎上画的是什么吗？"姑姑问我，她在窗台处支着下颌，说起话来牙齿咯咯地响。

那时下着雨，我鼓着腮帮子，模仿水缸底下鲤鱼翕动的鱼鳃。鲤鱼偶尔躲到厚厚的青苔下面，避开我的目光。

突然，一颗石子飞进了水缸。鲤鱼受了惊吓，翻个身，掀起一阵污浊。

"我问你话呢！你知道坯胎上的图案是什么吗？"姑姑又朝我扔来一块石头，她有点儿生气了。

"那些鬼玩意儿啊。我哪知道呢！"

"你就不能帮我看看吗？"她带着一丝哀求，仿佛小院是她的禁地似的，"是一只鸟吧？翅膀好大，浑身乌黑！我在夜里就常常看见它在屋梁上盘旋。"

我忍不住俯身去看，在孔雀绿的釉色下，有一片朱红色的阴影。

"唔，是鸟吧。"

"果然没错！"姑姑一拍手掌，"那、那、那另一边呢——"

没等她说完，我就朝着东边的偏厅一指——

"看！是我爸！"

姑姑哆嗦一下，把头缩进了书房里。我咯咯地笑着跑回了房间，穿过二厅时，我看到果盘上有一只梨，顺手就藏进了衫袋里。

"那只梨抹了老鼠药！"

我闻声猛一回头，就看到一张偾张的脸！是姑姑。她想从我手里夺回那只梨。我连忙退后几步，把梨凑到眼前一看——果然，果皮上有一层薄薄的白翳。

"你知道吗？那只黑鸟喜欢吃水果呢。我要毒死它！还给我！"姑姑说。

"你差点把我毒死了，妖婆！"我把梨扔到她的身上，昂了昂头，威胁说，"信不信我把我爸叫来？"

"不不不——这不关我事！是你贪嘴！"

她吓得怪叫起来，把门"砰"地关上。这时，小院上空飞过了一只黑鸽子。

"咕咕咕——"

等到那天黄昏降临，房间里高高的满洲窗，漫进一种带着威胁的光线，透出可怕的血色。姑姑说，它不仅毁坏屋脊，使瓷器的釉色剥落，还会招来更多的黑鸟。

这些光线的确使我产生了幻觉，持续时间虽不长，但后遗症足够强烈。我把视线移开后，眼前依然有红色的光圈扭动，不断组合出各种可怖的场景，最可怕的一次莫过于看见一个穿着古代服装的男人，朝我扑来。这个男人，就是当初建造这座宅邸的清朝祖先。我在一张老照片上见过他。

雨还在下个不停。听，姑姑正在客房那边痛苦呻吟，她感到害怕。她在怕什么呢？她怕她的哥哥会回来。

其实，父亲已经失踪七天了。在这七天里，姑姑感到前所未有的轻松，所以才胆敢用一个梨下毒，欲毒死她幻觉里的大黑鸟，说不定还想毒死我——只要我活在这儿一天，她就不能完全拥有这宅邸的继承权。尽管当时在名义上，我们三个共同继承了这座宅邸的产权，后来，房产证上也写下了三个人的名字。

"能把我名字写在第二位吗？对！是的！写在谷庆夫的后面！"姑姑踮起脚尖，半个身体越过工作台，指着房产证上父亲的名字。她喜欢耍点无用的小手段，以证明在这座宅邸里，她的地位绝不比我低，"总之写在谷子春的前面！"

那时候，我刚满二十岁，在一座废墟般的古怪大宅里，消磨了二十年时光，我活在神经质的姑姑和古怪多变的父亲的共同注视下，活在这座宅邸难以排遣的阴郁中，同龄人身上那些无忧无虑、天真纯洁的特质，在我的身上销声匿迹。而支撑我在这里活下去的信念，无疑是父亲日常起居的头房。头房也是后来的一系列事件——包括父亲失踪——的恶源。

姑姑说头房早就被别人盯上了，包括那个表面上对这座宅邸敬而远之、无比鄙夷的叔叔。然而，她没有承认自己也带着同样的目的。

说到父亲的头房，一个偌大的空间，私藏的珍品浩若星辰，当中有不少是这座宅邸世代相传下来的，其余的，则多半是父亲前半生亲手淘来的，还包括一些跟生物学有关的艺术装置，令人着迷。他视之为他生命的另一半。那还是我十岁的时候，在父亲的带领下，我第一次目睹了它的真面目——也是仅有的一次——那简直是由想象和梦幻组成的房间，仿佛把整个古代的文明搬了过来。

父亲的头房，无疑是这座宅邸诡异风格的集大成之地。

那次，父亲轻轻把门上的锁打开，"咔嗒"一声——我的身体随之一颤。

头房干燥、阴冷，没有明瓦，没有天窗。墙上的高窗除了滤出暗红色的光线外，对增加室内的亮度毫无作用。

我第一眼看到的，是各种古代的瓷器、画卷、兵器、大理石佛雕……然而，这些藏品都是障眼法，就像一只田鼠为了迷惑农夫而制造出来的假洞口。真正让我着迷的，在房间的更深处。

我捕捉到一种混合气味，是某种陈旧的酒，浓郁的香料，沤馊了的锯屑，变质的油膏，刺鼻的树脂，潮湿的布料。虫子在木头后面若有若无地低鸣。在满洲窗透下来的光线下，这里仿佛是原始的旷野，甚至是一片浩瀚无边的宇宙阴影。

随着午后太阳的移动，暗红的光线逐渐扩散开来，我得以看到更多的……

在房间深处，在一块暗红的帘幕后面，有另一个空间。那里阴暗墙壁的左侧，挂着众多衣衫褴褛的木偶，它们可活动的眼珠由于弹簧松脱而从眼窝里垂下来。最有趣的要数在黑暗角落处的木偶，黑眼珠炯炯发亮，手臂仍保持着向前甚至敬礼的姿势，嘴角微翘，形象之逼真，让我又害怕又想靠近。

"到了夜晚十二点，它们就会在房间活动呢！哈哈！"

我被吓得不轻，"那你睡在这里不害怕吗？"

"只要用被子捂住头，当什么事都没发生就好了，活着不就这样吗？你不去想，就什么事都没有。人的脑子才是最大的祸根呢！记住了吗？小谷。"

我继续在房间里走动。墙壁和地板乌黑发亮，四周摆放的，竟全是塑料假肢。几具松散的骨架，被塞进人体模型内；尖锐的骨头从模型的头部、腰部、腹部刺穿而出，整个身体失去了比例，成了肢体不断重叠扭曲的怪物；它们在寒冷刺骨的地板上神经错乱，浑身痉挛。我忍不住走近一看，从它们的腹腔里跑出一堆黑鼠……

这是一个异想天开的生命模仿工厂。我一度怀疑父亲在进行着复活的试验，制作木乃伊，或试图往一具无生命的木偶身体浇注血肉、转移灵魂。

　　父亲早就对每一件藏品做防腐处理了吧？将世人垂涎的某种珍贵秘密，一同遗弃在这个充满灰尘的冰凉头房里。这些黑暗的事物，从不安于特定的形状，当我一转眼，它们便重新塑造出一种新的形态。

　　"爸爸，这些东西是你亲手做的吗？"我回头问。

　　父亲不在我身后——头房的门竟关上了！我听见父亲竭力压抑住的笑声，在门外突突地冒起。

　　这时，在陶罐的后面，有几只螳螂鬼头鬼脑地溜出来，像个陀螺一样旋转。那一刻，我的恐惧和莫名的狂欢感同时抵达了高峰。

　　我用力拍门："爸，我要出去！"

　　门外高低起伏的笑声仍未平息，我怀疑父亲着了魔，竟如此捉弄自己的小儿子。我只好停住了，继续面对着这间给予我人生最初震撼的房间，沉浸在种种奇观中，试图抚平自己的恐惧。

　　这个房间还有很多其他尚未得知的秘密，我对父亲的过去一无所知。不难看出当中物品之间年代差距之大，体积之悬殊。譬如那个搁在一片稻草上的大佛头，比我还高，让人不寒而栗：那双丹凤眼似乎会随时猛然睁开一样。我想，或许在那一尊几米高的大理石人体雕像后面，能找到遗失的羊皮绘本，或在混乱的肢体当中，发现一具完整的木乃伊。但我压抑着膨胀的好奇心，不敢再往前了。

　　那次踏入头房的门，我马上被迷惑，热血沸腾，但在黑暗冷澈的气氛中，很快感到血液停止流动，仿佛从如焚的躁狂，走进孤独晦暝的森林，躺在一片和平幸福的腐叶堆上。它留给我的，是一种无法摆脱的记忆，痛苦的煎熬，漫长的回味。十年过去，我日夜担忧那段记忆会随着时间而磨损。

姑姑打从住进来后就一直渴望进入头房，她的这种病态的体验，也有着与生俱来的渴求。可是她连碰一下头房的门的资格都没有！在父亲面前，她只不过是一个投机的女人，兄妹之情被另一种冷漠的、与房子秘密有关的追求所代替。长久下来，她对头房既渴望，又恐惧。在暗地里，姑姑愤愤不平，她被挫败的欲望，如同被父亲浇灭的焰火。在多梦的长夜里，她一度陷入了梦游症的困扰中，赤脚游荡至门厅，在黑暗中徘徊，低声唠叨，咧咧咒骂父亲是猪，是暴君，是恶鬼。

不知道出于什么缘故，自父亲带我领略了一次头房内的奇观后，他便开始禁止任何人进入："小谷，你要好好记住你所看到的。"

同时，脑癌消磨着父亲的意志，他已经因高额的费用放弃了手术治疗。在我们面前，他变得越发的孤僻，难免让人想起太爷爷当初的怪异行径。不同的是，父亲却频频外出，走遍了本市的寺庙，结识了许多和尚，与几个颇有名望的住持保持着密切的来往。他似乎不再关注头房，用几把大锁锁住，还搬到了阁楼上睡觉。虽然如此，他对它的管辖权，还是死死不放手。到了夜晚，我还能听到头房处锁链响动的窸窣声，恐怕他又打开门进去了吧。我还听到大门趟栊拉开的声音。父亲这一系列的行径，仍像个谜那样困扰着我。父亲的病症只是他的个人问题，我和姑姑并未感到忧心，只管把注意力放在头房上。这种天然的冷漠，是不受一般家庭的道德伦常牵制的。

理所当然，我是唯一能接手这个房间的男人，这是一个老男人向一个更年轻的男人所应该传递的东西！那是一份沉重庞大的馈赠，连接着古代与现代，即过去与未来。父亲的贪婪让我感到了不公。我再没有得到光明正大进入房间的权利。

得知父亲不再让我进去后，姑姑老耻笑我，落得跟她一样的下场。看！那张可憎、下流、卑鄙的脸啊！

尽管房产证上白纸黑字地写了三个名字，可实际上，父亲才是掌管这座宅邸的真正主人。每到夜晚，宅邸里的所有物什，如书房里绝版的佛教线装书、端州砚台，门厅的红玻璃大屏风，墙上的对联和古画……纷纷待命起来，在穿过矮脚吊扇门的狂风中，瑟瑟发抖，等待严肃寡欢的父亲如将军一般施发命令，重新安排它们的位置。等到天亮，家里的物品都换了一种崭新的摆放模式。但似乎少了点什么，例如，昨日摆在镜台上的菩萨花瓶，今天已经不见了。我把那些消失了的物什，视为逃亡的叛徒。父亲也曾这么对我说：

"小谷啊，不要管它们了……它们是逃兵，不再守卫这里了呢。"

"爸爸，我们是不是要继续守在这里？"

"当然了，就像电视里城堡的卫兵一样。"

"姑姑呢？她跟我们一样吗？"

"唔，她是女卫兵，但你要小心她。"

"小心什么？"

"小心她叛变啊。要是哪天，你看到她带着东西要离开，得马上告诉我！"

"现在就把她赶出去吧。"

"不行，我需要有个人照顾你。姑姑她跟我们是一类人。"

"唔，她是我们的盟友。爸爸，你是将军，我是你的副手！"

"小谷，你说得没错！"

在父亲夜不归宿的那些夜晚，我有好几次用铁钳企图撬开头房的锁，进去看一下这么多年来头房是否一如当初。当我撬锁时，姑姑的房门也咿呀地开了。我踮着脚躲在黑暗里。姑姑在黑暗中移动，在头房前踱步，然后又回到自己的房间里去。给她个豹子胆，她也不敢碰那些锁一下！她注定是一个怯懦悲剧的女人。

有一次，我成功将所有的锁撬开了。锁链啪嗒啪嗒地滑落地上时，声音在空旷的宅邸内部流窜，我倒吸一口气。可幸姑姑并没有察觉。我放下铁钳，先轻轻推了一下门——门轴很滑，没有发出噪音。接着，一条缝开了，猛地涌出一股冰凉腐朽的风。一阵潮涌般的激动下，我顾不上什么噪音，什么父亲的禁令，或者姑姑的嗤笑——让这些通通去死吧！——用力一推！突然，一个巨大的黑影在我眼前闪过，形如一只鸟。我眼睛完全看不到东西，只觉得脑袋轰轰作响，像遭受了某种致命真菌或者严重辐射的毒害，头痛欲裂，眼睛干涩，喉咙沙哑。那只是进入父亲的头房后，由寒冷和恐惧引起的一场突发谵妄吧？谁知道呢。那个房间有强烈的致幻作用，里头的藏品附有诅咒？谁又知道。

果然，没有父亲授予我进入的权利，我只能白白遭受一次剧烈的打击，就像进入了图坦卡蒙陵墓后死亡的探险家。

第二天，父亲摇醒我时，我才发现自己倒在了头房前的地板。我骨碌地站起来，头痛已经消失了，好像什么事都没有发生一样。我往头房看去，门已经重新上锁了。姑姑在父亲身后向我投来鄙视、怀疑的目光。我羞忏地低下了头。

"头还痛吧？"父亲问我。

"已经没——"

"我带你去医院吧？"

"不用了！爸爸。"

"你还记得自己做过什么吗？你胆子还不小啊。"

"有一只鸟！它——"我辩解道。

"是你的癫痫发作了。我们家族都有这种病，但不常发作，除非干了什么坏事儿。"

父亲带我去了医院，还为我办了住院手续。

我在医院里躺了很久，每天只能喝粥。离开病房很长一段时间后，我才摆脱了由满室的医用床单造成的白色幻觉。在我出院的前几天，父亲就私底下跟医生说放弃留院观察。父亲说："我已经受够了这没完没了的检查了……他说看见一只鸟扑向他，哪有这种事呢？他还说，这种鸟的眼睛可以看见鬼！"当然，父亲在胡扯，要结束这场闹剧。医生耸耸肩，叫我们去办出院手续。这次的住院是父亲对我的一次惩罚，就像犯了偷窃罪被抓去坐牢一样。我心里的负罪感很重。打那以后，只要姑姑在这个家中受到哪怕一点儿挫折，她就要拿这事来笑我是贼儿。

我们穿过周家巷回家。路上，父亲没有看我，只是死死抓住我的手，恐怕我再一次受到伤害似的。我挣脱他的手。我并不习惯他突然而至的关心。他停了下来，半弓着腰："你要敢再进去，看我不弄死你！"

父亲忽然怔了怔，然后又握起了我的手，只是比刚才轻了点。

被困在医院这么久后，走在巷子里身体有点不自在，我不由得晃了一下。

"干吗？"父亲问。"头晕。"我说。"你又看见鸟了？"他有点生气。"没有，头晕而已。"我摸着额头。父亲默许地点点头，他又说："房间里只有一些旧古董，不值几个破钱。至于鸟的问题嘛……我刚才只是吓唬医生，他们对这种事儿总是半信半疑，又经不起折腾。想要出院，只要吓一吓他们，不就完事儿了吗？"父亲说完竟然出了一身虚汗，突然躲在一个阴影里不见了。我好像听见他说要去购销部那里买两瓶汽水。他回来时，手里拿着两瓶汽水，一瓶橙子味，一瓶香蕉味，瓶子湿漉漉的，在往地上滴水，灰尘结成了一粒粒。我们坐在蓝白色的遮阳伞下喝汽水。我把瓶子底部最后的一点汽水吸得很响，他瞪了我一眼。

头顶上的知了在叫。一个银色颤动的夏天。

今天，在这个多雨的日子，姑姑又紧张起来，怕是预感到父亲是时候该回来了吧。她跑到冷巷那里偷瞄，又伏在大门的趟栊上，紧张兮兮地等着那阵脚步声靠近。

可是，谁也不知道父亲去了哪儿，什么时候回来。我最后一次见他时，他说要去西边的佛塔，去参见一位百岁的高僧。我去过一次，只有几个老和尚坐着敲木鱼。我问我父亲谷庆夫在哪儿，回答我的只有萦绕在内堂的木鱼声，让人听得只想睡一觉。

我想过要报警，但姑姑阻止了我。

"你疯了吗？一旦报警，警察就会进来搜查，你文物局的叔叔就会趁机拿走这里的一切！你想一想，现在只剩你和我了……我们要保护这幢房子啊！"姑姑又哀求似的看着我，苍白的前额有几道睡觉时压出来的折痕，后脑上松垮的发髻耷拉下来，挂着粗粝的乱发。

"不会的，只要爸爸在，谁也不能进来。"我说，"他没有离开。"

听我这么一说，姑姑又犯病了，浑身发抖，嘴里哆哆嗦嗦地乱讲话："他已经走了！……他不会回来了！不会的……不会的！"她一直强调着她认定的事实。

父亲并没有离开，每到夜里，我都能听到头房那边依旧熟悉的锁链声。他回来看他的宝贝了。他一定有不能让别人看见的原因吧。因此，我为了维护他的尊严，只敢缩在被子里，当什么事都没有发生。

到了清晨，房厅地板上一连串的鞋印，和新鲜的剐痕，都说明昨晚的确有人回来过。

"小谷，你看，这是不是那只黑鸟的爪痕？"姑姑啧啧地惊叹，"果然是狠角色啊！"

我想起了撬开头房的门时，蹦出来的那个黑影，的确是一只鸟，说不定每晚弄出铁链声的就是它。这只鸟袭击人，又在瓷质水缸的坏胎上出现，现在还鬼祟地在夜里活动。谁能说清呢？父亲跟黑鸟之间有撇不清的关系，说不定父亲就是那只黑鸟，他变成一只鸟飞回来，造成了这些的假象。他只是为了吓唬我们，警告我们远离他的头房。那么，所有事情都能说通了。父亲始终没有离开。他以各种方式监视着我们俩，带给我们恐惧。当然，我不可能承认这么荒谬的结论。

"姑姑，你仔细看清楚，这不是我们昨天搬椅子时弄出来的吗？"

姑姑半信半疑地伸手去摸那些剐痕。

"我不信！"姑姑倏地把手收回来，"那这些脚印呢？"

我一下子慌了。

"昨天下雨了嘛！"我坚定地说，"这几天都在下雨呢。"

姑姑拉开趟栊，站在大门口处看天。今天竟然奇怪地放晴了，但雨肯定还会继续下的。姑姑端出一张小凳子，在门口的盆栽旁坐下来。她抬头看着天空。天空一碧如洗。姑姑缓慢地一呼一吸，似乎冷静下来了。

"小谷啊，你爸爸对我的脾气这么坏，他为什么还要让我住进来呢？"

"就为了今天的到来，好让你照顾我。"

"什么？"她顺手摘下了那棵珊瑚豆的叶子，放进嘴里嚼。

"他不在的时候，我可以和你一起支撑这个家啊。"我愉快地回答。

我们都忘了珊瑚豆有毒，这座宅邸到处都栽满了有毒的盆栽。姑姑肚子痛得直叫，瞳孔放大，她的呼吸像一台程序紊乱的发动机。邻居都不敢出来，他们跟我家早就断绝了来往。我只好用小板车送姑姑去医院。我站在那间我住过的医院门口前，迟疑了一会，想起了当初被父亲送进去的痛苦回忆。

"白痴！"姑姑在板车上痛得打滚，"还不快送我进去！"

不一会，医护人员就把姑姑送进了急救室。我坐在鹅黄色的走廊等候。穿着青色制服的护士从我身边走过时，口罩上方的眼睛快速地瞄了我一眼。不一会，她又折了回来。

"你姑姑怕是没救了。她误食过量。"她的嘴巴在口罩后面啪啪地说话。当时我的注意力完全放在了那块被说话气流撞击而不断颤动的布料上。

护士就大摇大摆地走了，像有什么高兴的事一样。

"我能进去看她的尸体吗？"我叫住护士。

护士没有放慢脚步："有什么好看的？怕你看了不敢睡觉，小伙子。"

"我爸的房间能复活她！"我脱口而出。这句话让护士摸不着头脑，无奈地转过身看着我。她站在走廊的末端，在一片灰色的阴影里。

"我说你啊，脑袋有问题吗？你也二十多了吧？一家子神经病！"

　　然后她就气冲冲地消失在转角处。

　　医生也从急救室出来了，但他一脸尴尬，匆匆走了。我看了看急救室的大门，叹了一口气，转身离开了医院。当我走出医院大门时，听到楼上的窗户有人大叫。我抬头一看，没有人。风从楼层侧面吹过，青绿色的窗帘飘出了窗外。

　　那天夜里还出现了一个梦：朦胧中，八角佛塔出现在眼前，塔尖高耸入云。

　　翌日，薄雾笼罩的清晨，冰凉的水汽从院子飘进我的房间。我清醒地意识到，梦中那座塔，正是上次我去找父亲时，登过的那座名叫寺空塔的佛塔。那些假正经的和尚，到底隐瞒了什么呢？我决定再去一趟。

　　从很远处，我就看到了寺空塔，从那头射过来的午后夕阳，在云间隐隐发红，还起了薄雾，像给一个烧红了的炉子浇了一瓢水。山间水汽氤氲，在昏色里阴郁难解。慢慢地，天色仿佛被塔顶吸走，最后一点金黄的光线都凝聚在塔尖处。

　　当我找到通向佛塔的石阶时，已经是傍晚时分了，同我上次来时相比，这次的路程明显变得曲折难寻。命运似乎有意给我下了难题，拖延我找到父亲的时间，说不定现在他正处于生死边缘。我站在石阶底部，向上遥望，还有很长的一段山路要爬，在竹林的遮挡下，完全看不见佛塔，只能相信这条没有尽头的石阶的指引。

　　到达一个山间平台时，我的耳鸣和眼花越来越严重，浑身没力气，只好坐在一块石头上歇息。在这里，竹林已经稀疏了，松树和桉树则多起来，视野因此更加狭窄，模糊不清。呼吸声在耳边变得缓慢沉重，虫鸣鸟叫也混合在了一块。山下刮起了大风，树林像分成了两股的波浪，朝着相反的方向滚至远处，又突突地折返，这场躁动最终消弭在双方的推撞中。我所在的地方却一片沉默，一丝风也不到，只有耳鸣造成的怪音和由于困倦而出现的视觉扭曲。寺空山是一个类似于禁地般的存在，在进入它的领地之前，我已经饱受了等待和剧变的折磨。

直到看见那些轻微摇晃的灯火，我才确信这条有时甚至会朝着相反方向延伸的石阶，已经将我带到了目的地。

我走入铺满落叶的寺庙庭院，看见佛塔的每一层都亮起了烛火，时明时灭，闪闪烁烁。塔身翘起的屋檐下的檩条，挂着一个个铜铃。风吹过来，穿过佛塔众多的窗门，发出呜呜的空鸣声。整座塔看上去似在摇晃，旁边茂盛的白皮松簌簌地在风中作响。我往后退了几步，听到了塔顶传来的呢喃佛音。

有一位老和尚，站在庭院的一棵树下，捻着佛珠，向我点头示意，然后走进佛塔的入口。入口的通道很窄，我听到了呼吸声在墙壁间被放大的回响。我继续前进，内堂的灯火蓦地在眼前亮了起来，照亮了宽敞的内部，一尊尊披着红色袈裟的金色佛像环绕着墙壁，烛光在它们庄严的脸部造成了闪动的阴翳。我颤巍巍地走到一尊菩萨跟前，仰视它的眼睛，跟它的视线却怎么都接不上。

"孩子，请上来吧。"老和尚的声音从塔的上层传来，催魂般的召唤有始无终。

　　我加快上楼梯的脚步。可楼道越来越窄，坡度越来越大。我确信父亲就在塔的最顶端，而我奔向他的路程，犹如踩在翻滚的波涛上。我感到疲劳、无助。

　　当我上到一个宽大的内堂时，刚才一切神秘的气氛全都消失了。我所看到的，不过是一个香火鼎盛的集会，诵经的声音如一窝蜜蜂放缓了的振翅声，在整个空间回荡，积郁不散。暗黄色的灯光下，人头攒动，香火味带着刺鼻的甜腻。一个个拜垫整齐排开，一个个香客虔诚地跪在上面，额头抵着地面，头抬起来时，产生了跟佛像相似的面部线条，双目微睨，神情泰然。我走进人群里，四下张望。和尚相互交谈，或者跟香客打着手势，谈着关于轮回的故事。直至提及地狱时，几个香客才收住了柔和幸福的脸色，紧绷的双脚随时要跑开一样，全身沉浸在巨大的不安中。

　　我不确定父亲是否在这群闹哄哄的游客中。假如真的如他所说的，他要来寺空塔找一位百岁高僧，并要我推断出一个理由的话，那就是佛教藏品——只要想想头房里的那个佛头，就知道这个理由站得住脚。他大概想趁健康状况变糟糕前，去佛塔收集他渴望已久的圣物。但我很快有了另一个想法，这是我从父亲研究典籍一事上推断出来的：他往生成佛的妄念。

　　我绕着大堂走了一圈，才发现我刚才上来的那条楼梯根本就没有人上下。他们是从前方的一个正门进出的。于是，我走到外面，靠在栏杆朝下看。那时月亮出来了，我清楚地看到密密麻麻的人群从一道白色的大台阶走上来。台阶从山脚一直延伸到正门。原来我恍惚之下走了小径，才以为旧路在一夜之间变得曲折离奇！但还没来得及反省自己的愚蠢，我就听到了大堂内传来了一个女人尖锐的争吵声——无须多辨了，是姑姑的声音。当她感到委屈或愤怒，她的喉咙就会发出这种像锈铁摩擦的干裂声。对此我最熟悉不过了。

可是，天啊，她还没死！一下子，我又感到了内疚：她会责备我没有确定她是否死透了，就丢下她无耻地跑了吗？

姑姑焦躁难耐，声音从涌动的人群中穿刺而出，腾空扩散，但难以确定她的位置。与她的争吵声相对的，则是几个和尚勉强的道歉声，但这让姑姑越发肆无忌惮。我加快脚步穿过人群，燃着的香灰落在我的头发里，一股烧焦的臭味让我直接跑起来，撞开那些手持粗大香烛的香客。他们像一头猪尸上推挤的蛆虫，不顾一切地寻找一个可以让他们上香的空位，甚至墙角的缝隙都插满了蜡烛。和尚们对此无能为力。假如菩萨真的在俯视这一切，那我这个寻找父亲的人才是最值得怜悯的。

一个满头都是香灰的女人站在一个大佛的底座上，指着下面几个神情复杂的和尚，破口大骂。姑姑那被压抑许久的泼辣天性，无孔不钻的咒骂技巧和极尽讥讽的语气，在这里毫无保留地展露出来，一句"秃驴"就把站在后方的一个年轻和尚羞辱得跑出了大堂，消失在缭绕的烟雾里。显然，姑姑在这里掀起过不小的波动。满头香灰，发髻松脱，身上的衣服有脏污的折痕，说不定她还被人家抬出去过呢！

那几个和尚中，站在最前面的大概是住持了，但并不是刚才引我上来的老和尚。住持面颊丰腴，留着一撮稀疏如荒草的小白胡。其间，他极少说话，也许已经放弃劝说这个蛮横的女人了。他偶尔往后侧着头，听后面几个和尚的意见，微微颔首。站在后面的和尚无一不对姑姑露出厌恶的神色，围成一个小圈紧张地讨论着什么。与住持相比，其他几个和尚流露出明显的担忧。如果，这只是一场单纯的闹剧，并有住持在应付着姑姑的胡闹，那其他和尚的慌乱，就显得很不正常了——除非，住持其实在掩饰着什么，其他和尚是他心虚的影子，是他内心的投射？

　　我一直躲在不远处看着，却不敢走出去。姑姑的"复活"让我心有余悸。那几个和尚也不知道在捣鼓什么。可是，当夜渐深，香客逐渐离开，我几乎无处藏身了。终于，蓬头垢面的姑姑发现了我。

　　"小谷，你怎么来了？你个白痴！还不快过来？"

　　我只好挪到姑姑跟前。她从佛像底座上跳了下来，揪住我的手臂，推到住持面前。

　　"他就是我哥的儿子！"

　　我无奈地站在住持面前，对事态毫无准备。这时，我才发现住持身材如此高大，比我高出足足两个头。他双目微微转动，朝我投来轻蔑的一瞥，然后又继续盯着姑姑那张筋疲力尽的脸。要不是我的出现，姑姑这出闹剧怕是演不下去了。

　　"的确很像他。"住持用轻柔的声线回答，"可是，他能证明你哥哥在这儿吗？怕是不能。"住持信步走到一个窗户前，抬头看着天空，"乌云都遮住月亮了，山下的风也停了。两位施主，还是请回吧。"

姑姑用力戳了戳我后背，我一下子了跳起来。"快说些什么！"

"我爸爸失踪前，他说要来这里。你见过他吗？"

"原来是你啊。"住持说，"你上次不是来过了吗？人没找到吧？"

我点点头。住持摸着小胡子，笑了起来，然后朝着门口做了一个请的手势。为了避免姑姑再度失去理智，我把她拉到一旁。

"姑姑，你不是死了吗？"我直接问道。

"你他妈才死了！"姑姑拍了我的头，"我只是心脏停顿了一会。突然醒过来时还把那个医生吓了一跳呢，然后我自己就出院了。"姑姑竟然有几分得意，忘了我们现在尴尬的处境。

"那你怎么不吭一声就跑到这里来？"

"当然了，我要抢先一步找到你爸。"姑姑带着胜利的口吻说，"让他知道他的儿子是多么的没用，还被一个死人吓跑啦！"

是啊，怎么能让父亲知道这件事呢？于是我把话题牵扯到这个让人脸红的处境上。

"我们快走吧，爸爸不在这里。"我注意到那几个和尚都在瞅着我们。

"不能走！你爸肯定来过这。我们到上一层再找找吧！"

可是，和尚拦在我们面前："请你们离开吧！"

姑姑推开几个和尚，拉着我在大堂里奔跑。姑姑跑步时发出"啪啪"的声音。她鞋子都没穿啊。和尚在我们后面穷追不舍，还分了几路围堵我们。

我突然感到了一种跟进入头房相似的快意和激动，心脏要跳出胸腔一样。我加快了速度，跑到姑姑前面。"姑姑！快！别让他们抓到！""小谷！你竟敢比我快！"于是，这变成了一场追捕的游戏。频喘的身体吸着那些供奉佛祖的香火气，在巨大的柱子和色彩混杂的帘布间，如老鼠般钻进钻出，上蹿下跳。和尚们叫嚣着，要我们滚出去。剩下的几个跪在拜垫上的香客也直起身体，对我们指指点点，忍不住笑起来。

但是，我在一座佛像前猛地收住了脚步。姑姑止不住脚步，撞在我后背上。

那是一座肢体极其怪异的佛像，双手竟同结施与印。我对它的身体并不熟悉，只有那个佛头，才是我一辈子都无法摆脱的记忆实物。尽管它半边脸被一块红色的绒布故意遮住了，但那种柔和、超世的眼神，眉宇间又夹带着狰狞的劲儿，是怎么也忘不了的。那是父亲头房里的佛头！它被棚架拙劣地固定在一个无头佛身上；断口处显然没有任何缝接的痕迹，随时都有掉落的危险；除此，还有两根麻绳分别穿过耳垂的洞口，下垂至腋窝，绷直，最后绕上几圈拴紧。我不知道如此大的一个佛头是如何从宅邸搬出来的。我想起了那些有锁链响动的夜晚，地板上有新鲜刮痕的清晨……这告诉我，是父亲独自把佛头搬到这里来的。他充其量只能把佛头运到山脚下，而带着它走完从山脚到塔底的山路，是他一个人怎么也无法完成的奇迹吧？假如佛头在半山腰滚了下去，那他就得重新来过，这种想象充满了西西弗斯的意味。因此，我否定了他独自完成这项工作的可能性。是那些和尚！

姑姑惊呼一声："是哥哥的佛头！"

"姑姑，你怎么知道的？你进去过吗？"我心中一惊。头房窗户上的那些木孔！我这时才意识到，那些我一直以为是蛀虫咬出来的空洞，其实是姑姑钻的。木孔每次都有意被填充物重新塞好，我以前认为，除了父亲绝没有别人会这么做。姑姑啊，你那低贱的手段，绝不配你那高贵的梦想。但一想到自己曾经也曾想闯进去，便没有继续追问姑姑。

姑姑的眼睛没有从佛头上移开，甚至当和尚从身后夹住她往外拖时，她也毫不在意。很快，姑姑就从这种摄魂的注视中醒过来，挣扎着踢开几个和尚，大骂"秃驴"。

"秃驴！放开我！我哥的东西怎么在你们这！"

赶来的住持已经掩饰不住他脸上的抽搐了。其他的和尚仿佛一下子泄了气，在周围打转。但住持马上采取了行动，他走到我们的面前，气急败坏。

"这是他送给我们的！"

"为什么要送给你们这些秃驴？"

"是他献给我们寺院的！"住持更正道，"我们总不能供奉一尊无头的佛像，简直是亵渎！没有头的佛怎么能庇佑众生呢？这是他的善举！也是我们之间的协议。有何不妥？"

"你们快走吧！"几个小喽啰和尚眼看住持方寸大乱，便使手段了，"推他们出去！"

"等等！"我几乎控制不住自己，冲到住持跟前，"住持，我爸呢？他为什么要把佛头给你们？"

住持往后退了几步，不敢直视我的眼睛。

"我真不知道他在哪儿。昨晚之后，我就没见过他。十年前，他说……他说，只要替他穿上袈裟，这颗佛头，就是我们寺院的了。但佛门哪能接受如此草率的授予仪式呢？"住持说完后，紧紧攥住手里的佛珠，面如死灰。在家众是不能穿袈裟的，甚至小沙弥都不能，何况父亲这么一个跟佛教毫不沾边的汉子呢？"十年来，他诵读经书，将佛教文物悉数献给本寺，还出钱修葺庭院，连那个佛头也是他独自送上山的，真是奇迹！因此上个月，我们正式接纳他为本寺弟子，也是在昨晚，我们为他举行了袈裟授予仪式。真是罪过啊。"住持羞愧难当，走进大堂的黑暗处，不见了。整个大堂只剩凝重的沉默，香烛已经燃尽，烟气也快散去了。窗外有夜风吹进来，令人不禁瑟缩颤抖。

十年前……也就是我十岁那年，我第一次——也是最后一次进入头房的那年，父亲以最鲜活的形象，把头房刻在我的记忆里后，就开始了他的计划。

在场的几个和尚面面相觑。姑姑对着他们"哼"的一声。

"信不信我叫文物局的弟弟来，告你们私吞文物！"姑姑把叔叔也拿出来当筹码了。

几个和尚再也站不住了，纷纷消失在黑暗的房门后。

这只是一场交易，用佛头来换取一场袈裟授予仪式。

"竟然把这么贵的东西，送给一群死秃驴！就为了那件破衣服！"姑姑摇头晃脑，嘴里发出呜呜的哭腔。她抱着头，跑出了门外。

我站在门外时，整个大堂只有残灯剩火在喘息，万物噤声。姑姑正沿着台阶跑下山去。正当我转身要下楼时，一个黑影在我眼前一闪而过。待我缓过神来，我伏在栏杆上，只看到下面那棵白皮松一阵摇晃，飞起一群黑鸟。

那是晚景凄凉的时期，整座宅邸已经免不了退去了部分的神秘激情。既然父亲能为了一己私欲，把头房里的佛头当筹码来做交易。我认为，里头的一切都沾染上了俗气，正等着一个个被他拿走。

姑姑已经从那种神经质的思维中跳出来了。她还在叔叔的文物局里找到了一份文员的工作，说希望可以忘掉过去。每天下班回来，她一边做饭，一边跟我谈论只关于工作的琐事。可是有一天，姑姑难为情地跟我说，她不小心向叔叔透露了佛头一事。

这时，我知道事情已经一发不可收拾了。

叔叔表面上对逢源北街 100 号敬而远之。在对待这座宅邸的态度上，他仿佛不是我们家族的人。可是家族的基因从未停止表现它对待病态事物的狂热爱恋。因此，在骨子里头，叔叔依然是这基因的一个影子、一个分支。只不过，他绝不会冒死住进来，被里头的气氛激发体内随时可能发作的痴呆或癫狂，就如姑姑那般。他三番四次地以政府认定文物保护单位的公文为由，企图打开父亲的头房，将里头的藏品——用他的话来说——从一间危险的房子里解救出来，送至博物馆收藏。但是，我们都知道他有私心。叔叔总想以一个外人的角色，以迂回的手段，来争夺这座宅邸，似乎这样就能去除家族的意识，过滤掉那些缠人的印记。父亲每次都将这个"精神不纯"的杂种赶出家门。而如今，父亲确凿无疑地成了他自己口中的杂种。一个花瓶上的小裂缝悄然出现后，这道裂口随着时间的推进，注定被那些图谋不轨的外力盯上。

自从姑姑走漏风声后，叔叔频频上门来。他已经无耻地放下一切的官方理由，直截了当地说要分得一件藏品，要不然，别怪他来真的，把整间屋子收归他自己私底下组建的那个小集团。他只要一件藏品，一件就够了，他是这么要求的。姑姑迫于压力，从文物局辞职了。

姑姑又回到了那种暗无天日的黑暗生活里，没完没了地研究水缸坏胎上的图案，问我如何摆脱那只大黑鸟的恐吓。

有一天，我在给鱼喂食。天又在下雨。

"姑姑，不如我们把门打开吧？"我说。

姑姑坐在书房的窗台前，很长时间没有回答。她走到我面前，看着水缸里的鱼浮上来，用空空的大嘴巴吸食那些饲料。

"那么，小谷，能让姑姑第一个走进去吗？"姑姑压低了声音说。

"好的，姑姑。"我也低声回答。

我不得不承认，父亲已经这么久没消息了，在打开房门一事上，我们仍是战战兢兢的。我把这些表现归结到那个祖先身上。也许在他的时代，他就是高高在上的王，底下那些仆人和妾侍，无不是对他表现出足够的敬畏。那个祖先，只是把这种来自他身份之下的人的敬畏，一并遗传给我们。这是一个没有尽头的家族游戏。

终于，在一个暴雨过后的夜晚，月亮穿过水汽，照射在逢源北街 100 号的趟栊上。巷子里一片狼藉，在月亮的光辉下，显得明亮又恐怖。我和姑姑躲在书房里，直到雷声带来的惊惧退回天空的深处。小院的瓷质水缸灌满了雨水，鲤鱼浮到水面，一蹦，就跳了出来，在满是青苔的地板上蜷曲，张着绝望的大嘴。

我们听到了门外凌乱的脚步声。

"姑姑，是谁？"我浑身发冷。

"是那只黑鸟！"

"别犯傻了，是叔叔。都是你，多嘴！他要来了！"

姑姑悲伤地靠在书柜上，流出眼泪来。接着，她蓦地站起来，说：

"我们赶快把房门打开，把东西先拿一部分出来！总不能让他一个人独吞！"

于是，我们冲出书房。但姑姑不知怎么没有朝头房去，竟然丢下我一个，掉头消失在冷巷里。我看到几只湿漉漉的鸟停在小院的石榴树上，梳理着羽毛，还冷不丁地叫上几声。

我站在大门前不远处，额头冒汗。脚步声越来越近，在外面徘徊了一会后，便又走远了。当我以为危险已经过去时，才想起冷巷那边的门忘了关。又是姑姑惹的祸！但已经来不及了，叔叔带着几个汉子从冷巷走进来，背着一些容器和袋子，四处张望。

我本不该有任何的慌张，他不过是来要走原本属于他的那份财产，不会伤害任何人，但一想到这个家即将分崩离析，我便忍不住害怕。

叔叔穿过小院，在书房肆意打砸，不断喊着我和姑姑的名字。我躲在偏厅的柱子后面不敢出声。没发现有人后，叔叔便朝头房走去。他身后的几个汉子像闯入这具衰老的躯壳里的异物，使周围的物品纷纷紧张起来，发出嘶嘶的低鸣声，随时会对他们发动攻击似的。

他们站在头房门前，等待打开那扇可以通向一个奇诡瑰丽世界的房门。叔叔一挥手，然后站到一旁。后面的汉子便从袋子里掏出几把锤子，用力砸在头房的大锁上，没几下，锁链便粉身碎骨了。我一直期望的壮举，在他们毫不犹豫的敲击下，轻易地完成了。

叔叔把房门打开，他们一个个走了进去，仿佛走进了一道永不复返的门。我完全无法想象他们走出来时，是带着什么样的神情，他们抱着的又是什么样的珍宝。

狂风又一次降临，像游蛇一样在宅邸内部流窜，吹得头房的门直来回拍打。房里没有动静，我试着走过去，带着前所未有的激动。

这时，我身后响起了脚步声和翅膀扑打的声音。我回头一看，在黑暗中，姑姑握着一把刀，手里还抓着一只鸡。她仿佛从鬼门关走了一趟，脸色惨白，头发全都披散开来。由于脖子被掐住了，母鸡全身的羽毛都鼓胀起来，张开嘴，尖尖的舌头伸出来，圆睁着的黑黄色小眼珠子，活像一颗小玛瑙。

"小谷！你叔叔呢？"

我指着那扇洞开的大门。可是在这个关头，她跑出去抓一只鸡是干什么呢？

姑姑把鸡脖子的毛拔了，露出黄白色的鸡皮和底下的喉管。她把刀刃轻轻搭在上面，划出了一道白色的口子。那条喉管瞬间涌出了鲜血，像泉水一样流到地上。

"我要像杀了这只鸡一样，宰了那个家伙！"

哦，她要杀鸡儆猴呢！于是，姑姑便提着一只浑身是血、剧烈抽搐的母鸡，冲进了头房。那一刹，我也随之奔了过去。

当我直面那个房间时，血液从我的脑壳一直退到了脚跟。叔叔站在房中，低垂的眼睑让他看起来像陷入了痴呆的状态，但颤动的脸颊，咬紧的牙关，告诉我他正处于极度愤怒的情绪里。姑姑手里的那只母鸡滑落到地上，蹬着僵直的腿，眼睛已经发白了。

在房间里的，只不过是一摞摞破碎的经书，散落的纸片，断裂的木棍，被撕毁的古画残骸，苍白的花瓶碎片。除此外，几乎空无一物。我那晚在寺空塔产生的担忧，已全部成为现实，打破了我仅有的侥幸：父亲已经把藏品，一件不剩地贡献了出去，留给我的，不过是十年前一场强烈而虚幻的奇观，并天真地希望我能凭借着它，逃过早夭的噩运。

亏空家族藏品的耻辱，一直折磨着他。十年来，他苦苦维持着一个巨大的家族假象。

那些水一样流淌的暗红色光线，温柔地爬过地上的残碎之物，抚摸着每个人的脸上抽搐的神经。

可是，我往深处一看——那块暗红的幕布垂落了一半，里面的诡怪木偶完好如初，仿佛是父亲往生后残留的凡尘肉体。几个大汉见到这些木偶，纷纷退至门口。

我捡起落在脚边的一张纸，凑到眼前……接着，我捡起其他的纸。佛眼。佛眼。佛眼……全都画着佛眼，那穿透凡尘、目空一切的眼神。

这时，更大的风吹了进来，搅起所有的纸片，我被漫天的佛眼裹挟着。

姑姑依然握着刀。她冲到房间深处，抱起一具形如木乃伊的人偶，把刀架在它的脖子上。她双目无神，呆呆地看着地面，嘴里念叨着：

"谷庆夫是我杀的！是我杀死他的！……"

叔叔痛苦地叫了一声，拿出手机来要报警。

可是，报警是没有用的。那的确是一个人偶罢了，既不是木乃伊，也不是父亲。离开佛塔那晚，我站在白皮松底下，看到一个四肢张开的男人挂在树枝上，像一只死去的鸟，他身上的那件袈裟勾在他的脖子上，随夜风飘起。这是往生的最后一步棋吗？

我悄悄走出头房，来到小院中央。跳出来的鲤鱼已经死掉了，石榴树上的鸟朝西飞去。那个瓷质水缸也裂开了，坯胎上的鸟状彩绘变成一摊红色的液体流了出来。

死语言之匣

一、眠音

"我又开始失眠，但我的声音睡着了……"

张言说完这句话，在同一个房间里，他和安哲开始了彼此沉默的一周。自从安哲搬来和张言住，张言就开始失眠，他在梦里看见一个匣子朝他罩下来。他想起一个久远的回忆：他有个哑巴邻居，天天躲在门后，每次他经过哑巴家，哑巴一旦听到脚步声，就跳出来，张着空洞的大嘴，端着一个木匣子，追赶他，想要把他塞进木匣子里去。"那么小的木匣怎么塞得进一个小孩？"安哲问。"这不正是恐怖之处么？"张言说。安哲的心颤了一下。

即使这样，张言还是想好好睡一觉。为了不触发那个梦，他把家里的盒状物品都收了起来，只要让身体平静地入睡，梦便找不到他吧。有时安哲偷偷检查张言的安眠药瓶子，摇一摇，看看里头还剩多少。某天睡觉前，张言把两粒安眠药放在水杯旁。在他上厕所时，安哲把其中一粒安眠药换成了一粒安慰剂。他们平躺在床上，像安葬在一起的两具尸体，隔着三指宽的距离。某天，他们去看一个出土文物展。其中一副棺椁里面有一男一女两具古尸，双手搭在胸前，面部膨胀，呈现褐土色。"像不像我们？"安哲当时问道。

"死人在睡觉。"张言回答。

至夜深，张言突然起身，问安哲："你是不是把我的药换了？"于是，他们两人又开始说话了。至于说了什么，安哲不记得了，他脑海里一直在计划前往边疆 C 城的某个村庄研究一种死语言（无人再以其为母语的灭绝语言）的行程。所以，张言开口跟他讲话，都没有引起他的兴奋。张言迟早会张开嘴说话的，就像他的名字暗示的那样，可那种语言一旦彻底消失，就再也没人会说了，安哲是这么想的。他没回答张言，在黑暗中对视三秒，两人又沉默下去。睡过去不多久，安哲被张言的叫声惊醒了。他坐起来，张着空洞的大嘴，对着黑墙大喊了几声。安哲以为进了贼，跟着大喊起来。张言从惊恐的状态中回过神来，嗫嚅道："你叫什么？我只是梦见那个木匣……"安哲从未听过张言发出这种夸张的声音，因为他甚至不会大笑，似乎在压抑着喉咙的发声功能。"我没叫什么。"安哲回答，"你需要安眠药，多过需要我。""我需要你，"张言说，"我需要和你说话。""你是这么认为的？不说话的难道不是你吗？"安哲问。"我又开始失眠，但我的声音睡着了……"张言重复道。这句话仿佛是某种触发机关，当张言说出后，他们自然而然地遁入静默状态，并持续很长一段时间。之后的半夜，两人都没睡着，他们偶尔抱在一起，但很快就分开，各自对着墙壁沉思默想。

他们认识半年，但弥漫在两人之间自然、沉默和倦怠的气氛，却让这段短暂关系仿佛维持了多年。安哲是语言学的大三年级学生，张言没有工作；安哲没有钱，张言有些许积蓄；安哲无法让张言的话多起来，张言对安哲拯救一种灭绝语言的行动也无能为力。在这段关系里，没有拯救者与被拯救者，不存在引领者和被引领者，没有维吉尔和但丁，无法对号入座。在生与死的问题上，谁也无法给予对方最后的安慰。没有这么清晰的两者关系了。

半年前，在某个异国街头，有很多像他们这样的男人，在街头游荡抽烟，等待狩猎或者被狩猎。张言似乎在那个电灯柱下抽了好多年的烟，直到安哲这个猎奇的游客经过他身边，发现了这个隐身在烟雾和烟头中的男人。从偶遇、搭讪到离开，他们对这个过程轻车熟路，张言和安哲互相看了一眼，便一起离开街头。但安哲感觉身边的这个男人没有重量，身体是由虚空烟雾组成的，是一个只有他才看得见的幽灵。不知这是幸运还是不幸。"你是做什么的？"在霓虹渐熄的街头晃荡了好久后，安哲才开口。"我……在出逃。"张言吐出一句话。"你犯了罪？"安哲问。"不是，"张言说，"就是出逃。字面意思。"那晚，张言说忘了自己的住处（他根本就没有住处，是一只寄生在电灯柱下的烟鬼吧）。安哲只好把他带回酒店房间。房间窗户外面是一片海港，有码头、餐馆和酒吧。在这里，安哲想着可以接触更多说不同母语的人，为此花了昂贵的房费订了这家海港酒店。

　　然而，从黄昏到午夜，海港静息，仿佛海上作业废弃了，游人也消失了。连这个陌生的男人都紧锁喉头，安哲怀疑自己选错了旅行之地，也选错了搭讪的男人。张言打开窗户，在海港闪烁的红光中抽烟。安哲在床上整理一堆无用的资料，他希望张言能问问自己在忙些什么，故意辗转反侧，弄出些噪音来。第一次见面表现得如此冷淡，安哲对这个城市产生了一些反常的幻想，好像这里的人的天性没有被完全释放出来。他决定主动，于是放下手中的资料，走到窗前。当他鼓起勇气，准备从后面拥抱这个男人时，安哲才发现海港和岸上被人塞得满满当当，一束束灯光明亮得像起了一场火，只是像默片一样，行走推搡的声音甚至没有一个蚁穴发出的窸窣声大。这种恐怖的画面堵住安哲的喉头，双手同时放了下来。见面的第一晚，他们没有拥抱，离开窗口后，也没再说一句话。不过，张言淋浴时发出的各种小声响，安哲坐在客厅里倒是仔细听着：光脚行走在瓷砖上，双手涂抹沐浴露，皮肤摩擦，嘴唇呼气……似乎每一滴水声都是他的肌肉发出来的，以此代替了真正的语言。这副由烟雾组成的身体是如何洗澡的：烟雾被水穿过，稍稍扰乱它的形状，过后依然是一团模糊，除非有风，来自海港的风，或者他鼻子的气息……

　　第二天，两人在机场分别，互相留了国内的地址。在飞机上，他对昨晚那个没有存在感的男人产生了一丝奇怪的眷恋。即便没有太多交流，他还是很期待回国后再次见到他。回国后，安哲给张言打了电话，那边没有接，过后传来一条短信，说人还在国外。安哲没有回复短信，认为这段邂逅迎来了终结，便按原计划，转机去了边疆的 C 城。

在那里，他发现了 C 城一种死语言的残卷，拥有这份珍贵文物的是一个走私商贩。

安哲和走私商贩当时在戈壁滩上相遇。走私商贩向安哲讨了点水喝，两人坐在一块岩石的背光处聊天。走私商贩决定不再从事这项职业的理由是，他感觉自己在买卖古老的时间。安哲不知道这个理由有什么特别之处。得到这份文物不是件难事，想想那些在新疆出土的吐火罗语残卷吧，在季羡林之后，中国之内估计已无后继者去潜心研究它们了。毕竟研究死语言是一种庞杂的、对实际经济却无甚益处的工作。世上已有更多更重要的死语言，比如吐火罗语，值得世人去研究，而安哲着眼的这份只有一张 A4 纸大小的残卷，甚至不会引起学术界的关注。走私商贩也深知这份残卷的价值，只在时间上，而不在金钱上。

"这块碎片有什么神奇之处？"走私商贩对空举起残卷，让阳光照亮每个古怪的文字。"你从哪里得到它的？"安哲问。"一个老头，他用这份残卷交换我身上全部的食物和水。"走私商贩掏了掏空瘪的口袋。"他快死了？""不，他只是想尝尝异域食物的滋味。""那他会感到很幸福吧。""为什么呢？他是这种语言最后的使用者了。"

一阵夹带沙砾的风吹走了走私商贩手中的残卷。那张纸在骆驼刺树丛上疾速掠过，安哲去追它，像在追什么不可挽回的东西。那一刻，他感觉自己是这块土地的孩子；祖宗呼唤他，用一种被藏在意识深处的陌生语言呼唤他；祖宗想复活，在他的喉咙里复活，在每一个后裔的喉咙里复活。安哲的心变得跟这里一样的干燥，一样的古老。如果他是这里的一粒沙砾，那在千百年前，他曾听闻过那种语言的发音。它有什么特别之处呢？安哲追回了那张残卷，上面写满了鱼形文字。

正如整个脊椎鱼类王国是在一条脊椎上增添血肉所组成的，那些边疆古文似乎也是由形如鱼类脊椎的基础形状派生而来的，只不过在其上添加形状各异的笔画。这种造字方式看似简陋，却隐含着某种原生信息。鱼。为什么是鱼？沉默的鱼，发出人类听不到的声音。在寒武纪，边疆西部是汪洋大海，那时候人类还没出现，直到后来鱼进化成了人类。边疆部族是不是试图回到鱼类的纪元呢？发出水下的神秘语言，多么美妙啊。被现代语言荒废的喉咙，会得到古老语言的珍贵馈赠。在边疆刺目的光线下，安哲久久地欣赏残卷上的文字，每一个字都游动起来，从指尖末梢神经游进他的血液里。

走私商贩没有当场把古文残卷交给安哲，而是把它塞回羊皮包里，问安哲要了地址。安哲鬼使神差地把张言的地址给了他，因为他突然有一种预感，觉得他们两人会走在一起。这个打赌的押注就是这张珍贵的古文残卷。"我有一个比走私文物还要古老的问题，但我没法用文字描述给你听。"说完，走私商贩朝一个陌生方向离开了。

离开边疆后，安哲根据地址找到了张言的家。他家在一个广场的小巷子里，外面热闹非凡，一旦进到巷子里，却毫无人影。

安哲站在冰凉的巷子口，看着阳光下的广场人群，觉得自己处在两个世界的交界处。继续往里走，在巷子的右侧，有一个小小的楼梯入口，他走上去。站在门前，安哲不确定里头是否有人，犹豫一会儿后，敲了门，但没人应门。下楼梯时，安哲碰到拖着行李的张言，他们对视了一会儿，仿佛在认清对方的脸，最后只是互相点了点头，便一起进了屋。那些沉默的日子似乎就是这样开始的，没有试探，没有过渡，只有默许。安哲觉得这是一种新奇的体验，似乎发展出了一种心灵感应。

结构语言学家费尔南德·索绪尔说，语言是人脑子里的社会产物。

正式和张言住在一起之前，安哲跟室友们说："你们知道，语言会改变人的思维结构，甚至生存模式。"安哲一直认同这个观点，"发出没有音调差别的喃喃声，跟沉默不语的效果相当。而使用社会中普遍的语言，人的思维走不出同一个枷锁，触觉无法得到更新。语言更像一个机关，正如张言的那句话：我又开始失眠，但我的声音睡着了……触发了我们两人之间紧闭声带的关系——这是语言功能的一个小小例证。而学习新的语言，特别是那些稀罕又神秘的古老语言，它不会赋予我更多，它只是打开新世界窗口的机关。也许我能够像季羡林那样，钻研稀奇的吐火罗语——谁知道季羡林在德国学会了这门死语言后，是否对世界有了超越常人的认知却从来秘而不宣呢？我承认我曾妄想，某种语言会带来魔法般的效果。"

那天，在张言家，从上午开始，安哲就反复掀开窗帘，观察广场外面。在人群的嘈杂中，有某个异样的脚步声，被他的耳朵捕捉到了。张言坐在沙发上，对安哲的行为表示厌恶："拉上！快拉上！刺眼！"

期待已久的敲门声终于响起！走私商贩给安哲寄来了那份古文残卷，还附上边疆老头的住址，在一个叫作"乌鹤"的地方。"我从未送过这么奇怪的邮件。"邮递员说。他把邮件交给安哲后，看着自己的双手，像在观察什么陌生的东西。"它很重要，但没什么奇怪的。"安哲说。"也许是错觉吧，拿着它，我好像突然不认识这座城市了，也听不懂周围的人在说些什么。"邮递员晃头晃脑地下了楼。当时在下雨，邮件包裹上残留着雨水的痕，但安哲感受到的，是来自边疆的万丈光芒，干燥的风和遗迹的气息。安哲迫不及待要打开邮件包裹，因为此时，他是这份古文残卷的唯一拥有者。他的心里升起了古老的喜悦，是大祭司得到自然之神回应时的神圣感。他需要阳光，恨不得拆掉屋子里重重帷幕，照亮每一个死语言。

然而，光会打扰张言的睡眠。没有光，他便不需要说话。黑暗的低语都会引起身体的骚动，骚动意味着梦，意味着木匣子。每个窗户都挂上帘子，黑色底料，绣有黄色的条纹图案。不开灯，房间便一片昏暗，但也有光，光来自地毯上的阿波罗太阳神图案。符号比实物能给他带来更长久的希望。看似无光，其实光一直都在，张言解释。安哲只好打开台灯，仔细抚摸残卷上的每一个古老符号。如果张言也是鱼，那他肯定是一只深海里不合群的雄性鮟鱇鱼，向前伸长的背鳍上有一个能够自体发光的小灯笼，捕食，探路。

"孤独的雄性鮟鱇鱼，一旦遇到雌鱼，会咬破其腹部，钻进去寄生，终生那种。"安哲跟张言说。"你跟我说这个干吗？"张言在灯光黯淡的客厅抽烟，嘴前那一点烟头红光，分明就是发光的小灯笼。"只是突然想到这种奇特的深海鱼。"安哲说，"你觉得，鱼会说话吗？""你抽烟不？"张言却说。"可以给我一根吗？"安哲问。但他从来不抽烟，要是能让两人的话题多一些，比如讨论抽烟的体验，他倒是愿意尝试一下抽烟。

张言把快燃尽的烟递给安哲时，火刚好熄了。

安哲需要自然光，他要准备的资料实在太多了。但真正有用的材料，只是那张写满了密匝匝的非汉文字符的纸，全是手抄的，毕竟电脑输入法里没有这种文字。其他的材料，不过是上课时常用的课本，对研究一种新的语言没有任何参考价值，只提供了一种思维结构。前面已经说过，新的语言会带来新的思维结构，用旧结构去开拓新结构，似乎是个水火不相容的事。安哲想，这甚至有点像凭空造景，把自己退化成一个刚出生的孩子，甚至必须首先忘记汉文母语，从牙牙学语的阶段重新聆听那种语言的发音结构。只有找到走私商贩口中的老头，他才能亲耳听到鱼形文字的发音。

"咕噜咕噜——"张言弄出些怪声，"你最后听到的，可能是这样的语言。"

张言连开玩笑都那么冷静，像在说某件严肃的事情。他对着安哲摆在桌上的手抄资料吐了一口烟，安哲渐渐看不清那些字符了。历史没有给他答案，安哲觉得自己在做一件没有未来的事，那种单纯的快感来自哪里呢？安哲放下手中的工作，和张言靠在一起。张言却拿起桌上的残卷，卷起来，似乎下一刻就要用火机烧着它，用来点烟。安哲一把夺过来，放回文件袋里。五分钟后，张言又点了一根烟，吐出的烟雾把安哲重重裹住。安哲把排气扇关掉，他们就这样在满室的烟雾中不说话，窒息的感觉让身体轻飘飘的。一直坐到夜半三点，安哲独自上床睡觉去了，在梦里他还听到张言在客厅沙发抽烟的咝咝声。凌晨五点，安哲发现身边的床位还空着，他感到失望，不再期待张言还会回到床上来，于是又闭上了眼。张言的烟出现在安哲的梦里，遮住了走私商贩离开的方向，那里有风沙、骆驼刺和渺远的歌声。安哲以为那是狼烟，便朝着那里奔跑而去。

收到古文残卷后，安哲向学校申请研究课题。负责课题的老师说："你确定要研究这种陌生的东西？你知道吗，自从有了孩子后，我的妻子就不再和我说话。因为她学会了和孩子交流的语言。那到底是什么语言呢？不是咿咿呀呀——不是的，而是一种我此生都无法介入的东西。我只能用'东西'这个词来指代它，指代那种未知的恐怖……"安哲糊里糊涂地听完老师的这番话，然后拿到了批准课题的盖章。

接着，安哲搬出寝室，正式跟张言住在一起。安哲希望张言能够支持他——最重要的是，和他一起进行这趟边疆之旅。对于边疆之旅，张言没有马上给出答复。"边疆有木匣和哑巴吗？"张言问。"那里只有风和石头。"安哲回答。"你来之前，我有很多年没梦见过木匣子了。"张言回忆。"在我之后，木匣子会关上吧。"安哲有点惭愧，但在努力缓和气氛。"我又开始失眠——"张言在重复。"但你的声音没有睡着！"安哲打断他，篡改了他的台词。张言愣了一下，随后便答应和安哲一起去边疆。这让安哲有点意外，是不是因为自己强行篡改了那句话，从而影响了张言的思维？

对这趟边疆之旅，安哲因此多了些神秘的期待。

二、庄周的匣子

"如果语言有其独立的生命，它将飞驰而去……"

有些日子，张言留下莫名其妙的字条后，独自跑到偏远异国。按他的话说，他在出逃，需要不断地逃走，又回来，在一种永恒的拉锯运动中。安哲有时一觉醒来，发现房子空荡荡，未来几天都无人归来。张言的家人给他留了些钱，但安哲不认识他家人，只听说有个姐姐。在准备边疆之旅时，安哲在茶几底下的电话本里，发现了一个姓和一个电话号码，是里面唯一的联系信息。安哲猜，这就是张言的姐姐吧。可是，这人姓周，而且只有姓，无名。

安哲拨通电话："周，你好。"接电话的，果然是个女人。

跟周交谈时，安哲发现听觉发生了些变化：元音在弱化，而辅音（特别是四个浊辅音）被单独拎了出来似的，听起来更像梦呓喃喃。比如周说的第一句话，在安哲听来是"n……sh……

sh……"这样模糊不清的音节组合。后来他才听懂，周是在问他："你是谁？"周的确是张言的姐姐，只是随了母亲的姓，跟母亲生活在一起，而张言从小跟了父亲。

周的家在市区主干道旁，是一座古朴的小宅子，从外观和地理位置上看，价值不菲，有成为一个城市旅游景观的潜力。安哲想起张言租的房子，跟周的宅子一样，都处在那种热闹地区的冷僻角落里。它有一道不高的围墙，仲山银杏枝头，尢人注视，被排除在路人的视野之外。宅子有两层高，爬山虎覆盖了窗户，很密实，意味着那些向外打开的窗，有很长时间没有被打开过。

张言的家庭对黑暗是不是有一脉相承的嗜好呢？周的屋内同样挂满了密实的帷幕。但周偏爱这样的室内环境，是因为她是个短片导演，习惯在黑暗中制作和观看屏幕影像。安哲到访时，周刚好完成一部短片的后期制作，正在观看样片。周没有过问安哲跟张言的两人关系，似乎在通电话时就知晓了。她邀请安哲去她的工作室，一起观看她的短片作品。她怀着极大的热情，絮絮叨叨地介绍自己的作品。她的热情完全来自对作品的狂热，而不是因为她本身富有生活激情。整个工作室里只有墙上的屏幕发出刺眼白光，她长得跟张言一点儿都不像，鼻翼阴影很重，脸在强光下显得更为苍白。

对于听觉的变化，安哲一开始以为是电话故障，可当他坐在周的身边时，这个状况依然没有改善。安哲一直琢磨听觉到底出了什么问题，那些由连续辅音组成的话语像一大群黄蜂在嗡嗡叫。安哲努力表现出专心听对方讲话的样子，在混乱颤动的音节中还原其本意，时不时露出礼貌性的微笑，直到好一阵后，听觉才稍稍恢复正常。但太迟了，他根本来不及听清周的话，也错过了情节的发展，只记得在一个环形的房子外，有个人在绕着圈子跑来跑去。周拒绝为他播放第二遍，声称任何二次播放都会造成首次直觉的破碎，是安哲亲手毁了这部作品在他个人视听世界里的神圣。周关掉放映机，匆匆走出房间。

要不要偷偷打开放映机？可是偷看别人的作品，如同窥视裸体！安哲就这样犹豫到了晚上。他想打开灯，竟没有找到任何灯的开关，也没有发现灯泡的影子。他挂起四周窗户的帘子，但层叠杂乱的爬山虎挡住了街灯的光线。安哲感到一丝恐惧，还听到了一个人读书的声音，声音听起来像是张言，又像是周。"爱在墓碑之间。罗密欧。快乐的香料。死亡之际，正是生命之时。"他的听觉又出现了恼人的变化，元音衰弱，辅音沉重。在黑暗里探索这间宅子是一件刺激的事，安哲沿着墙行走，偶尔浮现在视网膜前的是鱼形文字的光辉。象形文字在屋里漫游，屋里没有风，但黑色帷幕在飘动。好几次，安哲在一闪而过的身影里看到了张言，有时候是周，但他们不会同时出现。安哲怀疑，张言根本没有出国，而是躲在这儿。

在盥洗室，安哲遇到了周。她在梳洗短发，把头浸泡在洗手盆里，膨胀的泡沫快要整个裹住她的头。安哲问她还好吗。周用鼻音浓重的话说："我这是在让自己清醒一下呢。"她抬起头时，像顶着一团巨大的棉花糖，走过他身边，消失在另一重门房的阴影里。安哲加快脚步跟上去，在另一个房间，再次碰到了周。在一个落地镜前，她用一个大勺子在头上的泡沫挖出一个四方形器皿的形状。"你在干什么？"安哲问。"我在用泡沫做一个匣子。我想把一些物品放进去，看看泡沫能不能承受得住它们。"周说，"当泡沫是泡沫时，它是脆弱易碎的。可当它有了具体形状后呢？会不会产生新的功能和性质？""你的问题，跟我的课题有相似之处。我在研究一种新语言，但确切来说，它已经死了——要是有人将它在声带上重新表达出来，会不会有意想不到的效果？对了，你的短片叫什么？"安哲又问。"《匣子》。"周回答，"我弟弟是这部短片的角色原型。你跟他一起生活，不会不知道他在做一个匣子噩梦。""张言在这里，我刚看到了他。"安哲说，他感觉自己正在接近某个真相。

"我有很多年没见过他。唔，他有可能在这里哦。不对，他就在短片里。有时，他会从短片里走出来，但我认不出那是他，因为那是小时候的他。我们很早就随父母分开生活。"周说，她还在捣弄头上的泡沫，"有一次出差，我爸爸从一个僧人手里买了一个木匣子。僧人说，这个木匣子可以装得下世间任何东西。但谁都知道，那只是一块烂木头，装水都会漏。但他坚信这东西拥有神秘效果，于是拿自己的儿子来做试验，要把他塞进去。他为什么会做出这种事情呢？他要把人塞进容器里，塞进家庭的牢笼里，而我只想把人以影像的形式拍进胶片里。听起来，我和他在做同样的事情，可在根本上，我们的理念是相悖的！我很庆幸选择了跟妈妈生活。""恕我冒昧，我想知道，你爸爸能说话吗？"安哲问。他想起了张言的噩梦。"当然。我妈妈才是个哑巴，跟爸爸分开后，她再也没有跟我说过一句话。"周说，"即使在她病得最痛苦时，她的喉咙都无法发声。我带她去检查声带，医生说，她没有声带，这个器官仿佛从来就不存在过。这也是我后来拍默片的原因，但里面的人物一直在说话，我只是把他们的声音抽掉了。无声的世界才最痛苦，但也是最安全的，你再也不会因为走路弄出来些吱呀声，就被一个男人用藤条抽。这些年我在想，妈妈的声带到底在哪里。"周摸摸自己显得有些膨大的喉咙，以为那里多长了一个声带，有两个声音在她的身体里，迸发着言说的欲望，要她一刻不停地说话，去阐述自己的作品，去回忆作品的起源。

张言跟她正相反。说不定，他终有一天也会失去发声功能？安哲想象自己带张言去医院检查声带，同样发现声带不翼而飞的那天，医生会在周的喉咙里发现三个声带。

现在，周挖好了那个泡沫匣子，叫安哲把一个杯子扔进去。

安哲从架子上拿起玻璃漱口杯，瞄准周头上的泡沫匣子——他担心会砸伤周，但他扔中了，而且没有任何东西从泡沫里掉出来。"看到了吧？我成功了。"周平静地说，"现在，我相信爸爸是对的。只要你相信一个事物拥有某种能力，它就会向你呈现它的极限。""你爸爸在哪儿？"安哲退到门口。"他去了珠穆朗玛峰，没有人知道他的下落。"周说。"啊，他肯定带上了那个木匣子……他要把珠穆朗玛峰装进去！"安哲提高了音调，为这个猜想感到奇妙。"但我觉得，之所以没人找得到他，是因为他把自己装进匣子里，然后被大雪掩埋了。珠峰上那么多遇难者的尸体都无法被运送下山，更别说一个匣子。"周露出一个微笑。当张言的父亲成功把自己塞进匣子那一刻，他的设想便成功了，而且只有他自己知道。安哲忍不住幻想自己学会死语言的那天，他的身体会出现什么惊人的变化。

周抹掉头上的泡沫。这时，玻璃杯从什么地方掉落，摔碎了。

"你说，妈妈的声带会在爸爸的木匣子里么？"周问道。安哲的心又颤了一下，他跑出房间，决定要去看看那部短片。

安哲摸黑回到周的工作室时，周已经在那儿了（也许是有某条密道吧，这种古老的房子总是藏着许多惊喜），在昏黑中发出呼吸声。有那么一瞬间，安哲觉得那个呼吸声跟张言每晚在他耳边发出的很相似。突然，房间里燃起了一团火，照亮了周那张惨兮兮的脸。她在烧胶卷。安哲扑过去，从她手里抢救了最后一截胶卷。周颓然地在沙发坐下，屁股下有一堆打结的胶卷，被压得发出痛苦的呻吟声，像一窝狂躁的小老鼠："这些工作真是毫无意义啊！完成那一刻，它们就失去了意义。"

安哲只好自己捣弄那台机器，剩下的胶卷大概只能播几秒钟。

在黑白默片镜头最前面，有一个张着大嘴的小男孩，眼睛偾张，脸庞占了画面比例的四分之三。在画面右侧的最远处，有一只手伸出来，举着一个木匣子，看不见举木匣子的人的脸。整个画面只有三秒钟，没有声音，重复播放小男孩跑到镜头前最后三秒钟的过程，他一直处在这个人工制作的惊骇状态里。安哲难受起来，假如让胶卷烧完，这个令人窒息的画面就不会以这种方式出现。

"演这个男孩的人是谁？"安哲不安起来。

"想起来，爸爸是那么钟爱那些古典又夸张的形式啊！那年，他给我买了一部摄影机，要我把他将弟弟塞进匣子的神圣过程拍进胶片里。是的，我对你说了谎——这其实是真实录像，是我多年前的第一部，也是我此生唯一的作品！"周说，"我后面所有的作品都不过是它的影子，是为了阐述它而拍出来的废物！"

关于《红书》，荣格曾说："……而那个神圣的起点，却已包含一切。"

安哲一下恍惚，失手推倒了放映机。

这时，太阳好像终于升起了，猛烈的阳光让宅子的黑色帷幕燃烧起来——不对！安哲看了下手表，现在才凌晨四点。在这个点，在异国的张言肯定还在疲倦和折磨之中却无法入睡，而这里的太阳，肯定还在黑暗的深处还未升起。是放映机起了火，烧着了帷幕。安哲终于看清那些所谓的帷幕，其实是由一条条胶片拼成的帘子，在火光的映照下，胶片里的人物影像全部投影在天花板上，他们张着硕大空洞的嘴巴，举着匣子的手臂如同万花筒的花纹在旋转。"唔……这就是时间燃烧的味道，是我作品的味道，真让人恶心啊……我一生都无法阐述那个超出我理解范围的事件。"周没有阻止火的蔓延，她的身体塌陷进沙发深处，最后只剩一堆凌乱的衣服。

若说，周后来的作品都是那部《匣子》的延伸，那么，所有现代语言都会是一种古老语言的变体吗？安哲拿起那些衣服，嗅了嗅，有一种与人体相悖的奇怪气息，让他想起自己小时候饮过的一瓶过期墨水的滋味。很多年里，安哲都幻想着手指能在纸上写出墨水字来。

安哲伸出手指，在墙上的屏幕写（画）了一个鱼形文字。

三、忤耳

"父母们，都是怎么消失的呢……"

安哲坐在故居的藤椅上，看着墙上的全家福。不过，他们的消失是从声音开始的，肉体接着沉默，但他们的魂儿留了下来。他们的魂儿就是一种声音，留驻在房子里，每当安哲回到故居，那种声音就在他的脑子里响起：

"小安，房子里有很多声音，其中有我的，有祖辈们的。听他们的劝诫，继承这间房子，再让你的孩子继承这间房子。这样，我们的声音就能延续下去，无穷无尽。这里是全宇宙最热闹的聚会。"

有一种蜈蚣，长寿的蜈蚣，每死一条后代，便在后面增加一节身体，像麻绳那么长，找不到身体的起点，也没有未来的终点——安哲想象了这么一种节肢动物，后来想起这种鬼东西在伊藤润二的漫画里出现过。但他深深感到，自己的身体将是这条蜈蚣的终点，像他这样的人，不会有孩子，他不爱孩子，不爱任何人，也甚至怀疑是否爱自己。

安哲像从前倾听长辈劝诫那样，竖起耳朵，听听他们的对话。他们都在说些什么无聊的话题呢：水井、香火、乳猪、灯笼、宅院、修缮……如果要用泥巴堵住他们的嘴，那得在地面挖出一个大坑来，安哲笑了起来。他是最初那具肉体的后裔，但不会是它的继承者。如果非要继承什么，那么，非那种死语言莫属了，尽管他无从判断死语言是否比这一屋子无聊至极的声音更有趣，更有意义。

"爸爸，我把耳朵还给你。"安哲对着空气说。

安哲在抽屉里拿了一把锉子。这里有一块铜镜，但安哲看不清自己的脸。他摸索耳朵的位置，从耳根开始把自己的耳朵切下来。他才发现，原来耳朵的肉这么强韧，锉子怎么都割不破那里的皮肉。他累了，天也黑了，放下锉子，收拾一下床铺，准备度过这个嘈杂的夜，在众多祖先的注视下入睡。床板很硬，有一层多年未拆洗的垫子贴在上面，有多少人曾在这之上度过一个个世纪漫长的夜晚？

安哲摸到了一些昆虫蜕化后留下的碎壳似的硬皮，也许是祖先们破碎后的躯壳吧。他戴上耳机，尝试入睡。但在梦里，祖先们还在聊个不停，安哲根本插不上嘴，还被训斥学不会安分。在他们的话语海洋当中，安哲觉得自己的声音是一个异教徒，要接受洗礼惩处。他的耳朵痒痒的，后来一阵刺痛让他从梦中惊醒。安哲想捂住耳朵，却发现耳机掉落。同时，双手触到了黏糊糊的东西，他很快意识到耳机掉落的原因：他的耳朵不见了。

床垫上没有耳朵，也没有血迹。安哲打开灯，对着铜镜看脑袋的两侧，耳朵的确不见了，头颅像一个光滑的球。他犹豫了一下，掀开床垫——那里有一堆红头蜈蚣，在啃食两只血糊糊的耳朵。锉子割不下的耳朵，蜈蚣的螯做到了。安哲用棍子拨弄自己那两只伶仃的耳朵。唔，那么陌生的器官。蜈蚣受到惊扰，四处游移，慢慢地，头尾相连，组成一条麻绳模样的东西，而且由于慌乱，中间部分的蜈蚣还打了结，无法解开，结构失衡，身体因此显得很沉重。这个怪东西，极似那种由五十只黑鼠因尾巴缠结而形成的、名为"鼠王"的骇人群生体。历史上，"鼠王"的出现意味着不祥与瘟疫。不过，安哲依然不确定耳朵到底是怎么离开头颅的，是自己用锉子割下来的，还是这种他想象出来的蜈蚣咬下来的？他想起周的话：只要你相信一个事物拥有某种能力，它就会向你呈现它的极限。

缠结的蜈蚣，正是祖先们的群生体呢。安哲不打算从它们那里夺回自己的耳朵，他把耳朵夹起来，放在这条长长的蜈蚣的尾部。

"把耳朵还给你们了。"安哲对着所有活在这儿的声音说。

趁着夜色，安哲离开故居，走入荒野中。噫，此刻的风声变得那么衰弱。

安哲很难再收集声波，他的听觉障碍比跟周说话时出现的更严重，无论是元音还是辅音，都不那么清晰了。失去耳郭，失去的不仅是皮肤、软骨、脂肪和结缔组织。但安哲没有悲伤不适，他不再需要去分析周遭零碎无意义的话语，只要是嗡嗡的声音，他都可以把它们从脑袋里过滤掉。原来一个人需要的交流可以这么少。这一切的变化，都是为了以更纯净的听觉系统去接受死语言的浸润吧。出于未知的原因，他相信死语言的神圣，以及不可预测的神秘能力。

回到张言的家，依然空无一人。安哲把帘子都扯下来。光线涌入这间久处黑暗的卧室时，他清晰地看见了眼镜上的灰尘毛屑，这让他很不舒服。这里突然变得很丑陋，经不起日晒雨淋，只能在黑暗里藏起所有积尘的旮旯。安哲收拾行李，决定独自一人去边疆。就在这时，张言来了电话。安哲很愕然，不仅因为这是张言第一次主动给他打电话，还因为张言的语气变得不一样了。就像一种物质发生化学变化变成另一种物质，张言的状态从令人拘谨的沉默转变为电话里莫名的欢快。

张言以前话里那种没有节奏感的字词排列，现在变成圆舞曲三拍子的断句节奏，作为日常对话，这种节奏着实怪异，像没有发育好的语言系统。无论怎样，安哲为张言的变化感到喜悦。随之，他的心却一沉，他听不清张言的声音，那只是一团混沌的空气震动。他把电话紧紧贴着耳洞，才勉强理解张言的意思。

张言分享了那个梦境的最新变化，这跟他的现实变化似乎有因果关系。

梦境的内容大概如下：傍晚，暴风雪。经过哑巴的家前，张言得到了一把火炬，悄悄靠近那道门。确认安全，他走进门里。哑巴的家没有点灯。他四处探照。哑巴站在窗前，拿着木匣子，用匣口堵住从窗洞吹进来的风雪。张言用火炬照亮哑巴的脸。污秽的脸，光秃秃的头，黑色的牙齿。哑巴像怕火的狼，瑟缩着想退后。哑巴无法退后，也无法用匣子吓唬张言。因为一旦撒手，今夜的暴风雪就要从洞里灌进来。木匣子，正把灌进来的暴风雪全部吸进它的肚腹，一个无垠的内部空间。张言点燃窗户两侧的帘子。哑巴（连同手里的木匣子）被烧掉，没吭一声。暴风雪停了。人醒了。

张言说完他的梦境，长舒一口气。一会儿，他接着说："醒来后，警察给我打电话，说我姐姐家失火了。她半个身体被烧伤。半个身体被烧伤？是怎样的呢？嗯，应该是以天灵盖为中线，一半是海水，一半是火焰吧。"张言像在讨论电视新闻，露出与己无关的调侃。

"那场火，到底是你放的，还是我放的？"安哲问。"没关系，木匣子被毁掉，我不会再做那个梦。"张言说。"想把你塞进木匣子的，到底是你爸，是你妈，还是你姐？"安哲又问。"天气真好啊，我们在边疆会合吧。对了，地址是什么？"张言说。

安哲没有回答，挂掉电话，用短信把地址和时间给张言发了过去。安哲把拆下的帘子全部挂了回去，房子重拾黑暗的温暖。他很疲倦，耳根也很清净，却硬是睡不着。

"我的声音已睡着，但我开始失眠了。"

四、乌鹤前哨站

"语言无法独立存活，它的宿主是人类的喉咙……"

安哲在机票背面随手写下一句话。时间是晚上九点。飞往那个地方的班机，在晚上十一点。夜机的乘客少，安哲不用担心自己的耳朵会引来异样目光。安哲本打算买两只硅胶耳朵，或戴一顶遮耳帽来掩饰——但这样做仅仅是出于外观原因，而对听力没有加强作用的话，这些功夫也就免了。耳朵脱落，跟幼儿换牙一样平常，也许最终会长回来吧。况且，"一个没有耳朵的人，追寻一种灭绝语言"，这样听起来不是更有仪式感吗？

荣格说，梦的功能是补偿性的。这种理论套在自己身上，安哲能得到这样的推论：失去世俗的耳朵，作为平衡补偿（或曰神的眷顾），他会获得理解死语言的听觉。

起飞后，巨大的引擎噪音还是让安哲的耳朵嗡嗡叫。"我只是没了外耳郭，我的耳膜并没有受损。"他在座位上喃喃自语，觉得自己只是耍了个花招，不能从根本上得到补偿性的功能。刺破耳膜，会发出气球被扎穿的爆裂声吗？太可怕了，安哲不敢想下去，毕竟所谓的补偿性只是一种设想。地面的灯光被云层抹掉，机舱如暗蓝色的水族馆一样轻轻摇晃着。百无聊赖中，为数不多的乘客想彼此交谈，却发现没有可用以交流的共同语言。大家只好盖上毯子入睡。安哲很难一个人不睡，既然睡不着，那只能假寐。

安哲的邻座本来空着，一个不知从哪里冒出来的人在那儿坐了下来。他半睁着眼，没看清那人的长相，只觉得那是一位穿着红色衣服的矮小女人。她垂着头，唉声叹气。她是不是没发现自己呢？整个机舱这么多空位，为什么偏偏坐在他旁边？安哲不敢挪动身体，生怕惊扰她悲伤的形体。原本舒服的身体姿势，现在变得很僵硬难忍。

"如果不是有心事，谁会选择坐这一趟航班呢？"那个女人说。

安哲先是错愕，然后意识到她的确在跟自己说话，只好睁开眼："这到底是什么航班？"他发现，这个女人不是普通乘客，是一个穿着红色制服的空中小姐，但年纪看起来至少得有六十，在机舱蓝色的灯光下，脸上的皱纹如同刀刻般深邃。"只有心碎的人才会坐这趟航班，去那个鸟不拉屎的地方。这也是从那里回来的唯一航班，但我从未见过那些人回来过。一个也没有。"老空姐接着又问："那你呢？""啊……"安哲沉吟着。老空姐用手指在座椅电视屏幕上无聊地划来划去："无聊是常态，都二十五年了，这趟航班的节目表都没更新过。气死人。""看来这架飞机的机龄很老了。"安哲说，"你想看什么节目？""现在的爱情电影变成什么样了？他当时是机长，从跟他分开那一年起，我就没有下过这趟飞机。"老空姐回忆道。"放心吧，现在的爱情电影跟二十五年前一样。"安哲说。"嗯，我已适应颠簸的气流，回不到平地去了。他们允许我住在这里，吃喝拉撒。二十五年来，我活在万米的高空上，我老得很快。"老空姐说，"我有时是这里的一块玻璃，有时是过道上的碎屑，甚至是乘客呼出的一口气，但我最终还是会回来。你知道吗，鬼魂会一直留在它临终时的房子，即使最后那里化成一片空地。所以哪天这架飞机退役了，报废了，我会留在高空中，一直飘浮，像自由的白云……欸？你没有耳朵，还要听我这些陈年往事，真是为难你了。""不，我要谢谢你跟我说话。"安哲说。"那你真听懂我的话了吗？"老空姐摇摇头，要拥抱他。安哲迎了上去，抱到的却是一团雾气。

这时，座椅电视响起一段广播提示音，像驼铃，但更像是推门进酒馆时摇荡的门铃，然后，老空姐的脸浮现在屏幕里。一阵气流颠簸后，画面变成雪花，她的脸也就慢慢不见了。她变成舷窗外的一朵白云了吧。安哲突然感到一阵难以名状的幸福，尽管怀疑自己看到的只不过是电视里的录像。远空，黎明尚远，但由于城市朝天空投射大量强光，黑色云层的轮廓染上了橘色光芒，像流动的岩浆，仿佛下坠就会抵达火的核心。可是导航显示，飞机正经过一处戈壁的上空，不可能出现这么强烈的人造灯光——一定是戈壁上烧起了冲天的大火！要是这厚厚的云层被吹散，会不会就能从万米的高空，看到部落族人在戈壁上烧出巨大的鱼形的火焰纹章？那是地底之人对高空之人的召唤啊。安哲恨不得马上跳下飞机。

在同一个高度，还有好几架飞机在远处闪烁着灯光，但张言不会在那里面，因为这个航班是一天一班的。那么，安哲就是这个飞行高度的人中最孤独的一员。老空姐说，这是一趟心碎的航班，两个相爱的人不会同时坐上去。安哲想起悉达多，还有他的好友戈文达。戈文达是怎么爱他的好友悉达多的呢？"他爱悉达多的一切言行，而他最爱的是他的灵魂，他的高贵的、火一般的思想，他那些炽热的愿望以及他的崇高使命。"我的灵魂和思想是否足够高贵，我的愿望是否称得上炽热，而我的使命又是否崇高？即使这三点都做到了，安哲也不会找到一个戈文达式的人，即使找到了（张言会是戈文达的化身吗），他也会像悉达多那样依然不快乐。因为安哲没爱过什么人，他所爱的，只是自我。张言主动要来边疆，不是因为他们的关系有了进展，也不是为了缓和什么，他这么做只是为了庆祝匣子的噩梦被驱除了，那种慷慨大方和热情讨好是虚假的，是临时产生的——对爱来说，它简直一无是处。

一位乘客开始梦游，他走到机舱的紧急出口，要拉开闸门，说要回家。其他人都在睡梦中，也没空姐来制止他。安哲离开座位，从那位乘客手里接过闸门把手："我觉得我到家了。你听到了吗，看到了吗，下面的戈壁烧起了大火，那是我的着陆点。"安哲轻轻一拉，紧急出口就打开了，气压一下子把他吸了出去，独留那位梦游的乘客被冷风吹醒。他当然知道自己在做一个梦，在一家边疆的旅馆里，或者一块岩石的背光处。

前哨旅馆与他一同苏醒。午后四点，边疆的余热还没散去，丝丝的寒冷已在酝酿着。安哲高兴地发现自己睡了好一会儿。他走下楼，来到前台，没看见前哨旅馆的老主人桑桑小姐。听说这位老阿姨出生在江南，也许是上海，也许是苏州，不知为何跑到边疆开旅馆。噢，他想起来，桑桑小姐去参加一个婚礼，穿了件红色的纱裙，早早出了门，好像要结婚的人是她。几天后，桑桑小姐又去参加过一个葬礼，穿了件寿衣似的麻质黑长衫，好像要死的人也是她。桑桑小姐不仅跟梦里老空姐的模样相似，声音也接近。按弗洛伊德的想法，这肯定是因为安哲入睡前，在一个特定的状态目睹了女主人的形象，于是在梦中进行了投射。但要让荣格来说，这其中的东西会更为陌生深邃。他带着疑问，坐在旅馆门口，等桑桑小姐回来。

　　旅馆对面是一片阳光充沛的戈壁，没有划出具体道路，他能找到这里来真是个奇迹。每天桑桑小姐出门的方向都一样，而那个方向的尽头似乎是一道悬崖。但桑桑小姐说，那边有一个市集，她的朋友们和曾经的亲人们都住在那儿。他们都劝她在市集里投资旅馆事业，如果她偏要在这个鸟不拉屎的地段开业，他们是不会为了给她制造热闹的商业气氛而特意来入住的，即使付钱也不会答应。那个名为"乌鹤"的市集，正是那个会说死语言的老头的居住地。趁桑桑小姐外出时，安哲尝试自己前往乌鹤市集，但往往走到悬崖边便断了路。

　　旅馆女主人回来时，星星已缀满天空，闪烁蓝光，仿佛冷得结了冰。她哭哭啼啼的，显然在葬礼的悲伤情绪里还没走出来。那些像老熊悲鸣般的哭声，意味着安哲的听觉又变糟糕了。他在门口踱步，听觉的含糊影响了他想表达安慰的情绪，生怕说错了话。他只能等桑桑小姐平静下来，但她似乎收不住内心的悲伤。安哲给她递来一杯水："你还好吗？你能别哭了吗？我有一个问题，一直想问您。""你误会我了，我这不是伤心。我很高兴呢，我的姐姐终于获得了自由。"桑桑小姐抹着眼泪，对安哲笑着说。"你真的有个孪生姐姐？"安哲问。"如果你是坐飞机来的，那你肯定见过她。就在昨天，她安息了。"桑桑小姐搬来一张椅子，在门口的廊子坐下来，看着那澄澈的星空。"我听过她的往事，闻者伤心。想必您今天就是参加她的葬礼吧。如果您早点儿告诉我，我会随你前往吊唁。在飞机上，她给过我启示。"安哲说。"不，这没什么可伤心的。在葬礼上你也见不到她，因为机组人员告诉我，我姐姐决定就算死，也要死在空中，不再回到地面。我只要一抬头就能看见她，她是一朵美丽的白云。"桑桑小姐把身上寿衣似的衣服稍做整理，充满幸福感地说道，"我只好代替她，在今天的葬礼上扮演她的遗体，供大家吊唁。毕竟我们长得一模一样，心意相通，她是天空的幽灵，我是戈壁的游魂，天地为我们所有。"安哲有所触动，抬头望了望天空，一阵寒颤让他缩了脖子。戈壁的夜晚只有风声和野兽的孤鸣，月光尽管那么凄冷，但给他带来了孤绝的宁静。天上很久都没飞机飞过，似乎除了那趟航班，其他飞机都不选择这条心碎的航线。"对了，躺在棺材里头时，我姐姐在梦里问我，她想知道你心碎的理由是什么。"桑桑小姐站起来，把一楼的窗户关紧，把安哲引到炉火旁。安哲摇摇头，沉默一会儿才说："我听不见，听不见他的想法，也听不见自己的声音。那趟航班怎么还没来呢？今夜的月亮永远都不会落下似的。"安哲回到二楼去睡觉，他决定再等一天。

桑桑小姐跑到楼梯口，清清嗓子，为他唱起一支歌谣："草原鼠躲进洞里，风球草不再抽丝。汝之墓穴将打开，走进去吧！向下走，走到光亮处。莫怕，莫怕，山神会为你歌唱，唱那只有一个字的歌。"这首歌在旅馆里久久萦绕，每一个字安哲都听得很清楚。但他又失眠了，唔，那一个字是什么呢？鱼形文字在他的眼前快速闪过，这里面总有一个特定的字，就是山神的歌词。而那个字的结构和发音，包含了整个宇宙的浩瀚！

今夜整栋旅馆只有他一个旅人。简直毫无睡意，他起了床，在大厅研读那份古文残卷。鱼形文字无异于天书，解读工作没有任何进展，那个老头是唯一的线索。如果找不到老头，这份残卷等于废纸一张，记载的死语言跟一个孩子的鬼画符没任何区别。安哲觉得自己很任性，这种执着追求的行为带有很大的表演性质，他深知研究它不会带来任何的收益和荣誉，出发前对那种神秘能力的猜想也只是众多自我安慰的借口之一。但冥冥中，有些人就要死于追寻一些神秘而无用的东西上，比如爱的定义，比如死后的生活，比如灵魂的形体。

桑桑小姐住在地下室，通向地下室的楼梯在杂物房里。在姐姐死后的七天内，桑桑小姐会一直穿着那件寿衣。她这只穴居的衰老动物，总是从洞里爬上爬下，一刻都不能安宁，声称她的姐姐在借她的身体，享受人世的最后时光，仿佛还在等待她的机长男友归来。桑桑小姐在大厅走来走去，安哲于是叫她坐下来，把古文残卷递给她看："我在研究这种语言。""这东西哪来的？"桑桑小姐大惊失色，一下子扔掉了它。安哲急忙捡起它，塞进包里："这是很珍贵的文物，请您小心！"安哲尽量平息怒火，同时意识到桑桑小姐似乎知晓当中的秘密。"请你烧掉它！否则给我滚出去！"桑桑小姐撕扯身上的寿衣，"啊，我穿的是什么破衣服？太晦气了！"桑桑小姐变得如此反常和粗鲁，令他一时难以理解。她脱掉身上的寿衣，光着那副苦瓜干似的老躯，跑到旅馆外，夜色一下子将她吞没。安哲抓起一件大衣就追出去。偌大的戈壁上，昏暗的月色中，肉眼可见的只有一栋孤立的旅馆，再无其他参照物。这片土地在安哲眼里失去了具体的地理意义，它可以是任何一片荒漠，也可以是某个遥远星球的表面。安哲穿着大衣都感觉冷，更别说一个老女人裸着身子奔跑。四周有野狼和狐狸出没，听觉的衰弱会让安哲无法判断野兽的位置，那些孤绝的狐鸣，召唤同伴的狼嚎，混在风中难以分辨。他已是猎物一种，在夜色中追逐的两人会成为饥饿野兽的晚餐。云层散开后，月色倾泻，戈壁是多么的通透明亮啊！高耸的黑岩将大地分割成各种角度，是天然的坐标。夜晚的景色跟白天迥然相异，安哲根据岩石的相对位置修正方向，终于看到一个发白瘦小的人体，佝偻着背，像被剥掉皮毛的野人，朝着悬崖的方向快步走去。

　　那边涌来朝阳升起般的柔和金光，然而，现在还是午夜时分。这到底是什么光？桑桑小姐在一块巨大的黑色石碑前停下，黑石碑前面有一土坑，她跳了下去。安哲一惊，跪在黑暗的土坑边缘伸手摸索。月光顺着黑石碑流淌，流进土坑里，安哲看见桑桑小姐面朝悬崖的方向，身体蜷曲，躺在里面，如同胎儿在子宫里的姿势。他跳下坑里，为桑桑小姐披上大衣，像是接生了一个新生婴儿，而不是救了一个老妪。桑桑小姐的呼吸很微弱，却面露微笑。她的身体是那么轻，轻得可怕，仿佛只剩一个骨架。"我的机长先生，他就在那下面生活。我不会他的语言，而他找不回自己的语言，我们被迫分开。这是一个生和死的问题。今天，我的葬礼举行……"桑桑小姐没有把话说完，那道月光就把她的意识带走了。安哲不明白她说的"那下面"是哪里，但他忽然明白，这个故事里头哪有什么孪生姐妹呢？根本没有！因为桑桑小姐既是天上美丽的白云，也是地上微小的尘埃。

无意间抬起头，他看见黑石碑上面刻着两个沐浴在月光下的大字：乌鹤。

安哲爬出土坑，往悬崖边继续走去。悬崖之下，在更广袤的土地上，有一片宏伟的石城，灯火辉煌，如世外鬼市。这里就是乌鹤，就是安哲在夜机上看到以为烧起了冲天大火的戈壁大地。风化形成的椭圆形巨岩散落大地，被作为一种建筑框架使用，人们在岩石底部开凿洞穴，掏空内部，在其中修筑各式各样的生活空间，表面则开满了大大小小的窗户，能隐约看见人们上下楼梯的影子。每一座巨岩建筑以天然不规则的方式排列，彼此交错，构成宽窄不一的街道。在岩石内部修建空间是多么困难啊，安哲不禁想起了金字塔和斯芬克斯石像。这种充满科幻感的特殊建筑，让安哲以为自己正站在外星人移民飞船多年前的坠落点。要是仔细观察，那种科幻感便随之减弱了，因为街上挤满了进行传统商业买卖的人，马和骆驼随处可见，穿布衣的人们四处闲逛，在看街头喷火表演。

安哲更像误闯一个古代市集，一个只在夜晚出现的鬼市。白天，他从未见过这块黑石碑和乌鹤市集，而他从未在夜晚来过此处。巨岩受到边疆持续风化作用，才形成椭圆状，这也意味着，再过一段漫长的时间，石城会随着巨岩的侵蚀和崩塌而消失。但谁又知道在他之前，石城到底存在了多长时间呢？安哲感到若有所失，在失去地理意义后，此刻也失去了时间意义。这两者都是可怕的。也许因一种语言的存在，人们会牺牲喉咙，对地理和时间概念进行重新洗牌，文明于是得以延续。

当月光从黑石碑上消失时，上面镌刻的文字不再是两个汉文。安哲把身体贴紧黑石碑，恨不得爬上去，因为那分明是他非常熟悉，却一直无法理解的鱼形文字。他为这种变化感到兴奋，并不是文字产生了变化，唯一的解释是刚才看到鱼形文字时，在大脑语言中枢的某种奇怪转化中，他用母语理解了它的含义。因此，意为"乌鹤"的鱼形文字，是他学会的第一个死语言词语。然而，他只能像幼儿时期记事物那样，凭印象记住这个词的形状。

这时，一架飞机低空飞过，仿佛要坠落，看得安哲心惊肉跳。巨大的引擎噪音从天空压迫下来，但在安哲耳里，这股噪音此时像蚊子的叫声一样细微，因为乌鹤市集里的各种人类活动声占据了他的视听世界。望着悬崖底部热闹非凡的乌鹤市集，安哲多么希望那些人嘴里说的母语都是那种死语言，那么死语言这个词便不再成立，而他可以在此刻撤退，回到大城市的喧嚣中，变得跟其他人一样，形体模糊，没有区别。飞机继续飞行，消失在机场所在位置的方向。张言会在这趟航班上吗？安哲看着被灯火照亮的天空，如处宁静的宇宙之外。

土坑里的桑桑小姐忽然扭动身体，她还活着呢。"不要听他说话，不要被他欺骗！一旦继承那种语言，你将知晓宇宙的一切，你也将永生孤独，因为一旦开口……啊，爱和语言互为毒药。在我的耳朵塞一片风球草叶子，在我的心上戳一个洞，在我身上盖一层泥土！我宁愿在今夜安息！"桑桑小姐说了一堆胡话，拒绝安哲救她。

安哲把桑桑小姐从坑里拉出来，抱起她往旅馆跑去。经过众多黑岩时，一个想法坠落在他的脑海里，引起一阵激浪——

那个跟桑桑小姐说着不同语言的机长，正是他要找的那个老头，而此时，他正在乌鹤的某个石洞里等安哲到来！

五、宿主的责任

"我崇拜神灵，因为祂从不开口，从不施救，也从不杀戮……"

桑桑小姐厌恶自己重新活了过来，她天天妄想回到黑石碑脚下，来一场低温症，让脸色透出衰老的特殊粉红，被那种致命的乌鹤语杀死之前，先亲手葬送自己的性命。她想不到乌鹤语残卷还在世上——"致命的乌鹤语应该被销毁，就像用火焰烤最后一颗麦种！"

安哲留意到，桑桑小姐用的词是"致命的"：致命的乌鹤语。他纠正道："这样的语言在学术上叫死语言，死不等于致命，它只是没有人再讲了，等同死了……"

"孩子，人皆共知的知识，我们不必再谈起。你救我，就是要把我置于它带来的危险中。在饥寒中死去的痛苦，根本比不上听到第一个发音时就立刻灰飞烟灭的虚空！"桑桑小姐好像得了精神错乱，一直在强调那种死语言拥有某种杀人能力，"学习乌鹤语，你会得到永生，至于代价——听到你说乌鹤语的人，会暴毙身亡！你不得不放弃爱的能力，以减低自己的痛苦。我的情人是这世上唯一还会说乌鹤语的人，为了安全，他不再见我，不再和我说话，一生躲在乌鹤。爱是似真亦假的幻觉，再喧嚣的声带也会沉默。所有交流都是绝望的！"

　　桑桑小姐对乌鹤语的描述，大大超出安哲的预想。安哲对乌鹤语拥有神秘能力的猜想，的确存有异想天开的成分，比如它是某种宇宙代码，学习者能获得永生能力，或更宏大的宇宙思维，但绝不会置听者于死地！这一切可信吗？乌鹤语到底藏着什么秘密？作为跟吐火罗语曾同存于一片土地的死语言（即使单纯作为一种语言来说），在语言成分和结构上不应该拥有相似的特征吗？——音素、时态、语气、词性、所有格……

　　"乌鹤语是怎么构成的？"安哲急切地问，"为什么你不学习乌鹤语呢？这样你们就可以永生永世在一起了啊。"

　　"你相信爱可以保持永恒？我觉得，它根本不是一种语言……也许是一种思维方式，一种习得后就会失去爱的能力的思维。可谁知道呢，我所知道的都讲给你听了，现在的我跟你一样无知……我在你身上看到恐怖的征兆，你的耳朵脱离了身体，你将成为它的使徒和传承者。如果你执意要去追寻它——若那天到了，不要开口，不要施救，也不要杀戮，请你孤独地活下去！那时我会奉你若神灵，在每个节日像供奉菩萨佛祖一样，念起你的大名！"说完这段话，桑桑小姐开始了漫长的沉默，除非必要，否则不愿意发出一丝动静，甚至连呼吸声都极力掩藏起来，比游吟诗人更珍惜自己的嗓音。安哲仿佛回到刚认识张言时，看到了他对声音的恐惧，为逃避一种循声而来的怪物，只好整日活在默片世界中，战战兢兢。

　　是什么东西驱使安哲来到这里的？他本可以在大学教室里听

老师们宣读教科书，研究语言的历史演变、社会功能、语言共同
体和普遍特性，而不是只身抵达边疆，无既定义务、又无急迫责
任地挽救一种死语言。整个乌鹤市集和乌鹤语，蒙上神话传说的
色彩，学界不知道它们的存在，甚至不会承认它们的存在。他最
初的任务是研究语言的普遍特性，然而从目前来看，乌鹤语不具
备跟其他语言相比较的共同性。更重要的是，一种致死的语言，
只会像精神药物和剧毒物质那样被严格控制起来，推广是荒谬而
且危险的。安哲很可能成为传播它的推手，传播世界性瘟疫似的
把它带到文明世界。桑桑小姐的片面之词在安哲心里种下了怀疑
的种子，一个因爱绝望的女人（一个昨天参加自己婚礼，今天参
加自己葬礼的疯女人），会赋予情人身上最显著特征——比如一
种稀奇的语言——以绝对有害的幻想：爱杀死了她，她要报复
情人的语言系统，让它在沉默中消亡！

　　寄生者侵染宿主时，通过影响神经递质，让宿主机体产生适
应性的变化。一种感染舞毒蛾幼虫的病毒能让幼虫集体爬到树顶
等死，在高处繁殖病毒颗粒，最大程度地拓展宿主传播病毒的范
围。刚接触乌鹤语残卷的日子，安哲的听觉变化似乎在表明这种
语言已在发挥它的功能：乌鹤语让安哲的听觉减弱，甚至丧失
（想想那些元音衰弱而辅音上位的日子），像清除黑噪音一样隔绝
其他声音，利于它介入，迫使安哲臣服于它的语言系统。如果把
寄生者、神经递质和宿主三者比喻成突触传递过程的三个组成，
那么释放神经递质的突触前膜是乌鹤语，神经递质是听觉，接收
神经递质的突触后膜受体便是大脑（喉咙或声带是表达大脑意识

的工具）。然而，一个矛盾的问题出现了：学习者不听乌鹤语的发音，怎能学会它呢？然而学会之前，学习者就死在它手上了。因此，这个推论的前提是，乌鹤语不是一种用来"说"的语言，而是一种思维，文字和声音只是记录和表达这种思维的手段，而不是主体。乌鹤语相比其他语言具有更强烈的能动性，或直接说这种语言有自己的独立生命。尽管它必须依附言说者的喉咙，这一点跟其他语言没有不同，正如病毒无法独立存活。安哲意识到，乌鹤语忽然变成了与病毒无异的形象——然而，就乌鹤语能给予人永生能力这一点看，它更像对人体有利的噬菌体病毒，只不过需要付出巨大的代价。

安哲认为还有另一个证据，可判断自己被乌鹤语感染了：他现在变得那么盲目，拒绝规避风险，富有冒险精神，无法信任他人（桑桑小姐的警告）。这大大增加了他掉入陷阱的概率。在动物世界里，只有宿主被成功杀死，比如螳螂被铁线虫控制投水溺亡后，这样寄生者才能完成传播和繁殖的过程。现在，安哲是那么强烈地认识到这些恐怖的现实，但一种无法控制的情绪不断驱使他进入乌鹤市集，找到桑桑小姐的情人，唯一懂得乌鹤语的男人！我这是为了证明什么？安哲思索，是要在张言面前证明自己有用，还是在这个无用的世界中消耗无意义的生命以寻求存在主义的例证，即使以死亡为代价？不，没有死亡，只有永生，近似于灵魂被杀死的永生。在永生的世界里，爱是有害的，必须看着情人们相继死去而自己还活在每个世纪都在不断重叠的感情高山之底！这样的人不是神灵，就是疯子！

　　降低对一种事物的关注，会增加对另一种事物的敏感度，他习惯了外耳郭不在，接收声音能力低下的状态。最内的耳膜还有存在的必要吗？戳穿它！戳穿它！就像被铁线虫控制的螳螂投水而死！但他还没准备好进入乌鹤，只有在白天，才会走到悬崖边。白天的悬崖底部依旧是一片荒芜，只有岩石、沙砾和野草，干旱缺水，这份寂静是夜晚热闹的悲伤前奏。傍晚降临，悬崖底部像海市蜃楼似的泛起一点点灯光时，他就转身返回旅馆。

　　他一直回忆那个送他乌鹤语残卷的走私商贩。他放弃这份买卖古老时间的事业后，在哪个城市或小镇里找到替代的活儿了吗？那仿佛是一个早已安排好的会面，灵魂引导他前往戈壁，神圣的他者给予他宝藏的地图。旅程也早已埋下了伏笔，现在他在终点的边界。

　　桑桑小姐的双腿冻坏了，只能坐轮椅，旅馆的经营陷入停滞。只要远远看到有旅人靠近旅馆，她就从轮椅上撑起身体，在窗口那儿对他们嚷嚷："走开走开！这里都是穷山恶水！"她每天都向安哲示威，要是他敢去乌鹤市集，她就用剪子戳自己失去知觉的大腿，还骂他把自己害得生不如死。安哲已无法很好地感知她的激动情绪，在他听来，她的声音甚至没有一阵微风声来得清晰。他不仅对桑桑小姐的威胁置若罔闻，还在大厅研读乌鹤语残卷，引得她在大厅四处打转，像只逃命的草原鼠。桑桑小姐总是趁他不注意，想伺机烧掉残卷。有一次火烧掉了一个角，致使一个符号缺失，如果不是因为安哲有手抄本，他会控制不住自己掐死这个老婆娘。桑桑小姐不服输，驳斥说，如果不是附近没有警察署，她早就报警驱赶他这个闯入者了。

直到有一天，桑桑小姐看到一高一矮的两个人，从乌鹤市集那边清晨的白光里，向旅馆走过来。矮的那个人并不是因为身高的问题，而是跟她一样坐在轮椅上，后面有另一个人负责推着前行。桑桑小姐感觉他们不是迷途的旅人，似乎带着什么确凿的目的，她那套驱赶旅人的恶毒话语突然哽在喉咙。安哲把轮椅上的桑桑小姐推出门口，一起等待远处的两人走近，仿佛是看着镜子里的自己从纵深处向自己走来。清晨的阳光那么明亮，那两人颤动的影子仿佛在高温中被炙烤融化了似的。

那两个人走完这段不长的距离，似乎花了漫长的时日。当他们来到旅馆门口时，已是正午，戈壁热得人都要融化，意识像在梦里一样摇摆不定。

那是张言，还有他的姐姐周。

六、绕过斯芬克斯之谜

"你的耳朵呢？哦，我知道了。一只丢在罗布泊，一只丢在这里……"

没有拥抱和问候，张言饶有趣味地盯着安哲的头颅两侧。他再也没了沉默苦楚的气质，有什么东西改变了他，仅仅是一个梦的转变？人们说，从航拍地图上俯瞰，罗布泊的地形似一只耳朵。经过悬崖那边时，张言说，那整个悬崖弧形也极似一只耳朵，真是太巧了。安哲没有意识到自己的耳朵不在了，只是一种不甚愉悦的感觉在他身体里蔓延开来。他们的关系到底是什么？或者从一开始，他们就不是以恋人的关系在一起的。

"当年在罗布泊失踪的科学家，会走到这里来么？就像从一只耳朵开始，穿过狭窄的鼓膜，抵达咽喉，再从咽喉抵达另一只耳朵。"坐在轮椅上的周说。她有半侧身体捆满了白色纱布，包括半边嘴巴，说话时不能完全张开嘴，显得很滑稽。看来烧伤并没有影响她的精神，而且两侧颜色迥异的身体，像是光与暗的嵌合体，在明亮的戈壁上散发着不寻常的非人类气息。安哲依然搞不清那场火到底是怎么烧起来的，火仿佛凭空而起。张言重重地点点头，说道："对，整个中国大地都是一副听觉器官，我说的每句话都有聆听者！我才意识到自己浪费了多少个日夜，我本来可以跟安哲你好好谈谈。""你理解姐姐的苦心了吗？我当时给你拍那部短片，就是想让你知道沉默的恐怖之处！但你现在的话好像太多了。"周说。

这对古怪的姐弟在猛烈的阳光下，不停地说，不停地说，不停地说……

安哲的脖子像被夹板固定住了，无法摇头，无法点头。在错愕中，他的思绪变成一团乱麻。他把桑桑小姐推进旅馆里，示意张言把周也推进来。

外面那么炎热，好似再也没有夜晚；血液都要沸腾了；意识是一摊融化的糨糊，思维是一堆缠结的蛛网，语言是一座移动的沙丘……

桑桑小姐身上的女主人气势不复存在，她不再关心他们在旅馆干什么，对着珍藏的合照独自垂泪。周带来了她的摄影机，要在戈壁拍摄新作品。她的第一个镜头给了桑桑小姐。为了让桑桑小姐产生情绪变化，周在她旁边说着各种各样稀奇古怪的话，时而煽情，时而乖戾，时而刻薄，时而冷漠。语言的确产生了巨大的杀伤力，桑桑小姐气得几乎从轮椅上跳起来，可她的腿在萎缩，在失去力量，也许不久后会腐烂脱落，她无奈又悲伤地继续擦拭与情人的旧合照。影片拍完后，所有声音都会被消除，只留下黑白画面中肌肉扭曲的面部表情。安哲完全无法理解周的行为，无法理解她为什么要用大量的噪音攻击一个安于沉默的女人，只为取得风格化的情绪影像。可随后，安哲在周的身上看到了过往的自己：当张言选择用抑郁的沉默对抗外界时，自己不也正是以这样的暴力行为，以诱导性的话术强迫张言开口吗？当桑桑小姐企图用死亡的沉默来抵消爱的凶险和绝望时，自己又以活着的至高无上的意义，将她拉回黑暗的现世中来。

我们都在重复相同的暴力，爱和语言真是一对死敌！

在周对桑桑小姐发动进攻的同时，张言用语言之网开始了一场对安哲的围捕。这对姐弟是他们的反面。但安哲和桑桑小姐或许都曾那么相信语言的力量，相信交流可以产生爱，爱也可以进行交流。

张言拉着安哲到廊子处坐下。那里被阳光晒得发烫，沙砾在脚下发出碎裂的惨叫，野草几乎要燃烧起来。浑身冒汗，火辣辣的体感仍然抵消不了安哲大脑传递出来的困倦，每一圈光晕都似乎在催眠自己。张言向安哲道歉，他说："我要向你忏悔。"安哲是失去聆听能力的上帝化身，现在被沉重的凡尘裹住，不得不接受罪人的告白。张言忏悔自己的沉默，忏悔自己的冷漠，忏悔自己的懦弱，却唯独没有表达他内心对安哲是否怀有某种感情。安哲觉得，沮丧这种情绪就好比满眼的沙丘和野草，肆意蔓延，看起来却那么贫瘠不堪，与丰盛无关。接着，张言滔滔不绝地分享那些他从未跟安哲讲过的异国异事：战争、死亡、巡游、公路、嘉年华和美食……"我有太多话要说了，那种气息的吞吐，跟空气达到互动的畅快，是任何快感都无法比拟的！"安哲不敢问张言，也不想再问他关于爱的可能。失去能量的互动，任何交流都只剩下悲伤的形体。他没有回应一句话，只是用眼神告诉张言，他累了，什么都无法理解，只想回到屋子里去，直到温柔的夜色降临。哈，为什么一个眼神能传达这么多信息？安哲笑了一下，忽然觉得乌鹤语也许只是一种昆虫信息素。

"你宁愿去跟一个只会说一种全世界只有他才会说的语言的陌生人交谈也不愿意跟我说话？"张言问道，他用了一个很长的句子。时间要是回拨几个月，这个句子已超出他说话形式的极限。"有烟吗？"安哲问。"忘了告诉你，我戒烟了。"张言摸摸口袋，掏出一包干瘪的烟，"还有两根，正好，我们一人一根。这是我最后一根烟了。对了，你什么时候开始抽烟的？""现在。"安哲接过烟，对着太阳举起，烟奇怪地就点燃了，飘飘渺渺的烟气，像梦里的一束狼烟。

安哲靠近张言，正面抱着他，在他背后抽了一口烟，缓缓地吸进肺里。他也听到张言在他身后吸烟的声音，咝噗，咝噗。他们同时吐出肺里的烟，在两人之中久久不散。他们像太阳下自燃的两副身体，强忍僧人殉道般的疼痛，一动不动。

两根烟同时烧完了。"好热。"安哲说，"放开我吧。"但张言还紧紧抱着他。渴望已久的拥抱此刻让安哲感到恶心，由他主动挑起的爱之决斗，先服输的反而是他。如果灵魂可以交换，安哲觉得自己原本充满言说欲的澎湃灵魂在张言身体里，而张言那颗恶魔般沉默的灵魂像发生了置换反应一样，跟安哲的交换了。安哲掉人很大的疑惑旋涡：既然自己尚能清楚地描绘当时的激情状态，为何却只能以上帝视角看待那个自己？兴奋和消沉之间隔了一层薄薄的玻璃，但就是无法轻松跨越，并缺乏打破和穿越的力道。这种变化带来的思维迟钝，加重了猛烈阳光的催眠效果，安哲觉得自己像梦游的死尸，在死亡状态中梦游。

他在张言的肩胛骨上狠狠咬了一口，柔软似棉花，但嘴里如同叼了一口血淋淋的人肉，有烟熏的味道。他逃走，上楼，闭门，潜伏。

"我昨天梦到自己在看一本书，用那种死语言写成。很奇怪，我怎会读懂那种文字呢？"安哲听到张言在紧闭的房门前说，他想捂住耳朵，但没有耳朵可捂，只好抓挠整个头部，"里面记述了学习这种稀奇语言的方法，这就更奇怪了……你知道，一个人要怎么做到用一种他不懂的语言去学习这种不懂的语言呢？好比为了解开一个绳结，要再打一个绳结，或者为了解开谜团，引入更多谜团。简直是层层叠叠，无穷无尽……里面还举了一个反例，一个男人使用这本书来学习这种语言，最终因精神错乱而

暴毙。这是在嘲讽拥有这本书的读者吗？欸，一个致命的玩笑
呢。你知道，我并不是真的在梦里读懂了那种死语言，我只是觉
得这是一个征兆，一个寓言，告诫我们不要过度关注神秘无解的
事物，否则引火上身。"

　　这大段充满优越感，不知是杜撰还是确有其事的梦境描述，
在安哲看来带着恐吓和嘲笑的意味。连我都读不懂的语言，他凭
什么读懂了？即使在梦里也不行！他抓起手边的台灯，朝门砸过
去，巨大的响声让门外的张言退后了几步，接着便是一阵逃下楼
梯的脚步声。

　　他受够了那些无用、多余和庸俗的谈话，夜色一旦降临，就
马上动身进入乌鹤！

　　另一边，为了阻止安哲前往那个虚幻之地，张言和周正忙着
封死所有可以逃出旅馆的通道。这对姐弟俨然成了这儿的掌权
者。来之前，周做了详细的调查，翻阅地方志和野史，发现了乌
鹤的秘密。周在一楼大厅宣读她的发现，声音刺破二楼的地板，
灌入安哲的卧室："在地图上找不到乌鹤的位置，是因为早在遥
远的时代，有一座会移动的山丘覆盖了它。也就是说，夜晚浮现
的乌鹤市集，是古老时间的海市蜃楼，活在里面的人都是古代的
游魂。通常海市蜃楼折射的是地理意义上的另一个地方之景色，
但在乌鹤这个地方，折射的是远古时代之景色。人以肉身之躯进
入时间的屏障，必定会遭受巨大的创伤，被挤压成灰烬，正如从
太空返航的宇宙飞船穿越地球大气层时，会因剧烈的摩擦而产生
高温燃烧。"安哲听不清周嘴里那些叽里咕噜的话，以上这些理

解都是他根据听到的片言只语还原出来的，有多少是周的话，又有多少是自己主观的臆想？更有可能的是，周杜撰了这一切。她是拍摄者，一个导演，连文字之间都缀满了欺骗性的标点！

安哲想起走私商贩：买卖古老的时间……世界上每两个星期就有一种人类语言灭绝，乌鹤语真的需要被拯救吗？况且，它的发源地已成死荫之地，只在寒冷的边疆夜晚才浮现，维持着热闹而庞大的假象。也许正因为乌鹤语的永生效果，乌鹤才能在被掩埋后，以夜晚幽灵的形式复活。安哲时常觉得自己早就在时代中被过早掩埋了，寻求真正的出路是一件既迫切，又难以一时普济众生的事情。如果学习这种语言，不能给人类带来希望，只能带来死亡的话，那么永生一事，就成了安哲的私人事件。为了不让世界灭绝，而将它变成不死的永夜，简直是削足适履！即便如此，安哲做好了学习乌鹤语的准备。

在房间躲了几个小时，安哲饿了，他想提前吃点晚餐。

一楼封死的门窗，也挡不住戈壁刺眼的光像藏不住的火一样挤进来。张言坐在椅子上，翘着腿，守在大门前。安哲走下楼梯，来到他面前。张言摆出这个姿态，一般手里会有根烟，现在他的手安静地搭在大腿上。安哲做了个讨烟的动作，他不知道自己为什么要抽烟（尼古丁是个无用的魔鬼），唔，抽烟的冲动来自张言？他当时多么想成为和张言一样的人，以便去理解他，安慰他。现在不必了，抽烟的冲动是自发的！张言摊摊手，没烟："没了，我和你的最后一根烟，早就抽完了。"啊，他什么意思呢？安哲琢磨着。哈，要是在以前，他会把这句话理解为张言在宣告他们的关系结束了。四处翻翻，安哲没找到吃的，倒想起了桑桑小姐住的地下室，说不定有食物呢。

"你最好别到地下室去，我姐在拍片呢。"张言说，"还有，我把去地下室的楼梯给藏起来了哦。前不久，我向一个阿拉伯魔术师学习了一种障眼法。"守在门前的张言，像极了在忒拜城附近的悬崖上拦住沙漠旅人的斯芬克斯。果然，接着他要请他的情人猜谜了："一个不说话的辩论手，带着一束不燃烧的火焰，走进一个没有深度的深渊，在一面不反射的镜子前，看到了斯芬克斯的脸。请问楼梯在哪里？"

现代斯芬克斯的谜语比它在古埃及神话里提出的更扑朔迷离了，打消了问题关联性。安哲走到原来设有通向地下室楼梯的角落，楼梯果然不见了。安哲在张言面前坐下，凝视他。现代斯芬克斯不再直接把猜错答案的沙漠旅人吃掉，它喜欢把谜语以矛盾悖论的形式永恒地持续下去。安哲在脑海里搜索那些形象：他就是那个不说话的辩论手；戈壁刺眼的光线就是不燃烧的火焰；他现在身处深渊的底部，察觉不到深渊的深度；张言就是他的肉身镜像，他是斯芬克斯，那么安哲也是斯芬克斯——他们互为彼此的斯芬克斯。如果安哲开口问他，他就会告诉安哲答案，这就是张言的目的。

安哲咽了一下，貌似很久没有开口说话了："告诉我吧，让我去地下室找点吃的。"

张言捧腹狂笑起来："哎呀呀，原来神仙也需要吃饭的。"他突然收住笑声，清清嗓子，"听好了：通向地狱的楼梯不见了，神允许自甘堕落的子民，踏上通往天国的阶梯，抵达地狱。啧啧，我花了很长时间来设置谜题呢。"

安哲虽然感觉受辱，但还是站了起来，来到通向二楼的楼梯，像平常上楼回卧室休息那样，走上去。越往上走，周围就越陌生，昏暗的烛光从上面洒下来，安哲看到整个地下室悬挂在他头上，桑桑小姐和周在那里捣鼓什么。他继续行走，没有地心引力似的在墙上行走，整个世界的视角随着他前进的脚步而调整过来，很快他就来到了桑桑小姐的床前。唔，若要解除障眼法，果然需要反叛日常定律。

桑桑小姐完全瘫痪在床，眼球震颤，口角半张。周端着摄像机对着床榻上的桑桑小姐拍来拍去，用镜头吸取濒死之人的生命。

"她刚才太不配合了。看，现在好了，不能动了。难得的拍摄机会！"周嘎吱嘎吱地推着轮椅，费心摆放刁钻的机位，"我发现了一个很有趣的现象，我们四个分别代表了世界的端点。听着，在我的新作品里，张言是生的源头，桑桑小姐是死的终结，我是掌控一切的全知者，而你则是生和死之间那个沉默的旁观者。你不是要去乌鹤吗？赶快动身吧。封死门窗，还有说那番恐吓你的话，都是我弟弟逼我做的。说实话，我厌恶现在的张言，这么多年来，他一直以沉默的形象示人，现在变得跟我一样吵吵嚷嚷！世界失去了平衡，不再调和！其实你不必自责，那场火不是你放的，你还没有从内在破坏我的能力。谁叫我把一生的艺术起源建立在弟弟身上？他的形象就是作品的地基，他不再沉默，我的艺术世界就有一半要被摧毁。不信，你看。"她那裹着纱布的半侧身体开始塌陷，像充气人偶身上扎了针孔，在漏气，慢慢瘪下来，"所以你要去乌鹤，我怎么会阻止你呢？想想我们的泡沫匣子试验吧，想想神秘事物是怎么影响现实的吧——艺术的意义不就是探索和发现吗？像那贪得无厌的爱情，没有尽头，那么炽热，分子烧成了灰，原子还想继续分裂。说回来，你俩真可笑，时而沉默时而喧嚣，但谁都没有比谁更高贵嘛，同样是为了索取而已。走走走，沿着这条楼梯往下走，你就能绕过讨厌的斯芬克斯，回到地面。"

周掀开那张遮住床底的被单，那儿露出一个黝黑的密道："快走。"接着，她对桑桑小姐说，"我们开始拍摄工作吧。妈妈，你说过会一直支持我。你要乖乖躺着别动。"

桑桑小姐是周的妈妈？随便吧，地面上的事物如熄灭的火，在安哲心里暗了下去。

"等等——要获得创作的自由，必须摆脱沉重的根源负担，你说对吗？"周问道，"你帮我把纱布解开吧。"周在缠结的纱布上扯几下，一个布头就松脱了，她把布头交给安哲。"你拿着这个布头，一直走下去，使劲拉，别回头，我身上的纱布自然会被扯下来。"

安哲攥着布头，慢慢钻到密道里去。那里很光滑，丝丝凉凉，有一段很长的向下的阶梯。当他的脸在黑暗中感受到微风时，发现自己正站在悬崖边上。手上的布条耷拉着，想必周身上的纱布已被他全部扯下来了。安哲想象她现在的模样，她是世界上最漂亮的女人：一半肉身，一半虚空，横截面不是血淋淋的切口，而是一面雾气蒙蒙的墙。

此时，悬崖之下，是辉煌的乌鹤鬼市。抑郁和狂喜同时袭上安哲，他无声地痛哭起来。

七、安哲遗书

请原谅我一再引用荣格的话："我不再是其他事和人以后，我就是自己的思维……"

你们读到的不是一个将死之人的遗书，而是一个日常语言在体内消亡之人的最后回忆：

我原本打算详细记录学习乌鹤语的过程，包括拯救一门语言所必需的一切要素。但事实上，正如旅馆主人桑桑小姐所言，乌鹤语的确不是一种用来"说"的语言。因此，我做不到站在专业领域里，向所有看到这份用即将遗忘的汉文写就的"遗书"的人们，以大众通俗的形式阐述它的发音和书写规则。那些想要了解乌鹤语的人们，正如古人那样，灵魂会自动将他们带到沙漠，带到戈壁，在荒芜的花园种植赖以生存但不会结出甜美果实的果树。

乌鹤语入侵语言系统的同时，我的母语开始了漫长的退潮过程。因为获取它并不需要学习语法和单词，只要人进入乌鹤语的核心地带，它会自动夺取母语空间，鹊巢鸠占，其速度虽难以察觉，但足以达到最后惊人的效果。不能承受乌鹤语加载其身的人，会痛苦死去。如今，每写一个汉字，我都要抓住它行将消失的尾巴，才能在白纸上描绘出字的形状。有时，当我想开口说话，我就成了一个语无伦次的结巴，找不到适当的用词和句子结构。我开始用乌鹤语思考问题，那是一种思维，是自我的形态，因此无法被写下来。残卷上的文字只是一种暗示，是一块诱饵，引诱即将迈向伟大的孤独灵魂前往乌鹤，完成最后的灵修，因为即使是智者，也会有迷惑的无言时刻。我以全新的角度理解了鲁迅的话：当我沉默着的时候，我觉得充实；我将开口，同时感到空虚。

我站在形如耳朵的悬崖边缘，来回至少走了数十次，还是找不到下去的路。在我急得几乎要跳崖时 —— 风吹起的白色纱布是黑夜里唯一的旗帜！它提醒我与其纵身冒险，不如高举旗帜。我抽回那段长长的纱布，黑暗像吐出胃消化物一样把纱布吐出来，最后的纱布总量比我的个头还高。看，乌鹤市集是戈壁巨人的肚腹，悬崖峭壁是它长长的食道，风中屹立不动的黑石碑就是它唯一的牙齿。我把纱布在这颗黑色巨齿上紧紧地捆几圈，沿着它的食道一路下降，有好几次差点被风吹走。

接下来我力图描述的，不是乌鹤语本身，而是它所寄生的那个地方的风景。我的导师和同学们肯定会感到奇怪，一个信誓旦旦地要拯救一种死语言的人，回来后竟然不再说话，甚至连自己的母语都搞丢了，恐怕我没有资格从大学毕业了。他们看到这份文字，或许会因此谅解我。若依然无法理解，或觉得这当中没有任何奇特之处，那是因为我没办法用汉字描述它哪怕千分之一的陌生，而且再次证明了语言交流的绝望。

这不是狡辩，因为我再也没有任何表面尊严要去维护。

　　红头僧侣。这是乌鹤居民给我的第一印象。距离是一个视觉骗局，站在悬崖之巅看到的热闹景象，此时成了它的反面，辉煌中怎么可以透露出如此的恶寒？喷火表演，商业买卖，骆驼和马，客栈食肆……皆徒有其表！进行这一切活动的人，身穿布衣，行走如鼠，削光头发，整个头涂成红色，一律没有耳朵，表情肃穆，眼神消弭，长着一张比世上任何寺院或修道院之人更为苦闷无神的脸庞，而且无人讲话！有强盗，在火的阴影下剖开一个人的肚腹，掏出血淋淋的内脏，发现那只是一串塑料制品。受害者看着天空，想用星星填满被掏空的身体。有窃贼，还有被窃者。有教育者，还有被教育者。有行刑官，还有死刑犯……他们的四肢，他们的脑浆，他们的鲜血，他们的目光，被排除在身份之外，全都一个样，沉闷而安静。一颗颗红色的头颅，如一盏盏风中的红灯，被不断鞭打！他们遭受的折磨不是来自生活的窘迫。看看四周丰富的娱乐活动吧！看看那些诱人的烤驼峰肉吧！这里甚至还有隐秘的青楼！招揽生意的男子或女子机械地展示着身体的魅力，却只让我以为他们是门口的镇宅门神。他们灵魂里的折磨，来自灵魂本身，以了无生气的身体，参与俗世狂欢。如果陌生不是一种大脑制造的感觉，而是一种具体可触摸的事物，那么，乌鹤就是陌生的本体。风中飘散的烤驼峰肉味！啊，强忍多时的饥饿再次袭上全身！解决口腹之欲，似乎比找到乌鹤语老者更为迫切。烤肉档老板主动请我入座，从烤肉架上夹起两团油滋滋的带着残血的驼峰肉，放在盘子上，端到我面前。他看着我，那个红彤彤的头颅，像现世的红脸关公。我抓起手边的刀和筷子，想切开这两块奇怪的驼峰肉，却发现它们有着女人乳房似的形状。再仔细看，那是母猪的乳房。往那边看，一只只待宰的母猪躺在地上，一排排等待被人切割的乳房，被切走的部位像收割过的麦茬，过了一会又重新生长出来。在乌鹤语的地盘，连畜生都得到了永生！猪脖子的血洞汩汩地流出鲜血，路过的行人从血盆里舀起一捧，浇在头上。你终于知道他们的红头是因何而来的吧！我不敢动手切开桌上的肉。老板凝视我，然后一句话在我脑海里响起："新来的吧？请尝一口。入乡随俗，不是吗？"我很确定老板没有开口，而在我脑海里响起的这句话也不是汉文，而是一种近似于鱼类冒泡的咕噜声。我的大脑以延迟了一秒到两秒的滞后时间，自动将它们翻译成了汉文。"再过几个日子，这种原始翻译就可以抛弃了，你可以直接理解它的含义。"声音再次响起。我要暴毙了吗？桑桑小姐的警告怎么还未生效？"从未进入过乌鹤的人，才会死于陌生和恐惧。从你踏入乌鹤的那一秒起，这里就接纳了你。怎么样，要尝一口吗？"老板继续凝视我。我打翻盘子，迅速混入毫无生气、只有人肉味的冰冷闹市中。在人群中游荡时，我逐渐"听"到了人们的说话声，仿佛有一个开关在调节声音大小。但除了进食和咂嘴巴，他们的嘴没动过。那些思维之声对我开启了某种接收权限，我的听觉频率和他们的思维频率对上了。如果每个居民都会"说"乌鹤语，那么寻找老者的意义何在呢？老板轻易地看穿了我的想法，心灵感应般的电波交流几乎是一种读心术，每一次狡诈或隐秘的想法，都会被对方看穿，这里是一个思想大同社会。面部表情这种极具欺骗性的肌肉运动从此失去作用，导致所有居民的表情功能逐渐退化。你见过一条蜥蜴冰冷的微笑吗？见过一条被切断的蚯蚓哭泣吗？见过一条鱼渴死时的狰狞吗？见过一条蛆变成苍蝇时的狂欢吗？你会说，看，那条被打死的狗，那头被电死的水牛，流下了眼泪，露出了让人恻隐的悲伤神色！那只有一种解释，乌鹤居民的感情需求，已经降低到连一条狗和一头牛都不如的地步！桑桑小姐是对的，被乌鹤语侵染过的心灵不需要爱，想要永生就必须抛弃爱，想拥有爱就无法忍受永生！况且，爱和永生共存的话，到底谁会先走到尽头呢？（读者们，原谅我随意使用叹号和问号！如果可以，我甚至想抛弃所有标点符号。我的时间不多了，只能抓紧时间。）可是，请我们不要忘记那些几乎直抵云霄的椭圆形岩石建筑！由于其巨大，在眼皮底下常常被忽略，正如大都市里高楼大厦一样稳固的存在，但它们才是乌鹤的主体。大地上，共有七座椭圆形岩石建筑，与其说它是原始的石洞建筑，不如说是外星飞来的庞大蚁巢，看似悬浮空中，但其实在底部，有一个插入大地的尖端维持上部的平衡，比例上极度失衡，而且排列无序，随意分布，在风中轻微摇晃，呈现一种趋于混乱的变化状态。建筑作为一种"语言"表现形式，在这种建筑身上，人似乎能同时感知到过去、现在和未来。可是周围的居民对此表现出消极的态度，把七座幻觉一样的超现实建筑当作一种自身以外的附属品，只专注自身行为可能带来的内在影响，宣告与过度消耗的外部世界的决裂。我必须承认自己的怯懦与退缩，乌鹤的陌生化作七座压迫心灵的巨型建筑，横亘头上。我想逃跑。我的想法很快被巡逻队感知到了，一队僧侣在人群中冒出来，抓住了我。他们带我走进其中一座椭圆形岩石建筑。进门后，只有一条前进的路，四周打磨光滑，像滑梯一样，人向上走，不会滑下来，仿佛获得了壁虎在垂直玻璃攀爬的能力。我没有看见明显的客厅、卧室或厨房，也没有划分具体的功能区域。每走一段路，就会出现道路分岔。分岔处的前方，会突然出现一个宽敞的巢室空间，形同白蚁巢穴。在这里，巢室才开始分化出不同的功能，可是无论进行哪种活动，居民们一律摆着一副死人脸，像在参与抵御诱惑的考验，好比挠脚板底时忍住笑意。奇怪，奇怪。在巢室的另一端，有继续通向其他巢室的通路。就这样，这一整个巨大参天的椭圆形岩石的内部，以白蚁造巢的模式，被侵蚀成一种不存在于任何地球表面的幻想工程！我为乌鹤之外的人类和居住形式感到脸红，尽管这种建筑彰显着充满瑕疵的特色，进行着完全没有隐私的生活，却在一种超自然、超现实的状态中获得了存在的可能性。巡逻队一路推着我前进，越走越高。到达建筑中部，透过没有玻璃的窗户往外看，我发现身处的位置比下降时的悬崖还要高！你要知道，当初整个乌鹤市集就在我脚下——当我进入这个区域后，它向我展示了被压缩在有限范围里的无限空间！当我终于被带到建筑顶部时，我知道，那是我见过最大的巢室，整个圆顶几乎被掏空了，开了一个全景式天窗。透过天窗，在浩瀚的夜空上，可以近距离看见266万光年以外的南天大风车星系，这个旋涡星系近得仿佛要吞噬地球、梦幻、冰冷、轻盈。一个客栈招牌悬挂在上：M33。M33是南天大风车星系的代码。但这里不是一个天文馆，而是一个青楼，所有渴望相交相融的灵魂循着另一个灵魂的气味来到这里。这里挤满了人体，他们脱下身上的血肉之躯，就像解开拉链脱掉一件貂皮大衣那样，露出灵魂的主体，一团跟旋涡星系一样五彩斑斓的光。一团光靠近另一团光，更多的光融合在一起，照亮了整个巢室。没人开口说话，但我的听觉中枢系统充满了怒喝声和呻吟声。这种与邪恶淫荡无关的交合，如大自然一样贞洁。目之所及，似乎是灵魂所能抵达的至高无上的爱，但我无法相信这里面有爱，就像不相爱的没有性别的天使彼此相拥，在永恒中享受万年一瞬的流逝。巡逻队放开我，这时，一个红头老者来到我面前。"欢迎你，我的孩子。"是他，那个走私商贩，给我乌鹤语残卷的人！"请不要误会，我不是你见过的那个信使。确切来说，他是我派去指引你的。"我如何跟他交流呢？我的想法一直被窃取，从未尝试过主动交流，"我，是，是……"我尝试在脑海里编织文字，它们开始失去元音，转化成一种强调浊辅音的咕噜声，"我是谁？""你是你自己的思维。但你的思维不仅仅是你。"老头说，"这里曾是鲸的故居，我们共同承担海洋变成干旱陆地的罪行，尽管那是自然的造化。"在我之前，有多少人在残卷的诱惑下，进入这个无爱、宏大的永生之境？这里的生活是否有可能复制到俗世之中？"我们主张抵御诱惑，但不包括进入乌鹤的诱惑。现在你想回去？"老头说，"我先带你去看鲸的坟墓。"我们回到地面，来到椭圆形岩石建筑群的中央地带。众多红头僧侣正围绕一个十层楼高、形体诡谲的骨架跪下，似是祭拜早已腐朽堕落的神明。骨架的上身是一只巨鸟，翅膀腾起，下身却明显是一条鱼，极力摆动，似乎要挣脱水的束缚，那是鲸的身体。一头鲸花了百万年时间从深海抵达海面，再花几百万年离开海面，要成为一只飞翔的巨鸟，可惜没等到进化完成，边疆西部的大海就成了陆地。一头原本从陆地向海洋迁徙进化而成的鲸，为何要重回陆地？看，眼前这只畸形动物！痛苦的遗骸！灵魂的一半被囚禁在早已消失的古老海洋里，另一半卡在干旱的戈壁中！"人一旦进入乌鹤，我从不允许他们回归原本的世界，那是回归污秽。后来我才明白，为什么不把外部世界也变成乌鹤的一部分呢？"老头指着古老生物的骨架说，"它是我们矛盾的祖先，矛盾的原型。你来了后，我终于看见一个可以完成此项任务的使徒。"无疑，老头说的使徒就是我。他那颗红彤彤的，散发着恶心猪血味的头，顶部像花蕾绽开似的旋转开来。那堆蚯蚓一样的脑髓！那一条条苍白的血管！他的头颅，不如说他的智慧，要开花授粉了！他把手伸进自己的颅内，掏出一个木匣子。木匣子，是的，一个木匣子。"这是一个能装下世间任何东西的匣子，我已经把乌鹤语放了进去。你带着它离开，回到世界中去，完成你的修行任务。乌鹤语将是你唯一的语言，唯一的思维。但是别担心，打开木匣子，把乌鹤语交给每一个你愿意与之交流的人，它不但不会致命，还会保留爱的能力。拥有乌鹤语的人，能获得母语者的思维。这是我千百年来唯一一次的宽容。走吧，到世界的中心去吧！"

　　我揣着木匣子，不知道怎么就回到了悬崖顶部。那时，天已经亮了。我发现自己躺在黑石碑脚下的坑中。有一个人站在黑石碑下，看起来精疲力竭，是张言。他把我拉起来，说找我找了好几个日夜。第一眼看见张言，我的内心是如此澎湃！在经历了那些噩梦一样的幻觉后，我想说点什么。但当我想开口时，却已经无法发声。这是语言消亡的第一步吗？张言说，我们回去吧，我们好好生活！我转过身，背对他，对着木匣子"说"了一句话。

然后，我转过身，向张言打开那个木匣子……

他跑了，跑了！跌跌撞撞地跑了……

我在他身后高高举起那个木匣子，风灌进去，又跑出来，呜噜噜地叫。我也许说的是，我还爱着他……但他是那么的害怕，头也不回地跑了。现代人跟叶公好龙没什么两样啊！

我回到前哨旅馆时，桑桑小姐坐在廊子外等我。她的精神很好，容光焕发，"小伙子，你回来了。你是第一个去了乌鹤还能回来的人，乌鹤前哨站会记下这个重要的历史事件。"我点点头，走进旅馆去，心想：自始至终，桑桑小姐才是忒拜城附近悬崖上的斯芬克斯啊。

我四处寻找张言的身影，只见周在剪辑她的新作品。她背对着我，我看到的是一个完整的身体，她不再是一半肉身，一半虚空。如果我从未进入过乌鹤，从未见识过那些风景，那么当她向我转过身时，我看到的景象会使我的意识粉碎。周——不，不能称之为周了，现在，有一半来自张言的身体嵌在上面，弥补了周的身体缺位。一半是周，一半是张言，世上独一无二的，美丽而怪异的阴阳人！然而，掌握说话和行动权的，是周，张言只是像扯线木偶一样耷拉着，再次陷入了永恒的沉默。"安哲，谢谢你，我的艺术世界从此恢复平衡。"属于周的半边嘴巴在说话，而张言的半边嘴像死掉的蛞蝓。张言的另一半身体去哪儿了？阴阳人似乎看穿了我的疑惑，说："那个爱说话的张言，决定去珠穆朗玛峰找爸爸的遗体。在那些暴风雪的高峰，他会遭遇什么险境呢？但世间所有的险境，都比不上爱的险境。"阴阳人为我播放它的新作品：黑白画面，一片戈壁；那个成年的男人像他小时候那样，在镜头前张着空洞的大嘴；后面有一只举起木匣子的手，狂风在五指间，呜噜噜地响……

离开戈壁后，我对自己是否真的进入过乌鹤鬼市，是否真的听懂了乌鹤语，还偶尔存有一丝怀疑。这一切会是我在黑石碑脚下因为寒冷和高烧而产生的梦境吗？

但此刻，在写这封遗书的结尾时，即使看着纸面，我也可以看到飞逝的彗星，看到遥远的旋涡星系，看到古巴比伦，看到金字塔的建造，看到斯芬克斯请旅人猜谜，看到始皇帝完成大一统，看到宇宙的前世今生。看到这封遗书，对乌鹤的存在感到好奇的人们，请不要让你们的智慧囚禁在冰冷的死水中，带上装着遗书的木匣子，走到世界的中心去吧！

哦，童年时，屋外确实飞来过一只叫声奇特的乌鹤。我妈妈说，只有她听懂了它的叫声。但她从未告诉过我那种鸟语的含义。我很想用乌鹤语模仿它的叫声，可是……

现在，我要为我的语言消亡进程，进行最后的倒数了——

5、4、3、2、1、0

隐士

一、虹吸

"爸，我在枯萎……"

"爸，我看见那个日子了……"

"爸，圣治岛竟然没有鸟……"

"爸，我昨天接诊了最后一个病人……"

"爸，我决定……"

我儿子宗洛今年三十岁，他打电话给我，决定结束自己的生命。作为人生的辞别，他邀请我去他目前隐居的圣治岛，来一次旅行。旅行结束那天，就是他生命结束的日子。在这之前，我们已有五年没见过对方。他自杀的决定跟五年前前往圣治岛隐居的决定一样唐突，似乎指向一个没有勒马余地的悬崖。

有人说过，真正严肃的哲学问题只有一个，那便是自杀。我觉得，这是个愚蠢的问题。

儿子电话那头，我听得很清楚，在下雨，而我的城市，阳光灿烂。但很快，很奇怪，我的房子也开始下雨，仅是我的房子在下雨，外面依然 —— 阳光灿烂。

早些时候，我家独有的物种白肚蟑螂，开始死亡，床成了它们集体死亡的坟场。我养的黑狗常年受虱子折磨，就在刚才，它花了半个钟，抓挠腿上由虱子造成的伤患，最后狠狠咬伤了自己。我的房子不耐水，天花板偏偏在下雨，泡烂了地板。在地板下，有一窝淹死了的白额高脚蛛，像腐烂的杨梅。这下，蚊子又得多起来了呀。我检查过了，管道没有漏水呢。

一只眼球的震颤，会引起脚底鸡眼的疼痛吗？

雨水，一定是圣治岛的空气通过某种时空感应，在我的房子里积聚成云，而后才凝结而成的，虹吸，感应，流动。而且，我身边的动物和昆虫，甚至房子，也受到某种波动的影响，走向自我毁灭的道路。这是一个危象。在和他没有见面的五年里，他的思想发生了什么变化？回忆和他共同生活的岁月，我从未察觉那个孩子跟死亡有任何瓜葛。生活经历已失去了探究的时效性。人到了哪种地步，才会认真思考生与死的问题？他是个医生，他最懂了。

挂上电话，我着手准备旅行行李。出一趟远门，可能会引起一些不安的情绪复发。我最近备受广泛性焦虑的折磨，没有很明确的焦虑对象，夜惊，眩晕，每逢晨起时，觉得世界即将发生的不幸都与我有关，需要我独自承担。起初医生说，这种症状，属于当中的自由浮动性焦虑。现在看来，我儿子决定自杀所带来的惶惑，早就以一种无法捕捉的焦虑形式，远距离降临到我的生活中。直到他亲口告诉我，我才找到焦虑的确切源头。这也许是父子间的感应吧，就如眼球的间歇性震颤，同时引起了离眼球非常遥远的脚底的那颗鸡眼的疼痛。

我坐在沙发上，看着天花板继续下雨。为了避免一场小型洪水的发生，我找来一块防水布，铺在客厅地板上，接着在防水布上制造一些坡度，好让水排到天井里去。一只母鼠带着几只幼鼠，嘴里叼着从花园里盗窃的花种子，在防水布的褶皱间爬行，最后朝有阳光的门口走去。我很庆幸，在这个家里，还有一种依然想努力活下去的物种。

二、圣治

签证时，我遇到一个值得玩味的签证官。我第一次看见一个人用如此恳切，如此渴望得到真实答案的眼神望着我，问我为何偏要去圣治岛。我反问，为什么我不能去？他对着我翕动鼻翼，闻了闻，然后解释说，圣治岛是死人的岛屿，我这种半死不活的人，在根本上还没有资格进入。我怀疑这个签证官是个专搞恶作剧的家伙。在我要高声投诉时，他却通过了我的申请，最后补充道："你似乎有某种潜质，我决定放你一马。"

圣治岛是一个火山岛，有一座遗迹古城。遗迹古城作为旅游胜地，本应热闹非凡，但飞抵圣治岛的航班很少，而且全是夜班机。正如签证官所说的，那个地方是死人的岛屿呢，只有夜班机才会找到通往那里的航线。

我抵达圣治岛时，已经是凌晨四点。机场位置偏僻，靠近海，空气很冷。

啊，圣治岛，死在这样的异国他乡——这个岛名给予我足够的想象空间，浪漫，而且洋溢着殉道般的神圣气氛。尽管获得这样的心理氛围，我依然未能捉摸宗洛选择这个地方作为人生终站的理由。

我坐在航站楼大厅，等宗洛来接我。海风随着最后一个航班的抵达，灌入航站楼，吹出寥寥几个乘客，像海边游荡的寄居蟹，不断更换庇护所。临近凌晨五点，一个年轻的女人向我走来，解释说，宗洛无法前往机场接我，由她来接我回酒店。她没等我答应，就朝门口走去。我只能跟着她走，甚至没有搞清楚她身份的真实性。我没向她打听宗洛的情况，她冷漠的态度也打消了我发问的主动性。

我坐上女人停放在石滩上的汽车，前往酒店入住。透过车窗，在漆黑的夜空里，我隐约看见一座高耸的火山，火山口像朝天穹开火的炮口，硕大而骇人。

海浪声细微，催人入梦，我很快睡着，梦见了亲手埋葬宗洛的那天。在睡梦中，我演练了好多回，一个父亲该摆出什么样的表情，面对前来迎接他的儿子。高兴，悲伤或者愤怒，统统都显得不那么合时宜了。这不是什么父子间久别重逢的温馨时刻。我是不是该拿出父亲的威严，镇压这场自戕的暴乱呢？死亡的屏障如此巨大，如同喷发的火山，一只手无法盖住喷涌的出口。他肯定有些复杂的思想，一套类似于医学理论的哲学论调，在这种思想面前，我只能退居弱者的位置，在他逐渐成熟的同时，自己倒退成一个幼稚的年轻人。所谓父权，所谓居高临下的理智与道德，不过是一只只妄图填满火山口，反被高温引燃的雀鸟，在抵达海边灭火之前，就化成了灰烬。

但我终归是他的父亲，在他决意结束他所认为的悲哀生命之时，我理应守在他身边。在我的故乡，长辈是不允许参加后辈的丧礼的，不吉利。但俗世不该成为这场仪式的篱笆。我将他带来这个世界，一起看着生命膨胀，也会有天和他一起目睹死亡回旋。只是在生与死这段距离里，我们无法以父与子的关系，彻底看到对方身体里的黑洞。

愤怒的情绪经过几个日夜的激烈催化后，现在剩下一团冰冷的残余物。这样，我才可以带着无比冷静的身体，进入死的现场，一寸寸地靠近它。

但在那场黑暗真正降临之前，我还没有彻底放弃劝阻他的计划。

我在汽车的微晃中醒来时，圣治岛的阳光铺满了整个峡湾。汽车沿着山间大道蜿蜒前行，植被稀疏，低矮的灌木丛偶尔闯入视线，下方的海港停满了帆船。

圣治岛的主城区是一座遗迹古城，在一个峡湾里，两侧都是耸起的山脉，日出一个小时后，才会有阳光越过山顶照进城里。火山在峡湾的后方，高度比预想的要低一些，像工业时代某座巨大的标志性冷却塔，镇压一个城市的灵魂。

"那座火山还会喷吗？"我撑起身，问那个女人。

"休眠火山。上一次它喷发时，这座城还没出现。"她头也不回地说，继续绕着山路行驶。

"我是宗洛的老爹。"

"我知道。我叫几维。"

"鸟？呃……我是说，有一种鸟也叫几维。"

"对，我爸妈一直想移民到新西兰，没成，生下我后，给我取了跟这国家国鸟一样的名字。"

"几维鸟没翅膀，要是活在其他国家，铁定会灭绝。"

"我也没翅膀。几维鸟天生弱视，直视太阳的话会失明。嗯，我也是，只不过太阳在我看来，是一个黯淡的灯泡而已，不至于失明。这是我比几维鸟更高级一点的地方吧。"

"这种鸟应该受到保护……你，是他女友吗？"

她回过头来，看了我一眼，没回答。她有一双蓝色的眼睛，如同机械一样规整的褐色头发垂在两侧，脸颊瘦削而尖，像日本卡通里的少女，有种现实里不存在的怪异之美。

"听说，这是一个死人的岛屿……"我又说。

"这座城的居民曾几度离开又回来，无论人类怎么迁徙，它还是继续存在了一千年。但说不定明天，它就会被岩浆吞没。这里的人都活在某种阴影里，怎么说呢，他们身上都带着阴气吧。"她说，带着一丝嘲讽。

"你是本地人？"

"你说呢？"她笑了一声。我这才意识到彼此一直在用同一种语言交流。

　　我们的脸庞蒙上了天空微颤的云影，如同坐在放映机镜头前的人，感受时间流逝的细微知觉。稍后，我察觉到天空干净无云，投落在脸庞上的云影，其实是车窗上一片溅开的血迹，似乎有群鸟撞上了车身，在车窗上留下了血迹。血迹分布不均匀，左边的血迹更多，说明群鸟是从左边飞来的。血迹与光线连成一线时，褐红色显得更透亮。她没注意到吗？

　　我把手放在血迹的阴影下，缓慢地翻动手掌，想象受伤的场景。我想起宗洛在电话里说过，圣治岛没有鸟。我遥望海面，在广袤的蓝色之上，的确没有任何飞翔的影子。

　　汽车在快要进入古城城门时，从侧面的车道转了进去，进入了一条浓荫密布的路，沿着斜坡朝上行驶。看来入住的酒店不在古城里。汽车沿着火山山脊爬坡时，我才意识到，这家酒店设在火山口之上。在一座休眠的火山口里建设酒店，极具美感，也极其致命。

　　果然，汽车在火山口顶部的边缘停住。我走出车外，发现了那间酒店。它根本称不上是酒店，而是一间小小的三层旅馆，建在火山口倒锥形的内壁上，有一个向外延伸的天然平台，看样子极其危险，而且旅馆开裂的表面，让人担心它随时会倾圮，有坠入火山口的可能。难得的是，火山口很开阔，植被绿油油，所处的位置能把古城尽收眼底。整个火山口只有这一家旅馆，估计价格不菲，但不好说，毕竟它携带的天然危机感，跟价格无法成正比。跟山下的平民古城相比，它不就是德古拉在山上孤独的城堡吗？

"宗洛呢？"我问。

女人指了指旅馆："我要走了。在山下，我在干一份导游的工作。这份工作令人沮丧，因为来这里观光的人，一年比一年少。"

"他还好吗？"我抓住即将关上的车门。

"不好说。"她把车门强行关上，降下车窗，"跟他谈恋爱，像在跳一支没有准则的舞，你无法预测他的下一个姿势。我不是个好的领舞者。对了，你会跳舞吗？"

我摇摇头。我从没跳过舞，僵硬的筋骨早已不适合跳舞。"先再见吧。"她的冷漠和热情交替的性格吸引了我。我感到一种饥饿，一种从衰老四肢膨胀起来的舞动欲望。她的邀舞对我来说，是一次善意的挑衅。我想，在这个属于死人的陌生古城里，我可以学学跳舞啊，新的舞姿，新的语言，新的观念……

我朝旅馆走下去。火山口的面积实在太大，一间旅馆、一个行人和一辆车都显得过于渺小。我是在火山口边缘行走的一只蚂蚁，要钻进一个随时溃败的蚁穴。

旅馆的门没关，我推门进去。旅馆内部比外观看起来更破旧，大厅有几张大理石做的椅子，一些用石头拼接而成的挂画，几乎是空无一物：这是整个古城最便宜的旅馆！前台没人看管，也不见其他游客入住的痕迹，还有股怪味。我在入住登记册上填妥资料，然后在上面寻找宗洛的名字，翻了几页就找到了他的名字，登记时间正是五年前。他是这里的常住客。这五年，登记册才仅记录了几页的游客名单，生意太差了。

太安静了，我感觉不到人的气息，桌椅都积了灰尘。我打开桌上的茶罐，想喝茶，发现里面装满了火山沉积物，涌出一股硫黄的气味。

楼上的房间大同小异，很宽敞，摆设依旧是简约风。一张足够睡两个人的铁架床，刷得发白的厕所，一张椅子和梳妆台，同样是石头拼贴出来的挂画，表现的大概是落日的海边，再无其他了，空空落落的，留有很大的空间没有被利用。

窗户很高，窗帘拉起来了，可是天有点儿黑，房间的灰显得轻飘飘，可又吹不散似的。我走到窗边，望下去正是火山口，硫黄味的阴风在盘旋。旅馆的位置过于奇特，位于能俯瞰一切的火山口之中，能遥望整个遗迹古城。如果忽略偶尔在街道缝隙闪过的人影，在这个淡季，古城看起来就是一堆石头。断裂的拱门和高低不平的廊柱，是古城唯一显示出不对称之美的建筑部分。我走到另一侧的窗户，仰望天空，看到上一层的窗户也探出了一个仰望的头颅。仰起的垮塌的下巴，两个乌黑的鼻孔，倒置的嘴唇，下垂的脸颊，一张五官乱凑的怪脸。是宗洛吗？但看样子这个人年龄比我还大，不会是他。我连自己的儿子都认不出来了？我不敢贸然呼喊他的名字，怕遭遇认错人的尴尬，更担心在这种子居其上，父居其下的角度，进行多年后的第一次目光接触。我承受不了一个决定自杀的儿子的俯视，这个俯视的背景是一片庞大陌生的天空。我的衰老在俯视之下，会更显丑陋可憎吧。

我在床上坐下，接着听到隔壁有人在收拾东西，又连忙起身走过去。

"宗洛，宗洛，是你吗？"我轻声探问，其实心里却希望那个人不是宗洛。

隔壁房间的确空无一人，却走出一条狗来，是我养的黑狗。

不知道它是怎么来到这里的，我记得在出发前，将它交给了宠物医院，治疗它的虱子病。说来愧疚，我竟任由它被虱子缠身这么多年，才送它去医院。我蹲下来，抚摸它。它吐出舌头，磨蹭，还认得我。它身下渗出一摊水，果然又失禁了。这是一种叫"开心症"的老毛病，它用排尿来表示自己对我的依赖。我检查它的身体，虱子留下的伤口已经全部消失了。这时，它从我手里挣脱，跑向门口。那里站着一个人。

"我用火山灰给它除虱子，效果很好。五年来，它再也没遭受过这种病痛的折磨。"说话的，正是宗洛。狗在他的脚边转圈儿，亲密无间。

"啊，你去了哪里？"我问。

"我这几天一直在给旅馆主人治病。"宗洛抱起黑狗，狗站起来有他的一半高，像是一个男人牵着一条狗在跳探戈。狗的尿液甩得到处都是。

"我刚才在窗口看到的，是他吧……"

"不可能。因为……就在刚才，他死了。我对自己的医术再次产生了严重的怀疑。"宗洛走进房间来，在病床上坐下。

"你把黑狗治好了啊，你的医术没问题，它很健康——"我说，随后意识到了那件不寻常的事，"狗怎么会在这儿？我明明没带它来……"

"爸，我来这里的时候，就把它带来了，你忘了吗？"

我饲养那条黑狗的记忆是一场幻觉吗？假如宗洛说的是真的，那我的记忆就失去了存在的合法性。我表现出了父亲式的沉默，连质问他为什么寻死的勇气都没有，因为宗洛打给我的那个电话，也可能是记忆的谬误。在这里，他根本就没有做出这种愚蠢的决定。

"爸，几维给我打电话，说你需要多休息。你现在睡一会儿吧。"他说。

几维，这种毛茸茸的鸟类，拥有长长的鸟喙，这形象跟她的脸型倒是有几分切合。

宗洛铺好那张病床，示意我躺上去睡觉。我顺从地躺下，僵硬的背脊骨无法顺着柔软的床褥下凹，几乎撑了起来。我想换一张硬板床，但宗洛已经在窗户边的桌子边坐下来了，烦躁地翻阅一沓病历。

这个房间的布置很眼熟，完全是照着他以前在城里开的诊所的模样复制过来的。我还在揣度宗洛的态度，因为从刚才见面开始，我们完全不像是五年未见的父子，也未就自杀一事有过讨论，一切平常得像是我多年前患了骨痛症，走进他的诊所看病一样平常。但宗洛周围的事物早就浮现尸斑，在挣扎中维持一种二手生命：木椅为了维持自己的稳固，不得不给自己上了颗螺丝；即将倒塌的书架紧贴墙壁，明知地心引力垂直向下；被铁丝网卡住的鹩哥还要继续啼鸣，幽默委婉；墨水盒伸出舌头接收天花板的水滴，湿润即将干涸的胃部……宗洛的命脉一旦消逝，所有苦苦维持存在痕迹的事物，很快会随之灰飞吧。

"爸，最后一个病人死在我手里，再也不会有病人来找我看病了。"宗洛说，紧攥着病历。

"怎么会呢？跟我回去吧，把诊所重新开张，城市里的病人多得是咧。"我劝他。

"世界的病人都是共通的，地点只是个虚构的概念。"

"你在陌生的国家待得太久啦，跟我回去吧，和说母语的人一起生活，会对你好些。"

"我要去搞旅馆主人的丧礼了。你休息吧，明天我带你游览古城，这有你从未见过的风景。"

宗洛走出门去，黑狗抬起头，跟着一起下了楼。

"记住了——有人的地方，就会有病人在，你不必担心客源！"我补充道。

我被疲倦侵袭，遥远的海浪声逐渐响起来，是一个安稳的睡梦。来了这里之后，我的焦虑症神奇地消失了，脑袋轻盈起来。它曾经与我的身体结合得那么深邃紧密，阴魂不散，像孪生兄弟，在那个时期，世界的意义完全被降解了。现在呢，我对它产生了一种陌生感，似乎从未曾触碰过它的肌理，也未曾被它附身过。然而轻盈是值得怀疑的。这种怀疑也是我对自己精神的怀疑。我从来都无法控制一盆泥土在春天时会长出什么样的杂草来，蛴螬和蝼蛄是否会冷不丁地开始对根部进行新一轮的攻击。也许，宗洛在电话里说的自杀根本不是焦虑症的源头，只是圣治岛的磁场镇压了我心灵里的暴乱。我倦了，再不入睡，就会枯萎。

我还听到一些声音：火山灰重重落在石板路上，发出啪嗒声；人们在街上张大惊恐的嘴巴，任由火山灰落入喉咙深处，灼烧黏膜，泡泡声密集，连续……火山喷发了！

我一下惊醒，才发现原来是下雨了。是雨的声音：和梦融合得很和谐。

已经是第二天的清晨了，雨势不大，在庞大的乌云背后，还有阳光照进城里，形成了一种明暗共存的奇异现象。我一下子失去了地点的概念，不明身在何处，起身洗漱时，清凉的水让我慢慢确认自己并不是在家乡，而是在圣治岛，在一间只有两个人的旅馆里。我的儿子彻夜为旅馆主人送葬。洗漱完毕后，我应该去他的坟前表示一点哀悼。

我在楼梯口遇到了宗洛，他用双手捂住脸，蹲在转角处，似乎很困扰。

"你这么早就醒了？这里有早饭吃吗？"

"我连给死者送葬的能力都没了。爸，我昨晚一整夜都在担惊受怕。我想叫醒你，想叫你帮我把旅馆主人的尸体抬出屋外……"

"他的尸体还在这里啊……你在怕什么呢？"

"他让我寄居这么多年，还把生命最后的时刻托付给我，而我只不过是个懦弱无能的医生，未能挽救他的性命。我的荣誉彻底毁了！我的职业生涯要在这里终止了！"

　　我很踌躇，不知道怎么安慰他。我此时能帮到他的，就是将旅馆主人好好下葬。在我准备去寻找旅馆主人的尸体时，宗洛站了起来，说要带我去游览古城的风景。我感到愕然，这样走掉对死者是否太不敬了呢？

　　"爸，我们好久没有一起散步了。在这种古城里漫步，想必很美好吧。"宗洛的脸展开了笑容。我一时搞不清他的情绪变化为何如此突然。虽说死者为大，可是我的儿子宗洛，一个活着却站在死亡边缘的人，不是最值得去拯救吗？

　　我的心腾起了紧张而富有责任感的欲望。

三、多罗多洛洛

　　我们没有从上山时走的山脊公路下去，而是走进一片低矮的树林，可以看见火山口圆形的顶部，也能远眺蓝色的海面。古城的铁青色形象夹在其中。宗洛下山的脚步很快，轻易地顺着斜坡滑行。我逐渐被抛在后面，偶尔被树根绊到，就会踢起埋藏在浅层的火山沉积物，一千年前的喷发，竟然在地表浅层处就找到了痕迹。我脚下的植被曾经被流动的灼热岩浆摧毁，想必那个海港也未能幸免，海水曾被岩浆的高温加热至沸腾。一千年后的人类趁着它暂时熄灭怒火时，在废墟上建起了一座城市，将下一次火山喷发的恐惧代代传递下去。

　　宗洛没影儿了。我凭着直觉走下山，几乎要迷路，埋怨儿子把年老的父亲甩在身后。海拔下降过程中，低矮的树丛逐渐变成比人高的树林，视线完全被阻隔了。过了好一会儿，我才望见山脚下，有一座连通火山跟进城隧道的桥，那儿站着一男一女，是宗洛和几维。我累得吃不消了，于是躲在树后面，一边休息，一边偷看他俩在干什么。

他们似乎在吵架。宗洛叉着腰在桥上踱步，很躁动，不大开心。几维时而拥抱宗洛，时而又将他推开，指着他的鼻子骂。真是个善变的女人呢，态度举棋不定。我暗暗庆幸窥视到了宗洛的私生活，这对了解他的内心，阻止他的自杀计划至关重要。隔得老远，我也能看清几维那张尖削的怪异的脸，然而在吵架时，她的脸会像伞蜥颈部的伞状薄膜一样展开，变得更宽阔，也更具威胁性了。这种奇异的变化勾起了我的欲望：啊，几维根本就不是一种鸟类，而是一种蜥蜴！我想象她在夜里变回一只蜥蜴的场景，感到自己的脖子正变得通红。他们的吵架终于结束了，几维转身走进隧道里，留下宗洛独自趴在桥的石栏上，像一尊石像。随后，宗洛也走进隧道里，然而，只有他一人从另一头走出来。我盯着隧道出口很久，也不见几维从出口走出来，仿佛凭空消失在隧道里。

宗洛该不会把那个女人掐死在隧道里了吧？我怎么能任由他成为一个罪犯？我顾不上酸痛，抓住树干一路滑下山坡，来到桥上。我站在桥上仰望天空，火山口像一座通天塔，居高临下，带来了无尽的压迫感。我能感受到燃烧的飞石从火山口向空中喷射，然后坠落古城里的毁灭性场景。我的皮肤起了疙瘩，同时心旌摇曳。眼前，要进古城，穿过隧道是最近的路，绕路已经太远了，尽管我有的是时间，但我必须穿过隧道。几维遇害的想象连番出现在我的幻想里。桥下的河流通向不远处的大海，若是在隧道内发现几维的尸体，我必须处理掉她，最好的办法就是扔进河流里，让大海掩埋罪行。

隧道不深，能一眼望穿。光线在这里停止了向内渗透，除了远处出口那块模糊的圆形光源，隧道内一片漆黑。我走进隧道里，往里走，可见度有所提高，但还无法看清隧道的深处有什么。我扶着隧道墙壁走，滑溜溜的，长满了青苔。如果把整座圣治岛比作一个来自远古世界的人，高耸的火山是他的头颅，古城是他的器脏，那这条潮湿黑暗的隧道，无疑就是一个口腔，一条吞咽的食道，通向最复杂的躯体深处。

几维的尸首会在里面某处吗？由于宗洛的散步邀请，我失去了处理旅馆主人尸体的机会，现在他又制造了一具新的尸体。外部世界的道德准则不再生效，我渴望直面死亡的遗产，感受死者的温度，来证明我的体温是属于活人的。

一滴什么液体滴在我的脸上。我的皮肤能分辨那种黏稠度，不是水，是血液吗？我抬头看着隧道的顶壁，那里布满了密密麻麻的像人体血脉的网状物，不断滴下液体。地板铺满了液体干涸后形成的固状物，如同蝙蝠洞穴铺满粪便的地面，发出恶臭，爬满以粪便为食的白肚蟑螂。肢体呢，内脏呢，眼球呢？我料想，这里得有一具人体向外炸裂，才可以达到这种骇人的效果。液体落下的密度和速度大幅增加，我如同站在雨中，想起家里天花板下雨之势。室内滂沱！世界组成了无尽的圆圈，一种逃不出死局的疲倦在隧道里来回荡漾，令人呼吸窒息，血脉停运，大脑填满蜂窝聒噪的恐怖。宗洛犯了罪！一桩即将人尽皆知的罪行！一个父亲无法帮儿子处理一摊已经无法阻止其扩大的血污罪证！我迈开腿，努力迫使自己走出隧道……

"龙血树的禁地！"

一个喝止的声音从背后传来。入口处站着一个人，是宗洛，他还在隧道外。

"你不进来吗？"我问，"做儿子的不进来拉爸一把吗？"

他在洞口徘徊，用语言诱导我往前走，没有走进来救我的意思，"爸，你走得太快了，我刚才在半山腰等你呢。我们得赶快去城里，几维已经等我们好久了，她坚持要当你的导游，带你转转。我不能拒绝，你知道拒绝一个女人是很不道德的……你走得太快，你试试转过身来……不，你继续往前走……这个隧道……你浑身都脏了，不过没关系，你可以走出去。"

黏稠的液体雨啊，雨势在变大。我几乎听不清宗洛的话，累得匍匐在地上，朝出口爬过去。地上血流成河，粘住我的胸口，宛如穿过战后营地一样，四周全是阵亡士兵的骨骸。我必须伪装，才能躲过狂风暴雨中的子弹和刀枪。那段距离的爬行，我花了大概十分钟才完成。当我成功爬出隧道时，宗洛已经在出口处等我了。他从哪里绕路来的呢？

如果有路人经过这里，会以为我刚从血池爬上来。我浑身都被染红了，由于紧张而鼓起的血管在红色中闪闪发亮。我的眼睑无法完全睁开，因为黏液开始凝固。我为自己的处境感到丢脸。

"你看，是龙血树。"

宗洛指着隧道顶上的山体，那里生长有一片长相古怪的树林，树枝朝上翘起，整齐划一，形如反转的雨伞，又像一颗蘑菇，一只伞蜥怒张的颈部薄膜。它们密集的根部穿透石头，探进隧道内部，现在正大量分泌出某种液体。

"血？什么血？"

"血竭是龙血树受伤后分泌的树脂，很昂贵，可以治很多种病痛。但我不能私自盗取。这个隧道是圣治岛的禁地，不允许通行，为的是保护龙血树的树根。是谁造成了这些破坏呢？"宗洛陷入沉思，完全不想帮我清理身上这些恶心的树脂。

我想起那天，几维的车身同样布满了红色液滴，是血还是血竭呢？她曾开车穿过隧道？她是岛上的导游，不会明知故犯，原因不可究。即使事情属实，我也不会告发她。我对所闻所见之事，失去了判断，明明看着宗洛和几维走进龙血树隧道，却只有一个人走出来。这个龙血树隧道是时间和空间分叉的起点，事物的可能性在这里不断繁衍，紊乱无序，看看龙血树粗大圆浑的树枝吧，以"两分法"的方式产生分支，每一个分支继续产生两个分支。一只蚂蚁沿着根茎爬行，能抵达无限个可能的结局。这一棵树，展示着事物发展的无限性与疲倦度，我的视线抓住其中一个树枝起点，渐而迷失在数不清的迷宫线路里。

从这个推断来看，圣治岛这座火山岛，其事件皆处于混沌未定的状态——想想那只穿越时间和空间的黑狗吧——外面的世界被锁死在模式化的轨道上，而宗洛是聪颖的，他选择在这里当隐士，以便把握和研究病症的所有可能性。

因此，我为宗洛的自杀列举了三个状态：已经决定自杀；自杀的思想尚未出现；通知自杀的电话只是我的幻觉。这也可以解释为什么至今宗洛还没和我谈论过电话里关于自杀的事。所以，我现在的一举一动，将影响最后的结果！

"爸，看看你，脏兮兮的。"

"要怎么洗掉呢？你不是需要血竭治病吗？你可以将它们收集起来啊，收集这些二手的血竭不违法。我到河里洗洗。"

"等等。你知道古代人用血竭做什么吗？"

"说说看？"

"尸体防腐。"

"哦，其实死人不需要治疗。"

血竭的气味跟腐烂的肉很接近，但在一定程度上消除了我的酸痛。我打算让它在我身体上多敷一段时间，这让我看起来像被食人族剥了皮，而且这样走到古城里，肯定会引起骚动，被认为是盗伐者。宗洛想了个办法，他在一种青色的岩石上拔了一堆羽毛状的灰色丝绒。不，那的确是羽毛，毛管完整，纹理清晰。不是说圣治岛没有鸟吗？这些羽毛从哪里来的呢？

"这里的鸟不是灭绝了吗？"

"是呀，爸爸，我研究过了，这是互补平衡效应，这个名字是我自己创造的。鸟还没灭绝时，它们就在这种岩石里造巢。鸟彻底消失后，岩石为了维持平衡，逐渐演变出生长羽毛的能力。当然，在化学上，这种羽毛跟真正的羽毛是有差别的，它的实质是火山灰沉积物。我给它命名叫火山羽！"宗洛兴奋地向我解释他的伟大发现，"我要用它们给你做一个伪装。"

趁我身上的血竭还有黏性，宗洛将羽毛贴在我的皮肤上。羽毛跟血竭有很好的相容性，一贴上去，仿佛被皮肤吸收了似的，跟我的毛孔紧紧结合，我甚至能感受得到羽毛在我身上生长的生物活性，获得了一种二手生命，假以时日，我便能获得飞翔的能力。

很快，圣治岛的鸟人改造成功了！我浑身披覆灰色的羽毛，模样肯定很滑稽，血竭的止痛能力消除了我沉重的焦虑，羽毛则给予我轻盈的浮力。宗洛稍稍退后，啧啧称叹，如一个艺术家品味自己的全新造物。

现在，我们父子俩要继续下山进城了。对自己的鸟人形象，我充满了信心，人们会惊异于在圣治岛复活的第一只鸟类，由一个年轻医生亲手创造出来。我希望借由自己重新唤起人们对宗洛的医术的关注，他是一个医术精湛的医生，理应获得人们狂热的崇拜，而不是住在火山旅馆里做一个无人问津的孤独隐士。给予爱，完成自我牺牲，消除他的孤独感，将他从自杀的困境里解救出来，我收获了履行父亲责任后的快感。

这座遗迹古城已有千年历史，它的心脏是石头做的，皮肤和骨骼也是，血液（大大小小的河流）充满了矿物质的味道，硫黄、碳酸钙和铝的化合物。房屋方方正正，没有太多形状上的变化。唯一令人感到惊奇的，是房屋的数量极其庞大，整体形状连贯无比，弧度变化如一股海浪，也许是在同一个时段内建造出来的。我想起了微雕工艺。如果地球是一颗桃核，说不定在远古时空，这座遗迹古城正是在一块延绵起伏数十里的原始石头上，被直接镂刻出来的，被一只巨大的手……上帝之手？

这天游客不多，在街上活动的差不多都是古城的后裔。对，遗迹古城的后裔。"遗迹"与"后裔"，似乎是两个矛盾的词语。因被抛弃而成为遗迹的城市，逐渐接纳了当初抛弃它的后裔归来，有着水火相斥然后交融的美妙。他们的脸色跟古城风格保持一致，铁青色，肢体动作像石头一样僵硬，所以很容易把他们跟游客区分开来。

宗洛领着我，得意扬扬地走在街上，一边向我介绍古城的历史，一边向路人介绍我，"看！这不是我爸，他是圣治岛的新物种，你从未见过的鸟！"然而，路人对我的态度更多是疑惧，纷纷避让，这让宗洛很生气。小孩要拔我的羽毛，男人举起火把要烧掉我的羽毛，妇女认为我的羽毛做成被芯会很暖和，最后还招来了巡警，警告我们不能在古城进行街头表演。

混乱中，我多么期待几维出现，带我们父子从这群蛮荒的人中突围。我们逃进了一座废弃的教堂。教堂的穹顶已经倒塌，向天空敞开，四周屹立的墙壁，维持它原本的规模格局。即使空有躯壳，我也能想象教堂完好时的恢弘：信徒满满，天使与阴影并坐；主持会议的人在台上为出生的婴儿施洗；不信任何神迹与神明的人站在窗口下，观察圣像脸上流淌下的道具血液，用指肚试探那个荆棘环的锐利程度。现在呢，一切看着不同了，终于有了遗迹的味道：教堂内部摆满了卖工艺品的小贩摊档，撑开遮阳的彩色大棚伞；曲折的走廊上有休憩的修女，喝着从小贩那里购买的冰冻饮料，咬着耳朵不知攀谈什么秘密；一个老男人从修女手中要来空瓶子，在积水潭里舀了半瓶他口中坚称的圣水，用来浇花；一群初来的女游客，用一瓶香水跟老男人换了几朵种在废墟里的蔷薇花，别在长发上，闪闪发亮。我想参与其中，作为其中一环扣在链条上。可是，这个物质交换的过程是如此完整，我只能被迫搁置一旁。

嘿，旁边有一个旧书摊！

我看见一本描绘神迹降临的图集，心里痒痒的。小贩偷偷在我耳边说，要求我用身上的羽毛跟他交换图集。我趁宗洛不注意，拔了一把羽毛，换了这本图集。翻开图集，一群白肚蟑螂从里面钻出来——被欺骗了！图集中间没有书页，被镂空了，装满白肚蟑螂。白肚蟑螂是我家独有的物种呢，怎么会出现在这种远隔重洋的土地上？也许，这儿跟我家曾经是从同一个大陆板块分离出来的呢。小贩在狂笑。这是一个恶作剧，我坚持要小贩把钱退回来。

小贩拒绝了："你已经得到了堕落的权利，走吧！我还要继续我的生意。"

"爸，你怎能把自己的羽毛拔下来，换这种不值钱的玩意儿啊！生活的恶作剧已经够多了！你太让我失望了！"宗洛暴怒不已，踢翻小贩的书摊，踩死地上的白肚蟑螂——我终于知道为什么家里的白肚蟑螂会无端死亡啦——把蟑螂塞到小贩手里，然后把羽毛夺回来。

混乱招来了警察。这次没那么好运了，我们父子俩被扭送到警察局。

"鸟？怎么会有鸟？！超级大的怪鸟！"

我们走进警察局，引起了人员的恐慌，他们似乎很讨厌鸟类。是呀，这种石头城里的石头人，怎么能接受鸟这种轻盈得可以乘风飞起的柔软物种呢？警察给宗洛定的罪名是非法表演，让他坐在板凳上等候审理。我呢，罪名竟然是非法盗取火山羽和血竭。我被关在一个铁笼里。宗洛肯定对我很失望吧，坐在板凳上不愿看我一眼。倒是有很多警员和同样等候审理的嫌疑人围在铁笼前，讨论怎么把我变回一个人。这时，刚才跟我交换羽毛的小贩也被抓了进来，罪名是非法藏有火山羽。

他们从海里接了一根水枪，要冲掉我身上的羽毛和血竭。经水泵加压后的海水冲击力很强，水柱一下子击中了我的肚子，把我冲到墙壁上。我身上的羽毛开始脱落，露出衰老的血红色皮肤，还感到刺痛。宗洛发出痛苦不忍的耻辱之声。

一只鸟被剥除羽毛时的虚空。翅膀是活着的虚构。石头也可以飞了。我湿漉漉的，羽毛没了，血竭也冲得一干二净，丑陋发皱的裸体，就这么暴露在众人面前。

几个小时后，来了一个当地的牧师，他花了点钱，将我们保释出来。

"宗洛，你把事情闹得这么大，是要毁了自己的事业吗？"牧师责怪道。

"怎么回事？"我问，"宗洛，他是谁？"

　　牧师打量我，"老先生，您好啊，您是宗洛的父亲吗？"见我点头后，他继续说，"那好，老先生，我有必要向你说明现在的真实情况。圣治岛经过几次人类的迁徙，原先的信仰文明已经彻底崩坏了，我们要做的工作，就是重建这片大陆的信仰文明——对，我负责精神上的塑造，宗洛要做的，是肉体上的重建。你看，我已经把新时代的圣主创造出来了。"说着，牧师搬出一个造型奇特的塑像。显然，这件怪玩意儿，是牧师把各种圣像残骸用胶水拼贴在一起而搞出来的：它戴着一个荆棘环；脸的一半是男人，一半是女人，两张脸之间不完全嵌合的缝隙用泥土填上，像一条刀疤；两侧安装了千手观音的手臂，重心看起来不太稳；背部背着金刚杵……身体由各种不协调的碎片强行组合，像肆意疯长的肿瘤组织。

　　"我给它命名为多罗多洛洛。在未来世界，多罗多洛洛已经存在了，现在不协助它诞生的人，在它真正诞生那一天，会受到惩罚。人主动选择死亡，永远不会管用，因为它无处不在。人即使死了，灵魂也会受到永恒的折磨！"牧师自豪地举起这尊模样惨不忍睹的东西。

　　"堕落堕落落？"我一下没听清这个拗口的名字。

　　但我知道，牧师所说的多罗多洛洛，在现实里是一种叫"洛可蛇怪"的假想模型，已经在外部世界引起了人们的恐慌。然而，在这个闭塞的岛上，它还显得很新鲜，很神秘。他只是挪用了这个概念，来折磨我的儿子。

　　"宗洛，我的工作就快要完成了，你呢？"牧师把塑像小心地放在桌上，转向我，"老先生，为了让多罗多洛洛的诞生有一条可传播的故事脉络——嗯，想想《圣经的故事》——你儿子需要仿照上帝造物的顺序，用他的医术疗愈六个跟上帝造物理念相违背的病人。当然啦，这只是一个形式，不意味着我抄袭现存的上帝。我的目标是，由人亲手造神！嗯，让我想想……上帝在第一天创造了光，宗洛医生，我记得，你治疗的第一个病人，就是一个怕光的岛民吧？啊，老先生，刚才宗洛把你装扮成一只鸟，因为上帝在第五天创造了空中的生命啊。可惜，你这只鸟太老了，又不会飞，随时会死掉，不算数。不过，宗洛医生，既然你已经走到第五步了，意味着下一个病人将是你的收尾工作了，得加紧进度啰。"

宗洛把头埋进大腿间，默不作声，浑身发抖。

"收尾工作又是什么？"我问。

"嗯，上帝在第六天创造了人。也就是说，宗洛必须挽救一个要自杀的人。"

自杀的人？正是宗洛自己呢。一个人为了去死，却必须让自己活着，真是矛盾啊。

"宗洛医生，你还好吗？前四个病人呢？他们现在还好吗？"牧师问道。

"死了、死了，全死了！"宗洛哀号一声，随即倒在地上，抱着脑袋，疯狂挣扎。我不明白他为什么掺和这个混账的牧师妄想出来的古怪事业，把我这个老父亲也愚弄了一番。他在颤抖，就快要缩成一团了。他在痛苦什么呢？

"看来，你把事情搞砸了啊。"牧师哼了一声，"圣治岛的存亡，都搭在你手里了。"

突然，宗洛站起来，抓起桌上的多罗多洛洛像，往地上狠狠摔了下去。

"恐怖！创造会带来毁灭的恐怖！病人全死在我手里了！"宗洛跪在我脚下，抱着我，"爸，我也要枯萎了！"

地上的多罗多洛洛四分五裂，在碎片中，钻出了一只隐士蜘蛛。

四、隐士蜘蛛

回到旅馆后，宗洛再没提起在他手里死掉的四个病人，因何而死，如今又究竟在哪里。

几维，那个我心心念念的女人（即便她是我儿子的女友），没有兑现她的承诺，做我的导游，带我见识圣治岛的奇异风景。她更近似于幻象。但火的跳动是无法掩饰的，在她的车上，我见识了美和生命。也许，几维才是宗洛的第五个"病人"，因为几维才是这个岛上唯一的一只鸟：我想象她身上柔软的羽毛，轻盈的双翅，红色的鸟喙，怎么在我身上游走抚慰。如果这个假设成立，那意味着，几维也死了，死在圣治岛的某种可能性里，死在进入隧道后的黑暗中，死在宗洛为了神的诞生而替她进行的弱视治疗里。她是我和宗洛见面之前，在那段黑夜路途上的唯一联系。现在，我和宗洛之间，失去了一个结。

宗洛整日在旅馆的房间游荡，"爸，爸，爸，我也要枯萎了……"他重复这句话。为什么是"也"？难道有另一个先于他枯萎的人？——是我？是我！我怀疑，从一开始宣称要自杀的人，正是我自己，只不过圣治岛抹杀了我的决定，将生死的可能性归还给我，进行全新的抉择。

宗洛行经的走廊，留下金飞蛾临死洒落的翅粉，标出一个模糊而沉重的形体。即使那些叫唤清晰可辨，我也很难碰上实体的宗洛。他可以像植物一样枯萎，只有遇到湿润的空气，才可再次获得人形。有时，那只黑狗就是他，蹲在我脚边，抱怨身上的虱子病又复发了。或者，一楼大厅的音响喇叭，会成为他的嘴巴，从里面播出几句不成调的哼唱。浴室盆栽开的花朵可能是他的眼睛，在我洗澡时，它会不好意思地转过去。别人很难理解他的分裂，我作为父亲，在使用物品时会比以前更加谨慎——因为每个物品都有可能是他的器官的替代品——以免摔坏或者制造一些不必要的惊吓，致使它们魂飞魄散，无法重组回一个真实的人类。

我在三楼的一个房间里找到了旅馆主人的尸体。那个房间对应下层的位置，正是我的房间。刚到达的第一天，我在窗户见到的倒置的脸孔，是旅馆主人的鬼魂吗？

旅馆主人的尸体泡在充满红水的浴缸里。黑狗趴在浴缸旁边，吐着舌头。"你这只不知死活的家伙。"我摸摸它的脑袋。旅馆主人跟我长得一模一样，悬浮着，裹着一层苍白发皱的皮肤。我仿佛站在自己的对立面，是整个人类历史中，第一个活着面对自己尸体的人类。我甚至怀疑，此时的自己只是一个灵魂，对自己早已离开躯壳的事实浑然不知。但很肯定的是，我还活着。躺在浴缸里的旅馆主人只是偶然跟我长得相似，宗洛利用他取替我，现在他死了，在宗洛心中，我也等同于死了。

我用手触碰红水，很肯定，那不是血，它充满了植物的气味和质感。这才是真正的龙血树树脂。我仔细回忆，在隧道里，淋在我身上的倾盆血竭，那股腐臭的味道中，夹杂着一丝新鲜的血腥味。

我放掉浴缸的红水，将尸体拖出来，放在浴室帘子上裹起来。黄昏时分，我背着旅馆主人，沿着碎石嶙峋的火山口壁，走到了底部，挖了一个坑，把他埋了进去。在底部仰望那栋陈旧的旅馆，昏黄的夕阳如同被雾霾蒙住了一般迷幻，我突然渴望来一场火山喷发，烧掉这里的一切，生命会在火山灰的废墟里获取养分。

我回到旅馆门口时，来了一个送货员。

"您好，宗洛医生住在这里对吗？这是牧师给他的东西，替他签收吧。"他交给我一只用纸包裹好的玻璃缸，然后离开。

我拆开包装纸，玻璃缸里装的是一只蜘蛛，是那只从多罗多洛洛碎片里钻出来的隐士蜘蛛。我把它带回房间，放在台灯下，打开灯观察它。这种蜘蛛有剧毒，虽不致命，但也不是好对付的虫子。玻璃缸外壁贴了一张便条，写着：它，是多罗多洛洛的真身。我把便条撕碎，扔进垃圾桶。

"老爹，看这里。"那只隐士蜘蛛跟我说话，"你相信多罗多洛洛吗？"

"这个问题嘛……不，存在的确凿性？……我连自己是不是人都没有把握。"我回答。

"很多时候，只需要一个牺牲的人，就能确立某样东西的存在了。"蜘蛛从玻璃缸爬了出来，在灯罩上行走，灯光在墙上照出了一个恐怖硕大的蜘蛛影子。

"你说耶稣？"

"不是，我说你。"蜘蛛从灯罩跳下来，在我手边徘徊。

新时代的神，所谓的多罗多洛洛，只是个笑话罢了。可是我的儿子，已经被多罗多洛洛侵占了心灵，要摆脱这种幻象，为了证明它的不存在，必须以迂回的方式，先完成幻象的预设，最后才能从本质上毁灭它。于是，我做了一个决定。

我把手臂放在隐士蜘蛛的螯牙上，挑衅它。它迅速咬了我一口。我举起另一只手，用力拍死了它，把它连同玻璃缸一起扔进了垃圾桶。

"宗洛！宗洛！快来！我被蜘蛛咬了！"

我的呼喊在走廊里四散。宗洛没有闻声而来，朝我房间拥挤而来的，是一堆杂乱的生活用品，喇叭，盆栽，墨水盒，扫帚，筷子，空衣服，等等。那只黑狗也进来了。我知道，宗洛已经来到我面前了：他的分裂还未结束，我眼前的东西就是他的身体碎片。

"爸，你的手臂怎么了？"喇叭问我。

"我……"怎么跟他解释这种情况呢，我迟疑，"多罗多洛洛是否存在，不是你一直忧虑的问题吗？这个问题的证明方法，就是完成牧师的假想：你需要治疗一个自杀的人。他今天送来了一只隐士蜘蛛，我自愿让它咬了一口，这样，我就是那个自杀的人。如果你将我治好，事情就会水落石出。”

“爸，你为什么要这样折磨自己呢？！在这座岛，事件所有的可能性都不会消亡，结局的分岔永恒存在，你以为帮我完成了这个仪式，多罗多洛洛的存在性就会得到盖棺定论吗？”喇叭气得开始冒烟，有股烧焦的味道，最后一团火焰从喇叭口冒出，烧毁了自己。

我眼前的物品变得不安分，互相碰撞，除了那只黑狗，它们纷纷逃出了房间。

手臂伤口开始出现蓝紫色的肿胀，形如小山包。黑狗伸出舌头舔舐我的伤口，一边说道，“爸爸，你要靠自己撑过来，这里没有治疗隐士蜘蛛咬伤的药物呢。你知道为什么这种蜘蛛叫隐士吗？因为它们经常躲起来。我在圣治岛生活了五年，每一天我都想念自己的故乡，想念自己的父亲，无法成为一个彻底的隐士。然而，在这里，我觉得我摸到了时间的辽阔，以及无限的虚空。”说完后，黑狗转身跑出去。

到了晚上，那个小山包状的肿胀开始溃烂，在我的皮肉上形成了一座形如小火山的塌陷。塌陷下去的开放性伤口是橘红色的，产生跳跃性的疼痛，每跳动一次，我就仿佛感受到旅馆底下的火山口随之脉动，即将喷出血红的岩浆。

在跟蜘蛛毒液对抗的几个夜晚，我在寒战和发烧中度过，频频梦见火山爆发。

　　我同时想起，有个旅行家在东南亚的某座火山岛上游览时，眼前出现了火山喷发的幻觉，而在此前，他曾被告知在十年前，这里发生了一场类似的火山喷发灾难。他知道时间若能被感知，最终只是一段有起点与终点、可随意进退的标尺。旅行家分不清眼前的幻觉是那场灾难在时间间隙留下的记忆碎片恰好被他的大脑感知了，抑或，他看到的是未来。为了验证，旅行家决定留下来。一个月后的夜晚，火山没有预兆地喷发了，摧毁了整个村庄，包括旅行家本人。在即将被岩浆烧成灰烬的前一刻，旅行家是否对他的幻觉下了最终的判断呢？想到这里，我对这个故事的来源产生了怀疑：如果这个故事是旅行家记载的，那么他不可能在死于火山喷发后，还能将经历向世人公开。这当中存在这样一种猜测，既然旅行家预言了火山喷发的到来，意味着他的意识，甚至肉体都可以穿越时间的维度，所以讲述这个故事的，的确是旅行家本人，一个从死亡世界里，沿着时间标尺回到过去的旅行家。

　　我梦到的火山喷发，是一千年前的记忆碎片，是未来的预言，还是纯粹是一个梦？将三个猜测全部列出来，作为事件的全部可能性，并将旅行家故事的真实性作为前提，那任意一个事件发生的概率，都会变得很大。我不怎么担心死亡的事了，只要在这座岛上生活，一切的可能性都会得到复活。世上到底有多少座这样神奇的火山岛呢？

　　宗洛再也没有以人类的形态在我眼前出现过。不过，我的目光沉浸在搜索的快感中，宗洛以无数个小型幽灵的形式分散在空间里，等待我去辨认，像在捉迷藏。他的因分裂带来的自由，使我嫉妒。有那么一刻，宗洛的自杀决定在我看来，更像是某种更高阶形态的起始点。说不定，他现在的分裂，是实施所谓的自杀后，下一个高级形态来临前的过渡状态，极度脆弱，也极度自由。他拥有绝对的虚无，失去了人类时间，无处不在，是抵抗多罗多洛洛的最佳方式。但我认为，这世上肯定还有其他隐藏的好方法，等待我去探索，去发现。

隐士蜘蛛毒液造成的伤口，需要数年的时间才能愈合。在等待愈合的数年里，我可以在圣治岛安心做一个隐士，成为火山旅馆的新主人，重新操办起旅馆住宿的事业，毕竟它拥有最佳的观景视野。幸运的话，我还可以目睹一场火山喷发的奇观哦。

如何拔起曼德拉草

"曼德拉一样的尖叫刺破天空，活着的人全都被震疯了。"

——朱丽叶如是说

药材铺里的男人周小石，常常偏执地认为，像他这种没有被上帝赐予子嗣、也没什么情欲的男人，要想跟事物保持神秘而直接的联系，或伸手去摸到世界的棱角，或捕捉春天里的躁动，或试探公猪的准确发情期，或望见遥远雪山上的火焰，或听见另一个世界的呼唤，那么，身份必须保持神秘。

这是活着时的外衣，也是死去时的门匙。

也正因如此，周小石竭力掩饰他的双重身份：他是一个黑袍猪倌，也是一个哑巴。散发沉寂之感的猪倌袍子，搭配一个无声的喉咙，他认为这么一个形象，有利于生命力在黑暗中的积蓄，如同在泥土里蛰伏，介于睡眠和冬眠之间，充满着张力。也许他身体里的某种力量也正蛰伏着，没有子嗣正是其中一个表现。但愿我不是在自欺欺人，周小石每天都在提醒自己。

周小石也是中药铺老板娘的丈夫。但他以前总是说，夫妻关系只是一种二手关系，是他直视镜面时，看到的那道从百叶窗折射进来的刺眼的阳光。他觉得不必掩饰，也不必张扬这种二手关系，因为它本身就来自外部。

可是那天，他的双重身份被识破了。被识破，就是被剥除！没有希望了——跟其他人有什么区别呢？共同的身份，就是没有身份？就是湮灭？就是尘埃？周小石的脑海，第一次被好几个问题纠缠，像密集的树根彼此缠结，但实际上互为本体。

一、世界

在那之前，周小石被人们熟知的唯一角色，仅仅是中药铺老板娘的男人。那个由看似无穷无尽的药柜所搭建出来的中药铺，跟他的尚未出现（也许永远也不可能出现）的后代一样，是永远令人疑惑的事物。

在无人知晓的时刻，也许是出于神的意愿，药柜随意移动，彼此组合出的通道形状如同迷阵游戏。难道地下安装了机关？每次周小石回家都是一次考验，因为它们的位置总是不确定，时而西北偏北，时而东南偏南。药柜对那些顾客似乎没有魔力：他们可以随意进来挑选中药，又轻易地走出去，仿佛从未遭遇过什么刁难。只有老板娘，也即是他的夫人胡芪，一个浑身散发药味的女主人，能轻松游走在变换的药柜之间，并以此为乐，如蛇如鼠，如鬼如虫。她也是引诱他进入迷阵的女妖。

"小石，进来吧，我在找一种叫曼德拉草的药材，是客人昨天送来的。"胡芪说，"可是今天找不着了，说不定他根本就没给我送来。你和我一起找找。你还不知道吧，这也是一种催情的草药哦。"

周小石听到妻子的呼唤了，但他继续看着太阳，有一只秃鹰正围绕着那个小小的发亮的圆盘旋转。秃鹰啊，你知道眼前的太阳，是你根本无法围绕之旋转的星辰吗？你被一种假象耍了！你肯定猜不透吧，距离如此不可捕捉——可你活得很好，正用比太阳更锐利的眼光在围猎，让人钦羡。阳光把一切猎物都暴露了：石头上的石龙子吐着舌头，树丫间的啄木鸟啄食雏鸟的脑髓，蟾蜍在小孩的手中央融化……

生活本来就是一种激情的猜谜，周小石想。

但房事是令人厌倦的。催情不会对他的身体有过多的作用，锁死了，死水一潭的内部。他站在中药铺的门口，探头朝内看，迷阵又搭建出来了。那里有激情的通道吗？只听见女人的喘气声。周小石干脆站在门口不进去。今天，今天黄芪的味道最重；昨天，昨天是何首乌；明天，明天将会是曼德拉草。

曼德拉草？曼德拉草是什么呢？周小石抠着木门上的蛙洞，心里没有什么可想的。

"这里的柜子最多只有五十五个，但看起来多到数也数不清。"胡芪说，她在柜子间像只蜘蛛似的上下攀爬，"有时候，它们又只剩下几个。我们应该逐个标记下来，以免下次忘了草药的位置。"

胡芪是多么熟悉这些复杂的图形啊。无论柜子怎么组合变换，她进去后都能顺利走出来。周小石羡慕她轻易就能分解迷阵的天赋，不过他现在并没有真的提起兴趣。

周小石只是点点头，对着太阳打了个手语。他皱了一下眉头，对自己刚才打的手语感到陌生，因为它没有任何含义。它更像一种仪式的符号。是谁控制了自己呢？太阳越来越晃眼了。

今天，他起得很早，因为要带一只公猪去另一个村庄，找一只母猪配种。春天来了，有人关心猪的身体，但没有人关心他的身体毛病，也没有人关心他的爱情问题。猪倌应该跟母猪谈恋爱——母猪比他的女人更熟悉彼此的气味。他起床时，啼叫一夜的鸟儿全部销声匿迹了；只在夜里啼叫的鸟，让人疑惑；猪，也令人疑惑。他听说，猪的器官跟人类的很接近，科学家说能把猪的心脏移植到人的身体里。哦，人要是死了，猪可以替人活着。或许每个投胎的人，来世都做了猪呢。

五点多，周小石迷迷糊糊坐了起来，他的妻子还没醒。给猪配种的日子总是要起得很早，最好趁着公猪还在它的春梦余波里，将计就计。

去猪栏，要经过大厅众多的中药柜，点亮灯盏，也无法帮助眼睛好好辨认各种转角，还要注意别走进死胡同。周小石考虑在天井搭一把梯子，直接跳出墙外。他现在就站在天井，可是密密麻麻一片藤蔓盖住了天井上那片天空。要是在昨日，还能抬头看到月光呢。他感到不祥，刚想搭梯子，天井怎么就被封死了？在井边打了一盆冷水，洗洗脸后，周小石只好决定穿过大厅。

　　这个村庄的历史太遥远了，身在其中的周小石，总是觉得自己要变成余火飞灰。人的身体一旦与古老的节奏同步了，侵蚀的发生，往往就在不觉间。看看那只脚，长出了草芽来了。周小石站在通往大厅的门槛上，拔掉了粘在脚板心那根鹅黄色的草芽。春天也会从身体由里而外地到来吗？如果我浑身长满了青草，我能凭阳光生存吗？我会一岁一枯荣吗？周小石抹了抹湿热的眼泪，不知是出于一些悲伤还是几分震撼。他在药柜的文献里，看到过一种会发出声音的树的记载："甚至植物也会叫；而我，只会发出吞咽的咕噜声；咕噜声，与胃搅动的声音，相似。"周小石在心里默念着。

　　今天药柜们组合出的形状很奇特。它们的斜角，完美得像经过精致切割的水晶，慈悲的，恒久的。宛如久经囚禁，在隧道中前行，在闪电似的转角处，他看见了没有被过多削弱的光亮。这表明从他站立的地方走向门口，无须经过太长的曲折。周小石尝试闭上眼睛，径直走出去，遇到轻微的转角时，身体如余波荡漾。

　　睁开眼睛，人已到门口外。天黑麻麻的，完全看不清院子里的篱笆。那刚才的光亮从哪里折射来的？月亮还挂在青色的天空上，像一颗为他守夜的星辰。他仿佛已经死了，被月亮照耀的孤独的人，最接近死亡。他想咳嗽一声，提醒那些隐藏在黑暗中，坐在院子篱笆上的野鬼稍稍退避。可他的喉咙摩擦了一下，什么声音都没发出来。

　　猪栏在柳树下。周小石就着微弱的月光走过去，看见那只健硕的公猪站了起来，将半个庞大的身体压在水泥护栏上。接着，它跳了出来，四周一片寂静。一个几百斤的身体砸落地面，竟然没有发出一丝震动，周小石感到惊奇。公猪喷喷鼻子，似乎在催促他，徘徊一会儿，就丢下周小石，迈着高傲的小步，独自走上了石径。它知道这样走下去，就能走到母猪所在的村庄，空气里飘荡着只有它才嗅得到的荷尔蒙。那对硕大的睾丸，一颠一荡，看得周小石入神。猪是多少个人投胎变成的呢？也许十个，也许一百个，要不然不会那么大。月亮下落到柳树梢上，周小石抬头看见了那只秃鹰。秃鹰立马收住了翅膀，长长的脖子弯曲着，一尊月色下邪恶的雕像。秃鹰啊，你是在等我哪天死了，来啃我的眼珠吗？你最好在阳光最猛烈的时候动嘴，要不然，你闻不到那股腐臭味。周小石踢了一脚柳树杆，秃鹰受惊，张开两米长的翅膀，飞了起来，滑翔，掠过周小石的头顶，一个打转儿，便重新飞升至离月亮最近的深空。看，它在围绕着冰冷的月亮旋转；草坪上无物却在凹陷，是野鬼们跟着秃鹰起舞；公猪被玩弄了，瑟瑟发抖。

　　到九点，买中药的人才出门。现在，周小石准备换上猪倌的衣服。

　　猪倌的衣服很特别，是周小石自己缝制的。他曾在妻子的衣柜里，找到了一块黑色的布料，于是将它裁剪成一件黑色的袍子，只露出眼睛。他甚至想把眼睛也盖住，因为黑色的眼睛应该被黑暗接纳，看清一切道路。为了减弱人的存在感，避免公猪配种时因受惊而中断，他穿上黑袍子，把这份传播生命种子的工作看成伟大又易碎的工艺品，小心翼翼地目睹它的制作过程。同时，他不能说话的缺陷，尽可能地减少了发出噪音的可能。全天下那么多猪倌，周小石认为，唯独自己应该得到褒奖。他知道这项工作的主次：他是猪的主人，但他无法替猪配种，所以猪才是配种时的主角。猪能靠自己活着，他却要靠猪活着，现在夺取它的荷尔蒙，未来也许夺取它的器官——他感觉自己的心脏在加速衰老，可他才三十五岁。

秃鹰降低了盘旋的高度，它想看看刚才的男人去哪儿了。现在，它只看见一个黑漆漆的东西，跟在它的猎物——那只公猪——的身后，高举双手，甩动鞭子，驱赶公猪前进。周小石朝天空挥了一把鞭子，似想驱赶盘旋在他头顶上那只烦人的秃鹰。它呼啸了一声，旋即回到刚才的高度，缩小盘旋的半径。他出生那年，秃鹰就已经飞翔在他的天空之上，像太阳和月亮一样轮回。雨天，它浑身湿漉漉的，停在柳树梢，颓然丧气。晴天，它不知疲倦地狩猎，眼神凶狠。阴天，它将成为风，要把人的命都刮走了。

现在，村庄因为恐惧什么可怕的东西，竭力装作沉睡不醒的样子。可是，谁会想到呢，公猪的这次配种竟然失败了。

二、死神

我是唯一一只永远不落地的秃鹰。

我是在猎杀了一只斑鼠后，在树上睡觉时梦到死神的。它的模样英伟。虽然它穿着一身黑色的袍子，我依然感受到了那股喷涌出来的死亡气息。跟腐烂的恶臭不同，它身上的异臭是神圣的，是庄严的标记。我的翅膀羽毛因为惊恐而纷纷直立，我为自己满嘴血污而羞愧。在我从树上掉落时，死神用风托起了我。

死神说，如果我能永远不落地，到我死后，我就能成为它肩膀上的宠物。我答应了。我想看看地狱的风景，想尝尝罪人们被烧焦的皮肉，奈何桥下的河水会洗净我从今天开始触碰到的所有恶臭。在消失前，它交给我一颗曼德拉草的种子。曼德拉草到底是什么植物？我曾飞遍世界，从一个快死的巫师口中，听到了关于它的一些奇怪的效果：它能打开通过神灵世界的通道。但我不需要，我已经亲眼见过死神，就凭一双小小的鹰眼。

醒来后，我把吞下去的斑鼠呕吐出来，并绝食了三天，作为对死神的回应。但我没有找到死神交给我的那颗曼德拉草的种子。是我弄丢了，还是这一切只是幻觉？我说不好，死神是否只能通过梦境来跟有生命的东西交流。我也不知道它给我曼德拉草种子做什么。

诚惶诚恐的我，一下子飞得很高，几乎要碰到太阳，羽毛也快要燃烧起来。作为一只受死神差遣的秃鹰，在地面和太阳之间，我能很好地掌握飞行的尺度。飞得太低，地面会伸出毒藤蔓，将我缠住，其他肮脏的秃鹰会来撕咬我，惩罚我的背叛。飞得太高，太阳会烧焦我，而月亮的阴冷则让我悲伤。

我活着时的栖身之所，是井边那棵枯槁的柳树。柳树下有个猪栏，那只公猪看起来很肥美，可它有个奇怪的主人，穿着跟死神一样的黑色袍子，同样沉默不语。我知道他不是死神，他只是在拙劣地模仿我的主人。这里的人不会愚蠢到因为他穿上了黑袍子，就认不出他来了。可是人类为什么不揭穿他呢？我这只神圣的鸟有必要宣扬正义！我跟上他们。月亮在我头上，羽毛沐浴青色，华光熠熠。

太阳刚升起来时，男人赶着猪，进入另一个村庄。有好些人从树丛间走出来，在路的两侧瑟瑟缩缩地观望，看似等了一夜。我停在村口的树上，梳理脖子上的羽毛（光秃秃只是一种错觉）。穿着黑袍的男人从他们中间走过，那头公猪昂着硕大的丑陋的脑袋，摇晃屁股。路两侧的人颔首，仿佛恭迎皇帝的到来。这个村庄的公猪不能生育。他带来了公猪，就是带来了繁衍后代的希望。一个没有后代的男人，却偏偏掌握着其他人繁衍后代的命运。

这支队伍慢慢汇聚成一股洪流，男人领着村民，猪走在最前面。我现在觉得，那个穿着黑袍子的男人，也有那么几分像死神——仅仅是形象上更接近了。死神或上帝，有赋予人类为它们代职的权力吗？他扮成死神的模样，却行使着上帝的权力。谁能说得清，死神和上帝不是同一种东西的两种面目呢？毕竟那个男人也学会了如何掩饰两种身份，横跨两个世界。

我至少曾经在梦里见过死神的模样，听到过它的声音，却没有任何同类跟随我。它们应该问问我，它们每天吃到的那些腐肉，是谁赐予的？它们应该向死神的代理者——也即是我——表达敬畏，而不是看见我就用肮脏的鸟喙发动攻击。

　　众人走到了猪舍处。一排过去十几个猪舍，每个猪舍都挤着几只母猪。我注意到，在猪舍周围的空地上，有很多只放养的猪，它们急躁地走动，朝男人带来的公猪发出狂躁的喷鼻子声。它们是这个村庄里被遗弃的没有生殖能力的公猪，要不是众人围成一个圈，用竹竿挡住它们的突围，恐怕那只公猪早就被撕成了碎片了。闯进去吧！撕碎它！这样我就能有口鲜肉吃了！

　　第一个猪舍的门打开了，五只母猪走出来。男人的黑袍被风吹起，他举起鞭子，往地上一甩，发出轻微的爆裂声。公猪受到了某种暗示似的，走向前，在五只母猪里挑选了一只。它的前蹄一跃，把沉重的身体抬到了空中……

　　我盘旋在烈日底下。风把猪的臭味从地面送到了高空，我忍不住打了个喷嚏。那些猪难道没有注意到在它们周围，有一群人正在监视它们的交配吗？没有羞耻心的动物！那个男人站着不动，手里的鞭子一遍又一遍地在地上摔打，但公猪迟迟没有开始交配，犹疑，焦虑。

　　这时，男人抬头看了我一眼。他能看清我吗？人类能直视太阳吗？他感到气馁又气愤。众人抬头看我，猪也抬起头看我。我只是阳光下的一个黑点，可我的权力比谁都要大。我从来没有像今天这样，感觉自己不是一只秃鹰。我围绕星辰飞翔，所有在我之下的种族都得仰视我。可是为什么我仍感到悲怆？是因为我不能再往高处飞的原因吗？我开始忘记梦见死神之前的生活，我在哪里出生，有没有伴侣，有没有飞跃过雪山，有没有捕杀过其他动物。我甚至怀疑，我的思考只是一种幻觉。也许，我前世是一个人？只要我一使用工具，就会引起人类的恐慌。

于是，我向下俯冲。那群人和猪，从保持静止到四处溃散，只花了我扇动一次翅膀的时间。原本四处游荡的公猪，趁机撕咬配种公猪的脖子、睾丸、蹄子。死神模样的男人带着村民躲进猪舍里。不必担心，他们会找到新的公猪，在长途跋涉后的另一个黎明，新的转机就会出现。

现在，我只想俯冲一次，在最接近地面的时候，重新飞回太阳光线的深处。

三、爱情

在某个猪舍里，周小石找到了公猪的睾丸。睾丸被咬碎了。一群母猪围在破碎的睾丸前，见到周小石进来后，纷纷退到一边去。

"是你们干的好事？"周小石打了个手语。母猪们喷喷鼻子，表示不解。周小石抓起那坨糨糊状的东西，暗红色的脉络欲断未断，它的膻味能引起人的晕眩。"猪睾丸，黄酒冲服。或与黄芪同水煮，可治乏力、畏寒。"周小石在心里默念着。

失去了一颗睾丸的公猪左摇右晃，发出低沉的悲鸣。穿着黑袍子的猪倌，牵着它，在众人中间穿过。"不要哭泣！"猪倌对众人说。众人只是耸耸肩，脸上挂着失望的情绪，目送他离开。

走到村口处，周小石回头张望。猪舍空地上的人群已经散去，游荡的公猪发疯似的，企图突破母猪舍的栅栏。周小石用野草帮公猪止了血，发誓再也不会回来这里，一种羞耻从公猪的身上传递到他的身上，心脏猛地停顿了一下。他走到了隐藏在林间的小溪边，溪水像地狱里的锅一样滚烫，冒着热气。

"你没了一颗睾丸，村里的人会来买走你，做成肉酱。我不再是你的猪倌。我好像什么都没有了。但我不会杀你。在你被人家砍掉头前，你走吧。"周小石一字一顿地对公猪比划着，"你走吧，顺着水流走下去，你会遇见你的救世主。你见到它时，它正划着一艘小船。你求它，它会让你上船。"

公猪看了他一眼，便顺着水流走下去。周小石不知道它是否了解自己的表达。他看着公猪走远，在带着硫黄味的水雾里渐渐消失，就像看着自己跳动的心脏走远。

林间静谧，他在一片铺满落叶的空地，一直坐到黄昏。天上的秃鹰，已经不在了。它就是一阵狂风，是一道隐晦的夕阳，对地上的尸体有残虐的爱。

公猪走多远了呢？几个小时前，它因为缺了一个睾丸而左右不平衡的身体，变得易碎，容易受伤，笨拙地踏水而行。它不是一只高贵的梅花鹿。但当它受伤后，周小石忽然对它产生了一种敬意，原始的，莽撞的生命力。让公猪走，让它去得救，让自己在树林里，独自面对风声鹤唳吧：四周的树叶发出吓人的摩擦声，仿佛有什么正在接近他，围捕他。肯定是因为今天配种失败，破坏了他们的未来，惹怒了整个村庄的人！难道要我来代替公猪，完成母猪的繁衍任务吗？周小石在落叶间挖了一个坑，将自己草草埋进去。假如今晚大劫难逃，投胎后，我会不会成为一只公猪，两个硕大的睾丸，一颠一荡？一个穿着黑袍的自己，驱赶另一个曾经也穿着黑袍的自己，年复一年，在急躁的春天，寻找母猪的气味。以前，我让它们在这个夏天生下孩子，在下一个夏天，让另一批人宰杀它们！周小石感到悔恨。

　　直到四周安静下来，确定危险退却后，他才拨开身上的树叶坐起来。有人坐在他不远处。他惊了一下，却发现那人是胡芪。

　　"你吓到我了！"胡芪说，双手放在胸口处。"你在做什么呢？我们还不能回去。现在，天压得很低，危险还没远离我们！"周小石用夸张的姿势打手语。"有人告诉我，你在落叶里睡觉，比在家里睡更舒服吗？"胡芪问。她好像在地上挖掘什么。"家里让人心慌。你研究出那些药柜运动的规律了吗？"周小石问，心里不怎么好受。

　　"还没。不过我知道，那些数字是地数，它们总是以偶数的形式出现，有时候两个，有时候六个，最多的时候，我见过它们变化出五十五个，也就是天数与地数的总和。可是，五十五？不是偶数。落单的那一个是什么？在爸爸留下的书里，我看过，但参不透。而你，你是天数。"胡芪在数着手指说。"天数？我琢磨不透天机。"周小石看着天穹。"不，我是说，你总是在奇数的日期才回家。比如今天，是十六号，你不想回家，宁愿将自己埋在落叶里。"胡芪脸上露出一种复杂的幸福感，浅浅的微笑在夕阳下如此神秘。

　　"我不是故意的。是公猪出了问题，被秃鹰吓到了。今年的母猪没有崽可以下。"周小石指了指村庄的方向。"你当然不是故意的。"胡芪嗤笑道。"他们怎么知道咱家在哪儿?"周小石清理身上的碎叶,"他们可是从来没有见过我的样子。"

"骗得了谁呢?我天天想象你穿上袍子,赶猪配种的画面,说不定有谁在我的梦里,看到了我的记忆。"胡芪拿起他脱下了放在一旁的袍子,揉成一团,在干草堆上引火燃烧。周小石起身想制止胡芪烧掉他的袍子,又强忍着打消了念头。

"猪呢?"胡芪问。"跑了。它受伤了。"周小石爬过来,坐在胡芪旁边,"你在挖什么?"天色暗下来。黑袍子烧成灰后,干草堆也就点燃了。一股幽幽的黑烟在树林上方盘旋,周小石以为秃鹰又来了。

"我在挖黄芪,有个客人需要它。家里没有了,我只能来这里挖。明早就得送过去。"胡芪在一个很深的洞里拔出一条长长的树根。

"好大一片黄芪。"周小石才发现自己被一丛比人还高的黄芪包围着。"它们刚长出来不久呢。"胡芪说,"我爸爸说,黄芪是一种根须深入地底的草本植物。我慢慢明白他为什么给我起这个名字。"

"我不在乎你的中药。今天,我是个失败的猪倌……只是偶然。"

"这跟你关系大着呢。你在地面一躺,它们就长出来了。我就是地底,深不见底的地底,但我也是那一棵黄芪,天生需要钻到地底下去。"胡芪挖了一堆黄芪根,她沉醉在黄芪的清新的气味里,"地底是那么的阴凉,但黄芪却可以升阳。"

周小石感觉自己沐浴在阳光下，胸腔里升起一阵热气。"可是，没人能钻到自己的身体里去。"

"你看这些须根，互相缠绕，可是彼此相同。"胡芪说着，就把黄芪装进一个布袋里，"天数极高，地数极深，盘古极长。"

"盘古难道是你爸爸吗？你天天把他挂在嘴边。他一定是个种黄芪的老园丁。"周小石想象着。胡芪不禁又笑了起来，"那个客人想用曼德拉草根，来换我们的黄芪。"

"曼德拉草？曼德拉草是什么呢？"周小石在心里嘀咕着。"是一种能让爱情生长的草药。"胡芪仿佛看透了他的心思。"公猪还没走的时候，我觉得我应该会跟猪过完这辈子。"周小石说，"我知道它的发情期，知道何时要带它去配种，而它大多数时候都了解我的想法。""那现在呢？"胡芪问。周小石只是摇摇头。

周小石和胡芪相拥着，躺在落叶堆里，眼睛泛着泪光。周小石感到有某种失落已久的东西，正慢慢回到他的体内。天上升起了耀眼的星辰，秃鹰在月光底下长啸了一声。

三、庆典

周小石梦到天明时，将有一场大火。此时窗外，在山下的祠堂里，传来训练者敲击出的沉实的鼓声。几天后，春节舞狮采青活动将会举行。鼓声越来越躁动，好像急不可耐地想把黎明推入清晨，周小石再也睡不着。胡芪已经起床了，她的位置上摆着一叠整齐的被子。周小石没有马上起床，他听到大厅那边有剁东西的声音，想必是胡芃在剁黄芪树根了。那些客人真是一刻不停呢，大清早就要过来换货，他倒是要看看换来的曼德拉草根是何方圣物，竟然让胡芃这么认真对待。

公猪离开一段时日了，周小石竟然有点怀念，但想起秃鹰的袭击，不免心有余悸。听说，隔壁村庄的人开始成群结队地驱赶母猪前往另一个村庄，寻找生殖能力健全的公猪。如果他们成功抵达了，那么周小石的地位就不复存在了——即便他现在失去了公猪，没有人再关注那块黑色面纱背后的神秘主人，他依然是这两个村庄多年以来唯一的生殖纽带（尽管是猪，而不是他自己），他依然会为往日的贡献感到自豪。

为什么隔壁村庄的公猪都不能生育呢？是因为自己养的公猪，或者在自己之前，也有这么一只公猪的祖先，让其他公猪的生育能力慢慢退化了吗？一种光芒太强烈，就会削弱其他微不足道的火花吧。但是啊，无论如何，那些公猪都想亲自上阵一次，而不是纯粹做一只试探母猪发情期的试情猪。周小石不禁感叹，家里公猪以前可是能给两百只母猪配种呢，整个大地都跑满了它的后代子嗣，那架势比一百匹马跑过还了不起！

他打开窗户。星辰黯淡，春天的夜晚是多余的，是从冬天延伸过来的黑暗余孽。在隆起的小山脊上，有一群人走过，黑暗之中只能看见他们的轮廓，人人皆披袍子，一只手按着帽子不让风吹走，一只手拿着鞭子赶猪。风吹起袍子时，他们就像在和猪舞蹈。周小石看得出了一身热汗，那些人已经把赶猪做成了一件了不起的事。从前，他总是认为自己才是他们和母猪的恩人，可是今晚，不知怎么的，他们穿上袍子的景象，才是最摄人心魄的，也许是因为相隔太远，总之没有一个人，也没有一只猪发出声音。他们的目的地在哪里呢？好像这样走下去，他们就能走到死亡的尽头，那里的天空盘旋着密密麻麻的秃鹰，那里的地上长满了黄芪树，一路跋涉的公猪吃了后马上恢复了生殖能力。少了一个睾丸的公猪，也会出现在那个尽头吗？

随着天色渐亮，山脊上的人群从周小石的视线里隐没下去，他们已经翻过一座山了。也就是说，现在这两个村庄里唯一的猪倌被彻底遗弃了，大队人马会在路上想起他曾经为母猪的繁荣做过的贡献吗？周小石黯然神伤，把窗户关上，准备去领取扮演大头佛的服装。

上个月抓阄时，他被选中在今年春节扮演挑逗舞狮的大头佛角色。

大头佛服装由三个部分组成：一件浅黄色的和尚袍，一把破洞的葵扇，一个硕大的笑面佛造型的头套。大头佛挑逗狮子的模样滑稽可笑，在这个村庄里，它通常由那些极具表演天赋，或者天生痴傻的人扮演。可如今这个时代，谁都不敢承认自己有天赋，但也不会自认痴傻，于是只能抓阄。在看热闹的人看来，大头佛只是舞狮队面前必不可少的小丑，让舞狮过程更加妙趣横生。虽然周小石认为在大庭广众之下表演，实在不符合他的性格——他不喜欢显露——可他把如何通过姿势的挑逗，让充满威严的狮子跟着它的节奏舞动起来，在紧张中周旋对峙，最后引导舞狮完成采青仪式，看作是一桩常人难以掌握的艺术。它需要意志与技术的投入，这跟当猪倌是一个道理。这套服装挂在祠堂的储物室，每年春节时，才会由村主任交给当年扮演大头佛的人。

周小石的父亲也扮演过大头佛。他父亲临终前，想将这个衣钵交给他，在他耳边留下了这么一句话："小石啊，小石，天亮前秃鹰会叫，要么躲在草丛里被吃掉，要么戴上大头佛的头套，去表演。"周小石当时不太明白这句话的含义，就算是十年后的今天，他也只是感受到了一丝他父亲濒死时，竭力想避开某种恐怖审视的无力感。

胡芪已经替他把大头佛的服装拿回家来了，在天井处掸灰尘。空瘪的浅黄色和尚服，从头套里耷拉下来，正等待一个身体去填充它。破烂的葵扇用一条麻绳拴在袖子上，扇面被虫蛀了，漏风。

周小石坐在天井的花岗岩石磴上，空荡荡的大头佛衣服在阴凉的风中像无主的木偶，甚至有点儿瘆人。他将穿上这件黄色的衣服，戴上头套，去表演引狮。他已经排练好大头佛一天的生活：起床，种地，在松林采灵芝遇到狮子。从来没有人真正在实地呈现过大头佛的生活，他们只是站在祠堂的门口，一次又一次地模拟，凭空造景。周小石穿上黄色的袍子，走出门去时，太阳在他的身上反射刺眼的金黄色。从黑色的袍子到黄色的袍子，周小石感到一阵眩晕，似乎向内被敞开了，尽管他竭力想象自己穿着的是一件猪倌黑袍。采灵芝的松林就在昨夜人群与猪群行走过的山脊背后。戴上过于宽松、内衬粗糙的头套，脖子不断被绞割，周小石手执葵扇朝山上走去。

胡芪看到了，她的丈夫独自进入一种演练。没有几个人知道穿着这套衣服的是谁，每次抓阄的结果，都只由村主任一人查看，并在当晚秘密将服装送至被选中人手中。采青开始前的几个小时，他就穿上衣服，胡芪觉得，他那走路的姿势更像秘密逃遁的人。早上七点的太阳已经异常猛烈，灰暗的云层被扯开。胡芪趴在房间的窗口，仔细地观察那个暂时不是她丈夫的男人，在山脊上手舞足蹈，拖下一个瘦削而颀长的影子，在斜坡上铺开。胡芪认为自己烧掉周小石的猪倌黑袍的做法，是对的，因为这样，他才肯忘记一些糟糕的往事。看吧，他的舞蹈充满了快乐，然而却有一点儿悲伤，他是一个难以捉摸的人呢，胡芪撑住下巴想到。周小石有时站在山脊最高处一动不动。风中的袍子鼓起，从遥远的另一个峡谷里，传来催命的鼓声，一种延绵的、弥散的和声铺展开来。

胡芪也朝山脊走去，却怎么也无法靠近周小石。啊，这些路难道在移动吗？我每走一步，就感觉身体往后退两步。胡芪于是加快脚步在斜坡上奔跑。最后，她在一个看似离周小石很远的光秃秃的半山腰上，停下来了，靠在一棵树上，看着同样因为疲倦而停下来的周小石靠在另一棵树上。他们好像在遥遥相望，但胡芪不确定他们的眼光是否有交汇，毕竟对面那个男人的头，正困在一个头套里，是否在流泪？在嬉笑？在自言自语？不，他并不能说话。他只剩下一个灰蒙蒙的影子。

这一切看起来宛如一幅剪影画，大地上的飞灰渐浓，黑白的，夹带着阳光的微黄。大头佛起床了，他在空气里拿起一把假想的牙刷，在用力刷鞋子，这样的时光重复了一个小时，然后他才扛起一把锄头，绕着树走了一圈回到原地，开始锄地种菜。胡芪环顾一周，除了她以外，没有其他观众了，当然还有一些从土里冒出头来的啮齿动物，还有——天上不知疲倦的秃鹰，晃眼，飞沙。他在种什么呢？胡芪煞有介事地猜想。

　　时近中午，舞狮的队伍来了。他们走在山脊上，朝树下的大头佛走去，这更像是迎接大头佛，而不是由大头佛引导他们。山脊上除了风声，没有其他声音了，即使胡芪很明显地看见，那些人在使劲打鼓、敲锣，舞狮发了疯似的在晃动巨大的脑袋。我是不是聋了呢？胡芪想，便掏了掏耳朵。一只蜈蚣从她的耳朵爬出来，在她的手上蠕动。她轻轻地拾起它，将它放在树上。这时，大头佛和舞狮相遇了。大头佛放下手中的灵芝，拾起葵扇，当他把手从头顶的位置滑落时，舞狮便跟着他的动作做了一个俯身的姿势，然后一跃而起。这场盛大的交锋开始了，大头佛必须把它引导下山，在祠堂门口完成采青仪式。下山的路变得漫长，胡芪望不到尽头。舞狮朝大头佛扑来，他闪避到树下，一个转身又重新站在舞狮面前。那个古怪的头套，永生永世都保持着一副笑口常开的模样，谁知道里面人在气喘吁吁呢？大头佛背对下山的道路，面朝舞狮，企图将它朝祠堂方向引导。舞狮完成了第一套动作后，按规定，它即将亦步亦趋地跟着大头佛下山，可是它停住了。敲锣打鼓的人也停住了。风也停住了。胡芪觉得自己是真的聋了，确凿无疑，一切都凝固了。她看见那只秃鹰，在缩小盘旋的半径，朝地面下降。它的爪子是那么有力，大头佛透过狭窄的眼洞发现它之前，头套就被爪子抓起了。胡芪惊呼一声——尽管她听不到自己的惊呼——硕大的头套沿着斜坡滚下来，孤独无依的头颅，扬起飞沙。秃鹰好像从来都不曾存在一样，消失在明晃晃的光线里。周小石失去了头套，穿着黄色和尚袍的他，披头散发，手中的葵扇一点点失去了形状，散落成一堆灰烬。周小石打着手语，不知道是跟舞狮队说话，还是跟消失了的秃鹰说话。但很快，他止住了打手语的姿势，茫然若失。舞狮队的人笑得前仰后翻。噢，每个人都即将知道，有史以来第一次在表演完之前知道了扮演大头佛的人是谁，仿佛是一场密谋被揭露。舞狮队卸下身上的服饰，从另一个方向走下山，就像昨晚的人群和猪群那样消失了。胡芪把耳朵贴在树根上，想尝试听听周小石在想什么。但胡芪什么也听不到，视线平行地面望去，只见他蜷缩着身体，扯掉身上的袍子，又似乎在掐住自己的喉咙，想从喉咙的深处掏出什么来。很快，山脊上只剩下一棵孤零零的树。

四、迷阵

那几天，村庄里到处都有流言蜚语。比如把耳朵靠近井口，就能听到昨天打水的什么人，在这里讲过的关于一个哑巴，一个猪倌，一个不能生孩子的男人——他们不知道这里面到底是一个人，还是三个人——当大头佛被秃鹰掀去头套的怪事。

即使躲在衣柜里，周小石也有一种被猛烈阳光曝晒的刺痛。即使穿着棉袄，也像在寒风中赤裸全身。被敞开了，被剥除了。

他整日在天井徘徊，不知为什么不想跟胡芪说话。胡芪在厨房里整天捣弄些奇怪的方子，熬一些掺有蜂蜜和火灰的中药给周小石喝。周小石一般趁她不注意，把药汁倒进水井了。他觉得自己没救了。

那天，听到客人进门的摇铃声，胡芪走进大厅，在中药柜间一眨眼就不见了。是客人送曼德拉草来了。周小石想去看看作为交换的曼德拉草长什么样。

药柜以正六边形的形状围在一起，一眼就能看穿，穿过去不会有阻碍。周小石侧身走进正六边形的中央，宛若站在蜂巢一格的中央地带。他听到胡芪和一个男人在门口处交谈，话语里充满惊喜、感叹和不可思议。他们在谈自己那天当大头佛的事吗？秃鹰坏了他的好事，两次！这能怪我吗？周小石心有不甘。他侧身穿过两个药柜之间的夹角，可是走出去后，不是门口，而是下一个正六边形的中央。如果今天药柜组成的正六边形，是一个蜂巢上无数个巢格中的一个，那么，他朝任意一个方向走下去，最终会走到边缘。但想法是禁止被窥视的，一旦在脑海浮现，就会被曝光，周小石的想法已经被这个有生命的药柜完全窥探了，因为在接下来的几个小时中，他一直在重复同样的动作，在同一个路径上前行，抵达的依然是相同的正六边形中央，然而胡芪与男人的交谈却永远近在前方。周小石怀疑，假如药柜最多能变换出五十五个，而一个正六边形需要六个药柜，那么，最大的可能是有九个正六边形首尾衔接，一直在重复把他困在一个相同的圆环里。剩下落单的那一个药柜，是神的尾巴。药柜很高，周小石竟然有种站在大厦底部的压迫感，但他家的天花板并没有多高。他决定拉开药柜上的抽屉，像踩阶梯一样踩着抽屉，仿佛花了半个世纪，才爬到药柜的顶部——啊，一望无际的正六边形，如黑暗的海洋表面，他看见无数个自己探出头来，做着一模一样的动作，像受统一指挥的工蜂，或许只是还没成型的幼虫。他所一直期待的那种黑暗，那种在黑暗中积蓄生命力有待孵化的景象，想从他身体里出来的繁衍之力，想从他喉咙迸发出来的声音，就是他现在眼前的一切吗？如此黯淡，受制于无穷的循环找不到出路。这些药柜的真实面目是什么呢？它们好像胡作非为的小孩，没有目的，只是在搞恶作剧。他已经多次在外部检查过药柜下的地面，掘地三尺，却也没有找到任何机关装置。今天，他的黑色袍子被烧掉了，引以为傲的公猪连同它的睾丸一并丢了，他才终于得以获得药柜的开恩，走进它的怀抱里，一睹那些死寂的海洋，上面漂满了猪的尸体（也许是他的躯壳），秃鹰盘旋，啄食有增无减的腐肉。离开村庄的那队人和猪在绕了一圈后，会重新回到这个地方吧，因为他们所寻找的那片土地，其实从来就不在土地肥沃的山谷，也不在波涛汹涌的海岸。

周小石从柜顶爬下来，没有花多少时间，更像是把脚放下去，就触到地面了。他靠在一边休息。这是他第一次仔细观察每一个抽屉上的药名标签：茯神，羌活，神曲，僵蚕，乌梢蛇等等，全是名字奇特的药材（也许胡芪早就习以为常了）。有时候标签写的是药材文献的名字：《天数内经》《宠明本草经》《五十五字要方》之类，可能从未被外界知晓的古籍。药材和介绍药材本身的文献，全都藏匿在这一个个浩瀚如星辰分布的抽屉里，配上胡芪的天赋（胡芪为它们发言），这里本身不就是一个完整的世界系统吗？也许它们千万年前就已经进化而成，被制干后存放在抽屉里，这里混合而成的味道便有了奇异的力量：恐怖的，未知的，震颤的，古老的，温暖的。周小石慢慢地分辨其中的味道，在此之前，他对中药毫不在意，或者说是拒绝。一旦研究起中药来，像胡芪所做的，把每一味中药看成一个木经驯化的野兽，在了解完它们的品性和药性后，与客人交流病情，根据客人的需要配药。这意味着与他人关系的接合，既同一又如旁观，为医者，如病者也。一个掌管配种事务的猪倌，又是一个只能打手语、手语无法传达时还要加以夸张表情的哑巴，除了胡芪，跟他人仅有的无声交流，便是通过一头公猪。长久以来，他坚信被困在内部，或者说蛰伏在内部的那股热力，是不能被敞开的，只能等待啊。现在又是怎么回事呢？中药的味道沁入他的身体，每一个毛孔都像挣扎着长出什么来。

在第三个药柜的某一层，有一个贴着曼德拉草标签的抽屉，标签还很新，估计是胡芪为今天送来的曼德拉草准备的。周小石打开它，伸手进去摸，里面是空的。他在这个抽屉旁边，发现了一本叫《曼德拉手稿》的书。

仅看目录的话，这本书似乎跟曼德拉草没关系，只是作者名叫曼德拉。当他翻到最后一页时，从书里掉出了几页纸。这些散落的纸张颜色与材料都跟原书不符，更像是故意塞进去的，怀着某种目的，而且，上面记载的偏偏是曼德拉草。它的原产地不是中国，而是中东，古犹太人称之为爱情草，也似乎跟巫术有关。爱情草？他想起胡芪的话，这是一种催情的药草，记载中也明确提到了。他必须明白，这种玩意儿浑身有毒。图鉴上画着的是一棵跟人参相似的人形植物，还有雌雄之分，会相互结合，一旦从泥土里被拔出，会发出令人发疯致死的尖叫。结合？尖叫？这些记载勾起了周小石的兴趣，把纸张折起来，塞进了口袋。

　　胡芪和客人的交谈声已渐细，如同蚊子的嗡嗡声。周小石觉得很困，当他想把手稿放回原位时，发现原来的抽屉已经不见了——应该说，不仅药柜本身的组合会变化，连其中的抽屉都时常处于流动的状态，没有一个抽屉的位置是永恒不变的。周小石暗暗赞叹，胡芪竟然能在这样的变换中，精确地找到某种草药，这需要一双什么样的眼睛呢？

　　周小石重新尝试走出正六边形。这次，他决定爬到顶部行走。他又看见了无数个自己，他在柜子间跳跃，另外有千万个自己也跟着纵横交错地跳跃，一个个相同的人拉长的身影交织出复杂又极具逻辑的万花筒线条图案。他继续往前走，每次他跳跃的距离越长，柜子的转动幅度就越大，慢慢折叠成一块平地。地面蓬松柔软，周小石在地上挖了一个洞，将自己的半个身体埋进去。他觉得自己成了一株曼德拉草，在黑暗中摆动双臂，双脚成了分叉的根部，向无垠的两侧伸展，寻找另一株曼德拉草的根部，互相缠绕。请不要将我拔起来，因为我将尖叫，叫声会撕裂天际，周小石闭上眼睛向天空警告着。然后，他延伸开去的根部触到了——两只手十指相扣那般——一束温暖的血管。

是胡芪的手。周小石正握着胡芪的手，躺在她的身边。

"你看，是曼德拉草。"胡芪向他展示一颗棕色的刺球，"不过是它的种子。"

周小石坐起来。这时，药柜已重新排列成简单的十字形。他接过种子，握在手里，然后从口袋里掏出了几张纸。是曼德拉草的图鉴。

"我们把它种出来吧。"周小石说。

五、曼德拉

剥去带刺的外壳，将内核洗净，埋在斜坡上。周小石和胡芪相互对望，觉得一切已经办妥。只是不知道种子何时才会发芽。

夜晚，胡芪从药柜抽屉里拿出了一样东西。干缩的一小团，些许发黑，是公猪的睾丸。"你竟然保留了……它走了好久了。"周小石忽然怀念起他的公猪。"那天，我在落叶堆里看到它，"胡芪晃晃手里被制干的猪睾丸，说道，"就顺便带了回来。有些通道是需要被打开的。人们都说，一个人要是生不了孩子，一定要打通交流的通道，去到那边，请求开恩。"

"你说，我喝了药，就能灵魂出窍？"

周小石心里生出疑惑，很难相信这些话是从胡芪口中出来的呢，她从前是那么严于求证，而这些子虚乌有的神话如今被她当成了真理。但周小石也没把握，对于打开通道什么的，他那天在正六边形药柜的幻影中，已经领略了一些奥妙。现在这个阶段，他是胡芪的病人，身体需要被治疗，灵魂需要互相引导。

胡芪称了几两黄芪，和猪睾丸一起熬水。熬了五个小时，药汁熬成了大概半杯的容量，送到周小石面前。两人坐在门槛上，周小石闻了一下，药汁有股腥味。屋外星空辽阔，他抬头，把药汁咽了下去，药汁像石头一样掉进胃里。

"怎么样？"胡芪问。

"你听！"周小石提醒说。胡芪紧张地盯着前面的黑暗，因为正有什么声音窸窸窣窣地传来。一只猪鼻子从黑暗中探出来，然后整只猪像从空气里的什么裂缝钻出来一样，站在他们面前。啊，他们的猪竟然回来了呢。周小石把刚才喝下的那口药汁噗地吐了出来。

他必须面对自己全面的溃败。他那颗黑乎乎的心，其实不想要孩子，也不想开口说话。听听屋顶漏雨的声音，能听到他想要什么吗？胡芪有点郁结地想。

"那你为什么要喝药？为什么担心别人知道你是个哑巴？"胡芪问。周小石指指天空，指指自己的心脏，握了一下拳头。胡芪没有弄明白他的意思。

"他啊，大概不想被世界毁灭吧？他的身体已经有一大部分被外部现实分割了。"胡芪提出了自己的猜想，对着那头归来的猪说道，"你是最了解他的，不是吗？你没了一个睾丸，还是一头公猪。"

周小石在厨房的药渣里，翻出了被熬成一团黑炭模样的猪睾丸，软绵绵的，跟刚捡回来时一样。现在，没有活力，也没有生命力了，被阉割的组织。他走到猪栏处。那头公猪依然皮色红润，在林子里应该没有遭受什么罪，只是没了一个睾丸。公猪见了他，就对着他手里的睾丸昂昂地叫了两声，不知是抱怨还是兴奋，但估计是想把自己的睾丸要回去吧。

阴雨绵绵的日子就要到了，春天会变成一个腐烂的季节。周小石想用糨糊把熬过药的睾丸，粘在公猪原来的伤口上。然而，那里并没有伤口，只有一片光滑的皮肤，被刚硬的白毛覆盖着。世界上有些东西，是本不该存在的吧？比如我就是它的附庸。周小石想。

"你有见到你的救世主吗？或许有吧？要不然，你也不会毫发无损咧。"周小石问它。

公猪在猪圈里打转，盯着天空，那张微微上翘的嘴，像在微笑。"你很幸福吗？你为什么笑？你的救世主，估计也是一头猪吧？猪怎么能拯救猪呢？"周小石有点生气，就把它的睾丸塞回口袋里。

周小石从猪栏的墙上拿起一把斧子，踩着泥泞，来到井边枯槁的柳树下。斧子挥了三下，柳树就被拦腰砍断了，从明天开始，秃鹰便会失去站立的地方，它的哨站亦不复存在，只能永生永世飞翔。周小石把柳树削成条，做了一个柳筐，将井口封住。封住井口前，周小石把斧子也丢进了井里，听听：钢铁划开冰冷湿滞的空气的声音，像一块沉重的铁坠落在一张塑料薄膜上，紧绷、拉扯、变形、欲穿而未穿，最终在上面造成一个永远无法逆转的伤痕。

晚上，周小石就生孩子的问题跟胡芪进行了一番探讨。

"猪，一次能生一堆猪崽。"周小石说。

"像刚孵化的蜘蛛，散开，跑动，到处都是。恐怖。"胡芪说。

"我不是公猪。"周小石说，"我也没有两百只母猪可以交配。"

"只有我，一个人。我不是蜘蛛，也不是母猪。"胡芪说。

"迷宫可以变成五十五个。人却只能是自己。"周小石叹气。

"不，你有两个自己。"胡芪指了指猪栏的方向。周小石皱皱眉头。

"我之所以掩饰自己的身份，是因为阳光的照射会让我的皮肤红肿……啊，外面的一切，他们的眼光……我要避开，要埋藏。我觉得，我并不是想要一个孩子……在我们的生活里引入第三者……我不确定是不是好的……我只是想证明，一些很久远以前就藏在我身体里的力量，可以以最强烈的形式爆发出来。大家都在说韬光养晦嘛，我觉得自己就是这样。"

"这个地方有一个传说，曾经有个女人生出了一堆乌鸦，一个男人和一头牛生了一个畸形的孩子……听起来是多么悲伤的一个故事啊。"胡芪看着天花板，在回忆一些古老的往事，"别说孩子了，那些中药柜，已经够我们折腾一辈子了。有很多次，我想一把火烧了它们，但我知道，这样是没有用的，它们会重生。毕竟，天数与地数的总和，就是宇宙。宇宙的衰败，不被我们的肉眼所见，只会暗中繁衍。"

周小石点点头，倾听外面的雨声滴滴答答……滴答、滴答、滴答……一共响了五十四声。他一直在等最后一个滴答声。

雨停了后的第二天清晨，曼德拉草种子发芽了。到了下午，它长势喜人，开了白色的花朵，长相跟图鉴上的相差无几。胡芪对此感到惊喜。周小石却有点害怕。这种植物通常用来做致幻剂、镇静剂和催情药，可是全身有毒，他提醒自己。他想象苏格拉底喝了毒参汁在临死前的感觉：麻痹的死亡之感，从脚部一直蔓延至大脑，最后衰竭，陷入永世长夜。他会像苏格拉底那样，在临死前托人把母鸡还给邻人吗？如果是，那么他大概会说："请把睾丸还给公猪！"

周小石翻阅之前在药柜里找到的曼德拉手稿，上面说，要拔起曼德拉草，不能亲自动手拔，否则会因为它的尖叫而丧命，并提供了一个通过牺牲动物来拔起它的方法。

"你觉得公猪会答应吗？"周小石问，"猪的心理像人一样难以把握！你不知道吧，猪是人投胎变成的。"

"你为它创造了那么多延续优秀基因的机会，它会报恩的。"胡芪并没有把握，但她认为，假如公猪有灵性的话，会同意她的说法。

"也许吧。"

黄昏时分，周小石把公猪牵到斜坡上；胡芪在杂物房里找了一根绳子，打了个环；周小石绕着曼德拉草的根部，在其四周挖了一圈土沟；胡芪把绳环的一头套在土沟里，另一头套在猪脖子上。一切准备就绪。

"世上真的存在这样的尖叫吗？"

"太阳也会被吓到发红吗？"

"我的喉咙能发出它一样的尖叫吗？"

周小石问了很多问题。但胡芪没有回答他。他们走下山坡，走进房间，打开窗户。这里刚好能看见公猪和曼德拉草，在斜坡上随风晃动。公猪静静地看着窗户内的夫妇二人，直到看到男人手中拿着它的睾丸——即使发黑了，被煮过了，它也能认出来——便发了疯似的朝斜坡奔跑下去，脖子上的绳子刚好拴住了曼德拉草的根部，一使劲儿，便将它连根拔起。

周小石和胡芪立刻死死捂住自己的耳朵，等待那一阵夺命的尖叫声在杀死一头猪后停息。但他们没有听到任何的声音，哪怕是一个晴天霹雳。

为了摆脱脖子上的套绳，公猪在撕咬绳子时，不小心将曼德拉草根啃掉了一半。那一晚，它整夜整夜地叫唤，四处碰撞、摩擦。周小石认为，这是他听过最为猛烈的猪的叫春声。几天以后，猪并没有死，是不是说明曼德拉草没有毒呢？但猪咬掉的，只是根上方的叶子部分，根大部分被留了下来。

这株曼德拉草的根部，不像人形，只是普通的长条形树根，与黄芪的根相似。曼德拉草会不会就是黄芪的一种？但胡芪能一眼看出两者的区别，于是否定了周小石的猜想。那么，它只能是一棵真正的曼德拉草了，而且公猪的行为已经证明了它的作用。

之后的某个晚上，天气晴和，夜风习习，星辰磊落，适合仪式的进行。胡芪将曼德拉草根、猪睾丸和黄芪一同熬水。

"你确定么？我们很可能会死。"胡芪问。

"你没听见秃鹰整晚在呼啸吗？我已经无法在外面生活了。外面有秃鹰，也有知道我身份的人。今晚是我最后的抗争机会呢。"周小石说，试图安慰胡芪。

"你知道，我们不可能第二天就生下孩子的。"胡芪把药汁放在他们之间的桌面上，灯光在黑色的汁液表面摇曳，"不如问问其他医生的看法？我怀疑自己的判断。"

"我们都是神的孩子。"

"植物不分好与坏，无论有毒还是无毒。是我们自己，在纠缠不休地跟世界讲道理。"说完，胡芪喝下了第一口药汁。周小石把剩下的药汁全部灌进胃里。

他们并排坐在床上，等药物起效。周小石又开始听到了雨水的滴滴答答声，滴答、滴答、滴答……在第五十五声后，出现了第五十六声。为什么会多了一个滴答声？是宇宙之外的声音吗？

"我们会去到另一边吗？在那边，有红色的河流，从山脊上流过，冲走了所有想逃跑的人。"周小石迷迷糊糊地说，想起在药柜顶部行走时，看见的那片漂满死猪的河流。我是从哪天开始进入了那个世界的呢？秃鹰，公猪，药柜，大头佛？它们都是无穷无尽、互相连接的解锁密码。

"盘古，我的爸爸啊！他躺下来了，融解了！成了天和地！"胡芪用一种极度兴奋的语气说。

突然，胡芪把手按在床上，另一只手掐住自己的脖子。她脸色通红，脖子青筋凸起，舌头僵直，浑身颤抖，像一只翅膀高速扇动的蜜蜂。周小石蹦了起来，慌乱中将她拖进那些药柜中间。

而此时，药柜摆出的形状，同样是之前他遭遇过的正六边形蜂巢格状。

周小石想问问胡芪发生了什么，想打个电话给几十里以外的乡村医生求救，或者翻开医书，在里面寻找解曼德拉草毒的药方，但他不能，因为他的脑袋在剧烈摇晃起来。在无数个重影中，周小石眼里的药柜开始分裂、旋转、上升、汇合又分散。胡芪慢慢地在颤抖中，变成了一堆粉末——周小石怀疑那是自己的幻觉，又对自己说："当事物的运转速度，超越它自身的结构承受力时……"

周小石感到喉咙有只小动物在抓挠。他张开五指，伸进嘴里，想把那只小动物从里面掏出来。在他的手指以为抓到它时，却捏住了自己的悬雍垂——"悬雍垂声，言声之关也"，他脑袋里浮现了这么一句话。接着，在他的喉咙深处，像屋外那口井一样深邃的底部，轮番挤压出了秃鹰的呼啸，公猪的叫春，狮子的怒吼，还有——苏格拉底临死前的呼号——"请帮我把睾丸还给公猪，明年春天，母猪都会回来的呢！"

翌日，人们来到中药铺时，发现大厅里的药柜格子里，住满了秃鹰，中药全都不见了，估计被这些奇怪的鸟儿洗劫一空。然后，人们开始谈论一个遥远的传说——"曾经有个女人生出了一堆乌鸦，一个男人和一头牛生了一个畸形的孩子"——谈论一个哑巴在昨天午夜发出刺耳的尖叫——滴答！滴答！滴答！——却永远不会知道，一个同时拥有永恒与虚无的死者之幸福。

林中的利马

　　一个个下午，利马待在客厅里，一点点地靠近落地窗。毫无疑问，他已经可以离开房间了，前一个月，从寺庙下来后，他还只能缩在房间的阴暗角落里。他在衣柜或者书架后面，找到上一任房主无意留下来的旧鞋。他把鞋穿上，太小了，脚塞在里面像只受困的小老鼠。他脱下来扔到门口。我只好捡起来。从里面还跳出了一只发霉的青蛙，浑身长出毛茸茸的菌丝——或许是寄生了什么青苔。它跳到我手上，然后跃过茶几，从玻璃门的缝隙里挤出去，跳进一丛蕨草中。

　　利马坐在落地窗前听雨。雨很小，打在走廊的地上、小棚屋的铁皮上。起初，雨淅淅沥沥的，利马专注地看着、听着。风划过外面的森林时，他的耳朵就轻轻地跳动。雨变大后，铁皮发出撕裂音，利马受不了了，爬着回到房里。

　　我擦干门口的雨水，盘坐在刚才利马坐过的地方。没有一点儿余温，是冰冷的，他坐在那儿十分钟，没有向周围任何空间和事物传递过温度。这间小别墅被森林包围着，从不缺席任何一次刮风下雨。我想这样的话，利马就能好好面对无处不在的生命气息，以抵抗那些出现在他脑袋里、与他毫无关系的恐怖战争记忆。雨小了，云层散开后，从冷杉上滴下来的雨水打在铁皮屋顶上。我也试着听雨。由于别墅门前地势低，落在山坡上的雨水总是汇流至门口。起先还有一些蕨草挡住水流，可前几天，天气放晴后来了几只野猪，把蕨草连根拱起，雨水就顺着地势，漫至门口阶梯上。我在那儿挖了一条水沟，挖出了很多石头。为了制造一个坡度，越到后面，就要挖得越深，石头也就越多，锄头被磕得差不多坏了。我要在水沟引至屋后的小溪之前，保证锄头还能用一段时间。

山坡的植被变得稀疏，原先还有些绿草，最后还是被野猪一点点地破坏了。利马一天夜里被野猪的嘶叫声吓醒了，跑来我的房里。他状态不是很好，直直地站在床前，脸色苍白，但又不说话。我掀开被子，让他进来。他把衣服脱了，他的肚皮很冷，贴着我的手臂。

我又把他抱紧了。那些夜里总是很多声音，下雨也不能掩盖大自然的各种嘈杂声，反而额外制造了更多噪音，比如树叶的摩擦声，水流的哗哗声，还有一些雷鸣。他用被子盖住头。尽管森林里一点儿都不安静，但自然的喧哗或细语，总要比城里机车和行人的声音要来得真实，更有灵魂。

利马的梦话很多，多得可以记录好几页。他很虚弱，我不敢给他吃安眠药，怕他一睡深了，就醒不来了。我开始记录他的梦话，断续的片段，跳跃的场景，没有意义，也没有特定的情节，但总有零星几个线索指向了他服兵役的那半年间经历的事。他似乎同时来往于不同的梦里。黎明，他就醒了，拿起我昨夜的记录看。他摇醒我，问这零碎的东西是什么。我说，这是你的梦话，你看看，能想到昨晚的梦吗？他一页页地看过去，说只记得几个小细节，但都不在我的记录里。森林里的清晨很凉爽，他起了床，披上一件薄薄的袍子。趁着天色昏暝，阳光没有完全显露时，他坐在房间的落地窗前，观察屋外的景色，问我一些昨天发生的事。他还说，昨夜的梦里，有一只鹿，他骑在鹿的背上，在森林里穿行。我记得记录里有几个形声词，"呜哇、驾驾、嘚嘚——"

我和利马第一次来到这片森林区域时，是夏季天气正好的一天，但利马已经不能受风吹了。他穿着防风衣，戴着绒帽、护目镜和口罩。路上他一直流汗，衣服是不能脱的，他情愿被热死，也不要再受外界任何的侵扰。我甚至不敢给他扇风，只求尽快走到林中的凉爽地带。

我们在森林里租了一间别墅。我提议先到别墅里放下行李，安顿后再上山。利马从我手中拿过地图，继续前进。"梅勒，你先去别墅吧，待会跟上我就好了。袋子里还有另一张地图。"

汗水把他手里的地图都弄湿了。我走上去把地图夺过来，朝别墅的方向走。利马像个野人一样茫然地站在树下，默默跟过来了。他跟在我身后好几米的地方，不想靠近我，像个赌气的孩子。他提防着身边的荆棘、虫子和飞鸟。森林里弥漫着植物甜腻的味道，风起得很缓。我踢到了一株蒲公英，种子在空中盘旋。利马发出一阵剧烈的咳嗽声，浑身披满毛茸茸的蒲公英。他很快就开始流鼻血。他又哭起来，我拿他没办法，最简单的方法就是把他身上的衣服脱掉。但他死死抓住衣服，不让我碰。他像一个被黄蜂围攻的人，毫无还手之力。好一会，他平静了下来，蹲在地上呕吐。

我花了半个小时把他身上的蒲公英一点点地清理掉。他躺在我怀里睡了过去。午后一点钟，他醒了，鼻血浸湿了他的口罩。我背着他走出这片蒲公英肆虐的荒乱之地。当植物种类逐渐变成了野草莓那一类时，我隐约看见一座小桥。利马说他要下来。他的脸已经长满了红疹，眼睛通红。我走过小桥时，桥身摇晃。我到达桥的另一头时，利马还站在原地，扶着两侧的缆绳，如此狼狈落魄。

"利马，我过去背你。"

"不要！"

我从没想到一株蒲公英会造成这么大的伤害。"我自己能过去。"桥身的摇晃让他踟蹰不前。我把行李放下，抓住两侧的缆绳，脚蹬在固定的木桩上，使劲把桥拉直。利马伸出脚在桥板上试探了一下。桥身已经不那么摇晃了，他小跑着朝我走来。他从我腋下钻了过去。当我放手的时候，桥一下子就塌了。利马挠着脸上的疹子，小声笑起来。从这座桥开始，身后黑暗躁烈的森林已经远去，疯长的白色恶魔也被断桥分隔了。

我们进入一片长满低矮灌木和偶尔会碰到小片树林的区域。

　　没有了乔木的阻挡，这里的天很开阔，利马看起来也愉悦多了。小河沿着石路延伸而去，偶尔还有几只饮水的鹿。经过一块路牌时，地图显示别墅所在位置不远。然而，随着脚步越走越近，乔木的景观又开始出现了。

　　一座古怪的别墅是眼前那片小树林的心脏，被紧紧包围在中央。是谁执意在这个逼仄潮湿的空间里建造这么一座别墅呢？不远处就有一片蚊虫萦绕的小水潭。我们是在网上订的别墅，钥匙和地图都是房主用快递寄过来的。

　　别墅墙壁的设计很奇怪，用木条和玻璃交替排列而成，制造出一明一暗的光影效果。利马把额头顶在玻璃上，努力往里看，又敲敲木板，说很结实，在这儿住不怕风吹雨打。他迫不及待地叫我把门打开。他时而像个活泼的孩子，时而阴沉严肃得像个老者。我相信他存在一个分裂的灵魂和一副随时分解的身体，照顾他变得如此艰难。

　　我从背包里掏出钥匙，铁环上挂着好几条，正当我寻思哪条才能开大门时，利马把钥匙拿了过去，毫不犹豫地选了金黄色那条，啪嗒地把门打开了。进屋后，他把行李放在鞋柜的顶部，绕过厅，径直走进走廊的深处，进了位于尾部的一间房。那间房四周没有窗户，天花很高，比房外廊子的天花还要高。利马站在房中央，很满意地说："我就要这间。"利马很快把身上的衣物脱了下来，丢到门外，赤裸裸地躺在地板上，哼着曲子。

　　"梅勒，你也把衣服脱了吧。躺下来。"利马翻起眼睛看我。

　　我站在利马前面，他的头就在我脚边。我跪下去，亲了一下他的脸。

"我要去看看附近的情况。生活要开始了，不是吗？"

"先休息一下嘛。"他对我使了个眼色，用手拍拍地板。现在的他，跟刚才在森林里弱不禁风的形象截然相反。

"别忘了，来这儿一点都不容易。我们不是来度假的。"

我转身出了房外。利马对这里轻易就产生了归属感，我怀疑他以前就来过。别墅的布局很开阔，每个房间和阳台的可活动范围都很大，这更像是用来举行某种聚会的。对开八座的朱红色椅子围绕着客厅；在中央的天花板上，悬挂着一盏三角锥形吊灯；椅子上都摆着一个纸扎的人偶，面朝圆心。这些为数不多但形式古怪的家具和装饰，让这里看起来更像是用来进行某种仪式的地方。

有什么穿过了我身后的寂静空气，随后我便被抱住了。利马把下颌深深埋在我的脖子处。我闻到他的气息，像一瓶年份长久的酒，从地窖拿出来，打开的那一瞬间，香味四处流溢，浸染着这间清冷的别墅。假如这个时候，四周的墙壁卸下，地板与土地融合，火的气息消解，两个相拥的裸体在森林深处的姿态，就如原始的图腾，姿态是倒退了两百万年，还是我们自始至终都延续着这古老的形态呢？我在等待他的回应，他也在等我对他的鲁莽做出表示。

寺庙住持在一封给利马的信上说，他并不了解利马的痛苦形态，但希望他能从禁欲开始，清除心中杂芜，为上山做准备。来之前，我们也说好了，从此就要隔绝任何肉体上的接触，好让他在这里纯净得接近自然。可这样的相拥和缠绵，却是最接近自然甚至说等同于自然的行为。

风吹开树木的遮掩，我看见了庙宇，它静静地立在山顶上。万物噤声。

"利马，你看。"

利马走到落地窗前，把整个身体贴在玻璃上，盯着那座庙宇。

"别这样，回来吧。你还要去见住持呢。你打算这样去吗？"

利马低下头，转过来时，我感觉天好像慢慢黑了下去。在黑暗中我能听得到他的呼吸，我们对彼此的位置都有绝佳的感应。我在黑暗中摸索他的嘴，不知道什么时候会是最后一次抚摸，或最后一个吻。我希望他上山那天能推迟下去。这无疑很自私，我知道他现在遭受的折磨，他说非出家不能拯救。在他的口中的"出家"，已经超越了一般性的意义。假如我再度回忆起他刚服兵役回来后发生的事，我就越发加深这个认识：他痛苦到要把肉体和精神都消灭，成为虚空，或者直接成为抽空了意识的神。

那时，他坐在我对面，我看不见他的脸，横亘在我们之间短暂的黑暗，希望能一直延续下去，情欲的克制消耗我们太多的能量。当克制防线崩溃的那一刻，我们疯狂地受控，在床榻上进行无休止的缠结，像两条打结的蛇。初期阶段，这种令人崩溃的自我克制，反而成了触怒那只怪兽的失败挑逗。一根弹簧压得越紧，反弹的力度就越大。

我是他净化自我历程中的障碍，联结我跟他之间爱和肉体的呼应，使他的脑中再度产生了他努力修补的裂痕。

　　八点钟，太阳射进屋子里。我穿上雨靴，在小溪旁采了几把骨川蕨。我不敢随意采蘑菇，色彩不鲜艳的蘑菇也可能有毒。我带来的动植物图鉴可供参考的种类太少。我手上这种骨川蕨不用浸泡和焯水，只要撕掉表面那层带毛的皮就可以拌酱油食用。我夹了一半到碗里，还撒了一些胡椒，能帮他顺顺气。我走进房间，把碗放在利马面前。他看了一眼，对我点点头。

　　"可是我不想吃。"

　　"怎么？没胃口吗？"

　　"是的。"他把耳朵隔着窗帘贴在窗户上，"外面的阳光好暖啊。"

　　"你要出去走走吗？可以试试。我今天要去溶洞那边的地下蜂房看看，蜜蜂产蜜了。"

　　"蜜蜂？嗡嗡——嗡嗡——"他笑着模仿起来，身体有点勉强。我知道他还不能很好地控制自己的情绪。他尽量表现得愉悦。但他这么做大多数时候是为了我。

　　我坐下来，夹了一截骨川蕨，放进嘴里咀嚼，故意发出清脆的嘎吱声。利马侧着头，无奈地笑了，从我手里接过筷子，蘸了一些酱油放进嘴里呷着，然后夹了一根骨川蕨吃了。他最后也只吃了这一根，他对食物的需求已经越来越低。其他我全吃了，我要确保自己的身体处于健康状态，以便照顾他。

　　"能给我带块卵石回来吗？小河应该有。附近有小河吗？"

"有的，溶洞后面就有。你要多少？"

"两颗吧。可以吗？"

"可以，我下午才能回来，也许会早点。你会好好待在家吧？"

"当然了。"他微笑。

别墅里的蜡烛也快用完了，要买也只能到城里买。城里离这儿太远了，加上走出森林的时间，至少要四个小时。把利马带出去是不可能的，外面所有事物对他来说都可能是致命的。我也不能留他一个人在这儿，在我往返的八个小时里，他就像一小堆不稳定的化学药剂，被风一吹都可能自燃。

这里通了电，蜡烛不是为了照明——某种意义上，也是用来照明的，只不过是利马用来照亮他内心的黑暗之地的。他在房间的地上画了一个圆形，中央有一个三角形，这是一种冥想用的阵，是一种神圣仪式所需要的阵。房间必须保持昏暗，在三角形的三个顶端放上三根点燃的蜡烛。贝壳、卵石、树枝，甚至一条鱼的骨头，都能用来摆在圆形的边上。他在中央打坐，闭上眼。但他从不念诵，可能是因为他根本不知道任何一种经文或者祷词，尽管他在寺庙里修行过。他进行这种冥想已经有五十天。他声称，这种冥想有利于他大脑放松，释放潜意识作用，更容易治疗精神创伤。

"你进入一个什么世界了吗？你看到记忆的主人了吗？"我问他。

"一片黑暗——比闭上眼睛时还要深的黑暗。"

"哦。好吧。"我盘坐在圆形之外，小心地回应。

关于利马脑中的那段记忆，我保持着谨慎的怀疑，以免自己也陷进去，否则对彼此都没有好处。当时，利马服兵役才半年就回来了。回来后，他找到了我，那晚我们去旅馆开了房。他抱着我。接下来的整夜，我们穿着衣服等到夜色浓稠，什么具体的也没谈。他一脸愁苦，形容憔悴。我不敢开口问他那半年发生了什么。到了夜里十点，利马突然声音颤抖地叫了我一声。

"梅勒。"

"嗯？"

"我可能撞邪了。"

利马掀开被子，挪到我面前，双手搭在我肩上。在灯光的照射下，利马额头上的一块瘀青很明显。我伸手去要摸，他立刻把头摆到一边："别碰。"

"你说吧。"我搓了搓他的背，让他放松一下。

"或许没什么大不了的，就是一些幻觉。"他说，然后把手放下来。

利马进部队后，每个月跟我通信一次。为了不给他在部队的生活带来无谓的影响，我们协定写信时，尽量避免在语气上过于亲昵。那段日子，我与他的通信简直与公文写作无异。我总是不自觉地流露对他的思念，最后干脆像个机器人一样，流水账式地回顾那一个月以来的生活。有两个月，我收不到他的信，我去邮局查过，的确没有利马的信。而事情就发生在我们断绝通信的两个月里。在一个休假的日子，他翻过围墙，去了一个禁区。利马说，那片林子很大，由于临近夜晚，他便迷路了。当他终于看到了高压电线塔，并要踏出另一步时，他耳边响起了一阵巨响，整个身体被什么弹出了几米之外。火一瞬间烧掉了四周的野草。在他失去意识的前一刻，有一队人马从他眼前跑过。利马在第二天早晨被发现，接着被送进了部队的医疗部。在那里的日日夜夜，他开始了那段失魂般的生活。

"你去禁区干什么？"我问。

"去见另一个男人。"利马回答。房间很静，他的呼吸声越来越沉重。

"……能碰上一个不容易。"

"梅勒……对不起。"利马躺下来，用被子盖住头。

据利马回忆，躺在部队医院里的几乎是昏迷不醒的老兵。利马不知道为何不将他们送到城里治疗。利马的病床可以看得到那座高压电线塔，在晴朗的日子里也能看到顶部的几点蓝色闪光。利马把自己全身都观察了一遍，表面没有任何伤口。那一次爆炸是什么呢？匆匆闪过的部队是什么呢？他猜测，那天极有可能发生了雷暴，电线塔引雷意外劈中他。那几天气温很高，一些士兵的腿生了坏疽，整个病房都弥漫着噩梦般的臭气。利马只觉头部剧痛，抱怨床单上四处都是污渍，窗口开得太大，光线太强，伤者鼾声太沉……但往来的护士一般都不回应他的诉求，原因大概是他看起来并没有其他病人的伤势严重。医疗部的环境很简陋，盥洗池就在门口进来的左边，经常有水溅湿地板。在地板上挖了一个通到一层外面的洞，再用油布围蔽一下就成了一个简易厕所。这种厕所根本没有人用，先是女护士根本不会用，再是那些昏迷的老兵更不会用了。利马每次有便意，就不得不使用那个简易厕所。他蹲上去时，差点吓得掉下去，因为下面是一个个坟墓样的小土堆。

就在某夜入睡后，他在梦里看到了战争的场面。而这只是一个开始。他清楚地看见自己手里握着枪，背着弹药，在战壕间奔跑，头顶飞过炮弹，炸飞的泥土落在头上。他第一次梦到战争画面，被炮弹吓得从梦中醒来，耳鸣持续了一个小时。当他入睡后，很快又回到那个场面。他在一摊水前照了一下自己的样子，发现模样并不是自己。敌人的枪声在不远处响起，炸飞的泥土扑簌簌地掉落，战友被炮弹震得七窍流血而死，还有被弹片划开了肚皮的。他还曾经被一条断肢砸到了额头，以致他醒来后额头肿得老高。他发现自己每次扮演的角色都不一样，样子都在变换。每梦到一个战士，就经历一场战役，那些恐怖的记忆因此储存在他的脑子里。在他不敢入睡的夜晚，有时候连一阵风都会成为他幻觉的诱因。

然而，昏迷不醒的老兵开始苏醒过来了。利马每做完一个梦，就有一个老兵从昏迷中醒过来。利马一开始并没有发现这种规律，直到他发现躺在他隔壁床上苏醒的老兵，跟他昨夜梦见的角色在嘴唇边同样有一颗星形的胎记。那些老兵若无其事地醒来。护士姑娘感到震惊，也感到害怕，因为老兵们刚醒过来时，行尸走肉一般，没有任何感情，只会在病房里游荡。时间过了大半天后，他们眼里才渐渐有了神采，追问之下，才发现他们的战争记忆都消失了。他们收拾包袱，一个个离开部队。那时候利马发现，他已经在梦中把别人的战争记忆都拿过去了。

"我就是耶稣，我替他们承受了所有的苦难。我连枪都没有碰过，却有了跨越半个世纪的战争记忆。"

利马向部队申请退伍，部队也没说什么，就同意了。那天，利马站在门口，准备上车离开。

"医生，那晚的爆炸是什么？"利马问一个为他打开车门的医生。

"不清楚。但我猜，你是引雷体质。"医生说。

"那我不就死路一条？"

"说不好呢。"医生托了一下眼镜，对着草丛擤擤鼻子。

"那些老兵真奇怪啊。"利马看到在烈日的曝晒下，那座两层的医疗楼形体飘忽，要融化一样。那里已经没有病人了。

"什么老兵？"医生仔细擦着他的眼镜。

"我也不知道。"利马耸耸肩，上了车。

我看着利马的脑袋，心里一紧，甚至不敢去碰，怕它随时会爆炸。

"那些记忆还在你的梦里吗？"

"在的。但离开部队后，就没出现得那么频繁了。"

我扶着利马轻轻躺下，那夜相拥入睡，却只睡了一个小时天就亮了。

"跟我回家吧。"

"你家？为什么？"

"我想跟我爸妈说明白。"

"想清楚了?"

"总要说的。"

利马家住在临街商铺的二楼。那里白天总是吵吵嚷嚷的。利马的父亲是楼下一排商铺的所有者。他很富有,现在还挤在二楼这所虽然大,但稍显陈旧,与他的财富极不相符的房子里,完全是因为他想日夜守着他的财产,盯住那些租户。

一个不显眼的入口隐藏在众多门店间,几乎被货物遮挡住。利马拨开人群,好不容易才挤进去。我们从一条狭窄的楼梯上去,过道只容两个人通过。利马父亲为了彰显自己是商铺持有者的身份,将二楼的大门装饰得很豪华,跟四周黑乎乎的墙壁、狭窄的过道和低垂的天花格格不入。

利马在门下的香炉灰中抠出一条钥匙,开了门。进门后,我看到一个长长的厅,而利马的父母亲在正中央的桌子上吃午饭。地板是贴花的碎瓷铺砖,样式很朴素。绿色的吊扇在厅里慢悠悠地转着。我站在门边,而利马则走到桌子跟前,跟他的父亲打个招呼。为了不显尴尬,我在靠窗户的一张椅子上坐下来。长形的大厅内开满木窗,街道下的情形一览无遗。

"你怎么回来了?部队准假了?"

"爸。"利马从桌底拉出一张椅子,坐下,但很明显他不想坐得太近,然后继续说,"我退伍了。"

"退伍?半年就退伍?你这是辜负了部队对你的栽培!"

"我受不了那里了。我得回来。"

"你都还没上战场呢，就受不了？你想想那些在战场受伤的、死去的人。"

"爸，你不懂。你根本不知道我在那儿发生了什么。"

"我不懂？那你说说，说出来吧……"他父亲努力压住声音。

"算了，说了你也当这是笑话，是我瞎扯来忽悠你的。"

"你这个逃兵！"

"逃？那就当我是逃兵吧！要不逃，我得死在那儿。我脑子在那儿乱哄哄的。你懂吗？那种感觉……就像上次那样，下面的租户一起冲上来，叫你减租！减租！减租！"利马说得激动起来，把他父亲吓了一跳，手中的筷子也掉了。

"部队准我退伍，我问心无愧。"利马拿起手边的一杯水灌进肚子去。

"但你该对我有愧。"

利马的母亲站在一旁手足无措，似乎在顾忌她的丈夫。

他父亲朝我这边看，然后把视线假装投到窗外，再转回去盯着他的儿子。我感到局促。厅里一片大亮，利马不时用手挡住眼睛。闷热的空气从四面八方涌进来，夹杂着讨厌的叫卖声和讨价声。我坐得远远的，想着利马什么时候离开。

"爸，还有一件事，我得跟你说清楚。"

利马父亲没作声，等着他回答。利马把目光转向我，似在征求我的意见，也许是在寻求支持。我知道他想说什么。我们之间的关系要是摆到台面上来，说不好他俩的父子关系就要断了。我挪挪身体。他父亲再一次看着我。

"他是谁？"

"他是……朋友吧。"利马起身，"我走了。"

"走吧，走吧。我的儿子又要走了，不知道要去哪里咯，我这个老头啊，真是可怜。"

利马的父亲说完就朝门口伸了手，做了个请的手势，叫他离开。利马点点头，拉着我就出了门。从楼梯下去后，他突然晕厥过去。这时，他母亲赶过来，跪下来掐利马的人中。

当我们把利马送到医院门口时，他就猛地醒了过来，说再也不会进医院，再也没有什么能拯救他。

"妈妈啊，妈妈……"利马在他母亲面前低声重复着。

我对他母亲说了几句话后，便把利马接回出租屋。在出租屋的日夜，利马备受记忆的折磨，他开始胡言乱语，讲述战争的细节。他还有突发的痉挛，手脚也会无故流血，更像中了弹。他在纸上疯狂写下战争的过程，足足用掉了一摞笔记。前一两天，他的字迹清晰，我尚且能理解其中含义。我还在网上搜了一下利马所写的内容，竟在一些野史网页上搜到了相同的文字描述，相差无几。然而，他从没有认真读过正统的史书，更别说野史了。几天后，房间到处散落着不明字意的稿子，我便无法从中读出任何具体的内容。他不停地写上几个小时后，就像抽空了精神一样，倒在书桌上昏睡过去。当这种疯狂书写的行为停止后，利马出现了更多生理上的病症，比如光线的照射和风的吹拂都会让他呕吐和痉挛。

"梅勒，带我去森林吧。我知道有一个地方，那里有座寺庙，假如可以的话……"

"那我怎么办?"当然这句话我没说出口,而是答应要带他去森林。

在他进行冥想时,我就到野外劳作,尽量收获一些猎物和蔬果。他沉湎于自我抗争中,我站在他的冥想圈子外,无能为力。把这间别墅打理好,准备好食物,可以说是我唯一能做的事。

出门前,我把门反锁了。

我已经学会了用铁钩、棉绳、竹子来做一把钓竿。竹子·要选用小棚屋背后生长的黄竹子,竹身弹性大、强韧,不像其他品种的竹子一拗就断了。蚯蚓是在腐烂的竹叶堆下面挖的,蚯蚓能长到三根筷子并起来那么粗。不幸的是很多蚯蚓都长得这么大,根本不能用来钓鱼。下小雨时,我就提着水桶和钓竿去河边。我通常坐在一块巨大的玄武岩上钓鱼。因为上游有一个小瀑布,很多鱼无法再往前游,往往在我所在的岩石底下聚集。运气好的话,我能钓到鳟鱼。一般钓的都是一种会把整个鱼饵吞进肚子里的小鱼。鱼钩没有钩到它,但在它把鱼饵整个吐出来之前,我就可以顺势把鱼提起来,放到桶里。这样反而是最好的,因为鱼没有受伤,可以带回家里养着。有时候我连续几天都不用再去钓鱼,花更多时间照看利马。利马看起来喜欢吃煎鱼,每次我煎鱼时,他都会从房间走出来,从墙后面露出一双眼睛。我在鱼身上撒了一些胡椒和粗盐,这样能保存两天。

在去地下蜂房的路上,我经过垂钓的玄武岩。我卷起裤腿下了河，在河床摸索。卵石形状参差，不光滑。利马喜欢那些圆润有暗红色泽的卵石，在烛光下能透出晶莹的云母般的闪光，很是梦幻。在一团水藻下面，我看到一截短短的白色物体，伸手去掏。我把它放在自己拇指上比对：那是一截指骨。我的手忍不住颤抖一下。我还是把它放进水里，洗干净了表面滑溜溜的藻类，用一片叶子包起来放进口袋。我猜利马应该会喜欢。

蜂房在山的另一侧，要经过一片茂密的竹林。竹林没有明显的路，很久都没人走过似的。上了山坡，再往下走，在山脚下的是河的另一端。小舟靠在一片卵石滩上，我把小舟推下水，顺着水流便往下游走。蜂房所在溶洞的入口位于河边，我必须要在小舟错过入口前，用绳子套住入口处的石头，把船拉到入口处。入口的顶部很高，形成的时间不确定，这是我打猎时偶然发现的。即使从别墅到这里没有明显的路，但一切看起来都是为我预设好的，包括竹林里若有似无的宽阔行径和滩涂上的小船。站在入口处，仰望高高的顶部，我心生寒意，而朝内望去，黑暗无光。刚发现这里时，我甚至不确定往前踏一步，担心掉进深渊。

我打着手电走进去，入口里外的温差很大，就像从室外走进一个冰窖。耳边似有流水声，眼前的河水流动却并无声音。一片片整齐排列的蜂巢就悬垂在溶洞的上方，那声音其实是蜜蜂翅膀震动的共鸣，在溶洞的广阔空间里被一级一级地放大。我感觉自己置身于沸腾的锅炉底部。蜂巢的体积很罕见，像寄生的藻类一样，覆盖了溶洞的顶部，初看还以为那是石钟乳。这不可能是人工制造的，而作为一个天然的巨大蜂巢，这是一个奇迹。我把桶放在蜂巢下，溢出的蜂蜜会往下滴。地面发黑的是堆积已久的蜂蜜，新鲜的蜂蜜一般保存没多久就会被飞来的蝙蝠和野猪舔舐干净。我还发现了一些不属于野猪的蹄子印。

我往溶洞里越走越深。入口尽管很宽很高，但光线却迅速地弱下去。手电筒的光没有发散开来，那道结实的光柱只照到脚下一小片范围。我现在算是把自己丢进了一个完全黑暗的洞穴里。利马每次进入黑暗世界就是如此吧，那种比闭上眼睛时还要深的黑暗。他要在这么一片连自己身体也无法看清的空间，寻找他脑中的战争记忆的主人，将其交还，因为他已无法再去承受它带来的折磨。然而这跟在几千米深的海沟里寻找最古老生物的残骸，并确认它的基因一样艰难。

"利马！"我朝黑暗的深处喊了一声。声音呈波浪形传递到深处，回音以某种复杂的波形返回来：利马——利、利——马——马——

进入黑暗的巨大宁静，纯粹无色，不知道利马是否也在冥想的深处，听到我的呼唤。

"哗啦啦——噗噗——"有剧烈的水声。

我踉跄退后几步，踢翻了接蜂蜜的水桶。洞口的光漫进来，我看见水桶倾倒，流出一摊黑色的浆液。还有一个声音：

"我踩过雨后泥泞的路，回去找你——我好像这么做过。你看进窗内，后脑的头发沾满露水，石堆上有一只猫，还有几只鸟。野鹿从你身边走过，用舌头舔舐你的脸。那时的我，就是现在的你……"

　　我爬出洞口，像被一条痉挛的食道吐出来一样。溶洞已经平静下来了，我的叫喊声似乎惊扰了寄居在深处的某种存在。在那短暂的昏迷中，我听到的是利马。他对我说话——用那至高无上的语气，又并不完全像他。我是不是走进了利马的意识深处呢？

　　回去的路上下起了雨，秋天的气息浓烈了。天色微暗，走在其中我感觉自己不再是人类，而是被消化到一半后吐出来的残余。我在小溪洗干净那个水桶，黑色的浆液像开采出来的石油，黏糊糊的。我想象在溶洞顶部看不见的地方，正有一只怪物张开流着黑色涎水的嘴，啃食甜美的蜂蜜，而那股水声，是它尾部在水面轻轻地一拍，警告我远离那里。

　　别墅被雾气围裹，静默地立在坡底。我踩着柴堆，趴在窗口。森林的风声小了，虫声就如我的耳鸣。我看见利马蜷缩在客厅的地毯上，半睁着眼睛，双眼中有两点光亮，是黑暗中的泉眼。其实我不想进去。围墙，不是横亘我跟他之间的障碍，或许，整个大自然才是吧。

　　我轻轻打开门进去，烧起了炉子，把鱼烤熟，再一次把食物端到利马面前。

　　他依然蜷缩着。我把鱼移开，对着他躺下来，蜷缩着。我跟他的身体如此对称——如果从上空俯视的话，我跟他肯定是这样对称的，比如说，像一个脑子的两瓣儿。我与他对视，他的眼睛没有死亡的意味。我以为他会死，至少会被自己无法控制的阴暗记忆逼疯。但没有。他也看着我，还有些温情脉脉。我尝试亲吻他的脸颊，就像我们曾经在那些个喧闹的城市里的小房子里做过的那样，那么隐秘。利马在这个冥想静修的阶段，任何身体的接触，甚至一个有可能引起情欲的暧昧眼神都是不允许的，那无疑会成为他通向精神高地的路的绊脚石。他告诫我说：

"住持能嗅到我身上哪怕最细微的情欲恶臭呢。"

"我以为你早就忘了他了。"

"嗯，是吗？"利马语气里充满亵渎和野性。他常常在眼里流露出性欲的光芒，身体却相悖而行。他此时并不是在压抑那股欲望，而是与之平衡，这是他内心禁欲的本质。我倒有点害怕了，假如哪天他要解除禁欲，我跟他要一同面临的是什么呢？

屋子里很暖和，雨水像走动的秒针一样，"嗒嗒嗒"地敲在铁皮屋顶上。但我还是把头靠近他。他的气息很淡。我把嘴唇贴在他的脸颊上，他的脸也轻轻地摩挲着回应。

"外面的森林好看吗？"

"当然了。"我回答。

当我触到他的唇边时，我尝到了蜂蜜的甜。这种甜让我恐惧，我仿佛被遗弃在刚才那个黑暗的溶洞里，四周风声鹤唳。

我撑起身，发现自己正处于圆阵的中央。我从口袋里掏出那截指骨。

"我找到了这个。我想你会喜欢。"

利马不置可否地看我一眼，接过了那段指骨——这时一个雷暴劈了下来，一瞬间，森林亮堂了。当雷光消失时，整个天也暗了。利马擦着火柴，燃起三根蜡烛，把指骨放在圆的边上。我慢慢退出圆阵。利马在一阵阵的雷暴中呓语不断，胸腔里发出密集的嗡嗡声。

门关上后，房间就成了只属于利马自己的一个独立次元。

更大的一个雷暴下来后，断电了。我在雷光乍现的走廊处摸索前行。客厅的落地窗外射进一片冷涩的光，外面的路灯竟然还独独亮着。我穿上雨衣，爬上梯子，到屋顶上检查发电机。当时第一眼看到发电机时，我以为那是一堆无用的废铁。为了不影响利马的情绪，我把这团丑陋的铁块丢到屋顶的雨棚下去了。我掀开雨棚上的油布，油布立刻碎成了几块，发电机在雨中已经彻底变成了一堆冒烟的废铁。看来那些纵横天穹的雷电真是无处不入。

白天，在屋顶上能用更广阔的视野观察这个区域，能看到山顶上的寺庙，那里沉默得像是废弃了几百年，偶尔的几缕烟才提醒我，那里尚存人气。在这种暴雨的夜里，山里莽苍的黑色随着大雨灌注而下。一道撕裂的闪光从我眼前划过，待视网膜上的余光散尽，那儿竟然还是一片漆黑——路灯也被劈坏了。

视线穿过茫茫雨幕，看得到山顶上的寺庙还透露着几点光，光源窄小。但细看下，散漫的光几乎将整座寺庙围裹了起来，像一个微微散发幽光的球体。

利马曾经登上的就是那座寺庙。现在他对那里充满了厌恶。从山脚到山顶，要是算上盘旋的山路，足有十里。我趁着下一道闪电强光消失前，辨认下去的梯子位置。在我刚要够到梯子的边缘时，它倒了下去，落在了野草中。几只黑色的小动物突突地跳出来。

我拉紧身上的雨衣，坐在屋顶的雨棚下。雨棚四处漏水，夜里寒气逼人，寺庙的光时强时弱，像萤火虫尾部的冷光。我彻夜未眠，盯着山顶的光，直到晨光显露时，它才黯淡下去。

不见钟鸣，未闻经诵。

我记得上山的日子选定在狂风天气结束的一天早上，那时离我们到达别墅已经过去了一个星期。

利马提议我们不带任何行李，食物也不带。他甚至想赤身裸体地上山，以表明他是一个完全空了的人，没有世间的累赘，他的肉体和思想朴素纯净得可以容纳寺庙的任何戒条、经文而不需要经过一番痛苦的挣扎。

"梅勒，你留在别墅吧。我自己上山去。"利马半低着头说。他不敢正眼看我，他的手刚抬起一点想要抱我，就忍着放到了背后。

"你以为不穿衣服，一个人上山去拜见住持，就很了不起吗？"我咬紧牙关，尝到血味，"你不穿衣服，不戴帽子出门去，不会发疯？你想想你在森林里，一棵蒲公英都快要了你的命啊！"

"要当和尚、要禁欲、要四大皆空的是我！"

"要一直照顾你的是我！"

他妥协了，穿上厚厚的衣服，行李由我来背。利马打开一丝门缝，适应了外面的空气后，慢慢把身体挤出去。

太阳还没完全出来，黑云和枝丫铺张的树木相互掩映，树丛间飞起的乌鸦常常吓得利马不停颤抖。风吹过山谷发出的空鸣和枝丫的摩擦声，还有时明时暗的天色变化都能引起他的狂躁或抑郁。在路上，他一度躲在一个树洞里半个小时不出来。把他吓跑的是里头的一只老鼠，利马滚出来，瘫倒在泥泞中。我把行李藏在树洞里，从泥泞中拽起他，要背着他走。他有点抗拒，想下来。

"你别动，我答应过要带你上山的。"我的手挽着他的双腿，把他紧紧撑在背上。

"假如我上了山，再也不下来了。哪天你回到城里，再找另一个男人……"

"嗐，说不定人家住持根本就不想接见你。"

"我告诉过你，我和他已经通过信了。"

利马轻了很多，我感觉背着他走完这十里路，也不是个难事。

三个小时后，已经可以看到远处的石阶了。绕过一个弯，寺庙就完全出现在我们眼前。我在石阶底部放下利马。通往寺庙门口的这段石阶，仿佛是通向仙宫的一段路，假如这是真的，对利马来说就是彻底的解脱了。然而，这只是通向一个不知名的小寺庙的道路，那里未可知，利马去那儿寻求的东西也不一定能期许。自杀对他来说，是一件自轻自贱的事，尽管他无数次抑制住这个他唾弃的冲动。他认为自杀而死——假如死后有灵的话，他依然会在苦海受尽折磨。

利马朝那高高的寺庙攀登，每踏三级，他就跪拜一次。这看起来很可笑。我跟着他，时停时走。石阶布满了青苔，两侧是密密的树林，沿路有几个小亭子，柱子上写满经文，偶尔有小僧在那儿诵读，漠然地瞟我们一眼，就继续低头。天已经彻底亮了，今天还是个阴天。

当利马在最后一级石阶跪拜完后，他整理了一下衣服，直直站在寺庙门口对开几米的地方。寺庙橘黄色的墙壁上，开了三个半圆的门口，一块镀金的刻着"夕照禅寺"字样的牌子挂在屋檐下。屋檐同样覆盖着青苔，看起来年代久远而腐朽。墙壁的两侧还开了两个圆窗。我移步过去，发现两个窗上的石雕都不一样，左边是两只在树下脖子相缠的野鹿，右边是两只在松树上重叠的仙鹤，像是从一个身体长出两个头来。

一个扫地僧停下手中的活，好奇地打量我们。但显然，地上没有任何垃圾，一片树叶也没有。

"两位施主，请问……"

利马双手合十："前段时间，我跟你们住持打过招呼，说近日会拜访。"

扫地僧做了个请的手势，我们便跟着他进去。我们经过前面的院子，院子中央有一个冒着烟的香炉，足一人高，烟味有点儿刺鼻。扫地僧走在最前面，利马随后，我走在最后面。我回头再看一眼那两个窗，发现野鹿和仙鹤的位置好像换过来了。

穿过院子后，我们才来到大雄宝殿前的大庭院，那里很空阔，没有香客，烟火稀稀。在最右侧是一排禅房，几个僧人从门后露出好奇的眼睛。观音殿的门用铜锁锁上了，里头的电子灯透出洋红色的光。

扫地僧在大雄宝殿的门口停下，又对我们做了一个请的手势，便离开了。利马脱了帽子，摘了眼镜。他缓缓地吸着香火的烟气，然后把大衣也脱了。他若无其事地走进殿里。

"你先在这儿等着。"利马回头说。我点点头。

他走进内堂前，三次回头看我。我站在几个并排的菩萨像下，目送他走在昏暗的过道上。经过窗户时，他那堆满愁悒的脸才被我看清。他的注视落在我眼里，那么不舍，但推动他向前走的东西又是我不能比拟的。我想过他会停下来，会回头，说我们一起下山吧。

等到下午，夕阳再一次以它孤绝的形象悬挂在寺庙的西边，悬垂的火烧云连接着屋檐和无边的森林。我依然没有等到利马出来，出来的是另一个僧人。

"这位施主请回吧。你的那位朋友利马，托我转告你，他决定留下来。"

"你们住持答应为他剃度了吗？还是……"

"不。"僧人微微抬头看着我，"住持认为，暂时来说，他身心都不适合受戒。"

"他需要的就是受戒，进入佛门。他需要找到脱离俗世的门径。"我说道。

"佛门同样是尘世，这里同样遍地是从山下而来的污秽，人世何处不苦恼？你觉得呢？"他挑起一边的眉毛，微微一笑，但随即一道严肃的神色爬上他的脸，铁色的阴影在他的脸部肌肉上攀附着。

"那你们这个寺庙的意义是什么呢？不是普度众生吗？"

"这里？我不知道这里是哪里，我从没见过其他的寺庙，也没见过其他寺庙的僧人。我记得我出生见到的第一样东西，就是菩萨的眼睛。那是梦吗？还是那尊高高在上的菩萨像的眼睛呢？"他走到几尊佛像下面，仰望着，"这里对我来说，它的意义就是我的栖身之所吧。你的朋友来这里，自然会找到他认为的意义。所谓意义，亦即无意义。色如聚沫，痛如浮泡……空、空、空……"他转身回到大殿深处。

夕阳光线在殿内移动，重重阴影在我身上切割。我走出大殿，看见禅房里闪烁几个人影。我想上前看个究竟，有几个僧人从拐角的巷子里走出来，向我点头。我就停住了脚步。

有几天，我回了城里，经过中医馆时，抓了几服有安眠去惊厥作用的中药。回到别墅后，每隔三四天，我就带着中药上山来，每次上来看到的扫地僧都不一样，总是一问三不知，不知道利马是谁。我在门口把中药交给僧人，托他交给住持，麻烦他熬给一个叫利马的男人服下。僧人默默接过中药，解开牛皮纸袋上的草绳，凑近鼻子闻闻，然后点点头走进了寺庙。从寺庙下山的历程很悚然，我常常待到下午时分才离开。那时周遭风停了，树林的浓绿仿佛一缕烟般渗出来，空气都变得有颜色，静得可以听见耳中细响，叫人分不清那到底是虫鸣还是耳鸣。身处空寂的山谷，在这种状态下，人常常感到被抽空，走路很容易出神，如同被摄魂。我站在阶梯底下，再一次回头仰望寺庙的大门。一门之隔，我不能得知利马在里头遭受了什么，是否已经从他的苦海中挣脱了。

我最后一次上山来时，住持已经站在阶梯顶部等我了。远远地，他就看着我，从他的眼神中，看出来他已经知道我今天会来。

他没说话，便引领我走进寺庙。大雄宝殿外，稀稀落落站着一些僧人，看到我进来，他们交头接耳，谨慎地打量我。地上散落着扫帚和花盆，香炉倒了，一个提耳也断了。住持在一排禅房的门口前停下。

"尽管没有为利马进行受戒仪式，我接纳他进来念经修行，已经是最艰难的决定了。但……"住持说，"或许只有你才知道他发生了什么。无论如何，他现在已经离开本寺了，叫你来，只是想给你一个交代。你是他的弟弟吗？"

"利马他离开了？"

"是的。就在今天凌晨。"住持走进巷子，打开了其中一间禅房。

看到房间的情景后，我不得不承认，上山来对利马来说是最糟糕的决定。

房间内的床褥被撕开，棉花四散，椅子也断了。香炉倾倒，铺满炉灰的地面上到处是凌乱的脚印，有点像蹄子。我相信没有穿鞋的那些脚印是利马的。经书烧成了灰烬。在角落处有一个水桶，水是黑乎乎的，灰烬还沾在桶边缘，几只岔了毛的大毛笔撂在水里。利马就是用这些黑灰兑成的墨水，来画下墙壁上这些骇人的画的。这些所谓的墨水很容易散失，画因此很模糊，我还是能看到它们的大体内容。

一想到这里是禅房，左侧墙壁上的画就让人脸红。这是由几幅叙事性的画组成的，是两人交媾的形态。我丝毫体会不到他们脸上有任何的愉悦，皆处于歇斯底里的情绪，眼睛流着血泪，看起来是受控于什么而这样做。他们的脸更像是古画地府小鬼的样子。接着第二幅，两人的脸朝上望，跪着，流露着哀恸，圆形光圈在他们头上盘旋。最后一幅，那里什么具体的东西都没了，只有一摊水。在右侧墙壁上的，我知道那是他服兵役时出现的幻觉，士兵四肢断裂，哀鸿遍地。而在中央的那幅画，则叫人分不清那是一幅佛祖的画还是一只恶鬼，因为这两种神态同时出现在那张乱涂而成的黑脸上。我揉揉眼睛，相信自己是看错了吧。

利马说过，他要在这里研读经书，接近佛教的真理。照现在看，这里的生活反而引起了他更严重的狂躁和幻觉，放大了他一度压抑的情感。

我跑到殿外，僧人纷纷走开，远远审视我。我直接跑出门，下了山。当我跑到石阶底部时，一声洪亮的钟声响起，惊起了蛰伏树林里的一群蝙蝠。

我是在别墅的门口找到利马的，他浑身赤裸，写满了经文。几只青蛙蹲在他的背上，一只鹿用鼻子嗅他的头。我把他翻过来，他满脸都是血。雨也下起来了，冲走了他身上的经文。他身上长满了疹子。

疹子退散后，利马蜷缩在房间里不愿出门。他在地上画了一个冥想用的圆阵，开始了持续到今天的冥想生活。利马坐在三角锥形吊灯下，一丝不挂，度过一个个下午，闭眼冥想两个小时，直到夕阳消沉。只有在森林光线很柔和时，利马才仔细地让身体的每寸肌肤袒露在光线中。夜色降临后，他就捻亮吊灯，一束微红带黄的灯光，直直打在他的头顶，四周有一个暗暗的旋涡。

利马已经完成了昨夜的冥想了吧，我来到对应他房间的位置，抓住屋顶的边缘，朝下叫喊几声。

梯子倒下的那边传来了声音。我赶过去。利马站在那儿，仰起头，十分迷惑，眼神越过我的身体，投向苍穹。

"利马！把梯子给我搭上来！"

利马无动于衷，继续带着虔诚而迷惑的神情，看着我身后某个不存在的灰暗深空。然后他低下头去，四周张望几下，便跳过野草的泥泞，回到屋里去。

他没有看见我吗？要是太阳出来了，利马就不会再出门来了。只能等到今天的夜色再次降临。我在屋顶四周走了一圈，选了一个底部野草比较柔软的位置，准备跳下去。在我颤巍巍地准备着跳跃的姿势时，我似乎瞟到了山顶寺庙的一个窗口处，有个光头，但下一秒就消失在窗后的阴影中。

我回过头时，看到一个球形闪电从天而降，飘进了屋里。

我顾不得什么了，直接跳了下去。跳下去并没有花太多的功夫，那堆野草起到了很好的缓冲作用。当我回到门口时，被吓了一跳。利马正趴在窗口的玻璃上，视线涣散地看着外面，丝毫没有注意到我。我在他眼前挥挥手臂，他还是一动不动。我用石头砸开了锈蚀的门锁，冲了进去。

房间内的冥想圆阵被灼烧过，石头也碎成了两半。我把利马拖到地板上，用力拍他的脸。"利马！"他的瞳孔很小，缩成了一个小点，眼球几乎是白色的。恐怕他在冥想过程中陷得太深了，有可能在某个意识的缝隙里失去了自我。

这时，他突然深吸一口气，恢复了意识。但他的瞳孔还是没变。

"利马！"我把他抱到沙发上，"你在寺庙里发生了什么？"

"我想要……"利马的脸变得潮红。

"你要什么？我给你拿！"

"你。"

他喉咙里发出咕噜噜的声音。他扑到我身上，在我肩膀上咬了一口。外面的白日如火烧一般射进屋子里，在木板和玻璃一明一暗的阻隔下，光线变得暧昧不清，一道一道从利马脑后散发过来。利马坐在我身上，我仰望着他，仰望他脑后那万道金光似的迸射。他的肉体变得金黄，汗水淋漓。我把手放在他的腰背上，那一阵阵的肌肉颤动从指间传到了我耳根。在交互的猛烈冲撞中，一刹那，我视线直穿过溶洞那幽森的内部，耳边回声渺渺。我衣衫湿透，分不清哪些是汗，哪些是利马的泪。我们打开了一条通道，穿越那条通道时，利马已经不再顾忌他的痛苦，他的欲望，他的过去与未来。

利马突然抽身，飞奔而出。他越过玄武岩，进入小溪，一路穿过竹林。我几乎跟不上他。来到山脚的小河时，我发现那里的河床干裂，从皲裂程度和河泥颜色来看，好像断流了好长一段时间。

四下无人。我跟丢了利马。这时，我想到了什么，跑到河床上，往下游走。我再一次来到那个黑漆漆的溶洞入口。

一阵剧烈的响声过后，我看到了利马——我不确定那个浑身黑色的人体是不是利马。他的身体被一种流动的黑色覆盖了，只有两只眼睛闪着白光，没有痛苦，没有感情。还有一群蜜蜂围绕着他。附近来了小鹿和野猪，它们神情安静地跟在利马身后。清晨的森林瞬间燥热起来，阳光从山顶流泻，风在刮，莽苍的树林哗哗作响，乌云又突然而至。

"利马，是你吗？"

我说完，他的喉咙里又发出更重的咕噜声，头上长出了黑色的两只角，脚下也形成了蹄子。他转身，冲进了溶洞。我紧跟着跑到入口前，洞里已经不是一片黑暗。我记起曾经在一个黑暗的阁楼上采蜂蜜，蜂窝发出了黄色的奇异闪光，但我眼前的绝不是这样的。在前方，闪动着一个圆形的黄色太阳，宛如天堂的入口。利马的身影消失在黄色的旋涡中，刺眼的白光将我淹没。

他不再是我的利马。

离开离岛区

香港离岛区 262 个岛屿中的某一个，我在那里出生。

在我二十五岁之前，离岛区似乎就一直在刮风，将上岛游客的伞骨吹翻、吹折。坑洼里的积水晒不干，太阳出来时，地面就像多了几百个小光球。死掉的鱼虾晾在石礅上，等白色的海鸟啄食。它们叼着鱼虾在半空掠过，如果鱼虾腐烂得差不多，就会从顽固的鸟喙中滑落，"啪嗒"一声，沾在刚好从下方经过的倒霉蛋身上。海的味道就是因为这样才经久不散的，这里每个人都有一种熟悉的微腥之气。

每过一段时间，我就去码头捡那些被遗弃的伞，彩色的，黑白的，也有透明的，上面的布可以拆下来，拿回棚屋区修补屋顶。离岛区风平浪静的日子是怎样的呢？偶尔晴朗的日子，在我看来也是摇摇晃晃的，好像即将下雨那样。

我站在岛屿上，尽管海岸大浪滔天，却感到地面平实。被风暴吹得东倒西歪的游客，像遇上了一场地震，他们在市区才会找回平衡吧？——这只是我的猜想，因为在我二十五岁前，我没有离开过离岛区。港岛区遥遥在望，坐一班船半个小时就能登陆，可我偏偏没有离开过。我跟着父亲出海打鱼，在滩涂湿地的红树林里挖贝壳，从来不会被大海搞晕。可是，一旦上了离开离岛区的班船，我就会呕吐不止。父亲说，他尝试过喂我吃晕船药，托人开渔船送我前往市区，或者趁我睡着意识模糊时，将我抱上船，或给我戴上耳塞，隔绝轮船的引擎声。然而，像触发了某种生理机制，我在途中开始了剧烈的呕吐，船不得不返航。

父亲不再尝试将我送离这片岛屿。他说，他也跟我一样，无法离岛，是被命运绑定在岛屿上的男人。我是相信他的，并逐渐习惯被困岛上的倦意。对我来说，船，是徒劳的代名词，它只会给我带来每天都会消耗完的食物，而不是缩短运输距离的交通工具。如果我变成无生命的事物，那么就可以被装进行李箱，侧着放，塞在置物架上，无痛无觉地登上船。

"市区的模样，和电视新闻上播的一样吗？"我问父亲。他点点头，指着群山交叠的某个远处，然后沉默地低下头，整理刚上岸的拖网。过一阵子，就是休渔期了。

我后来离开离岛区的机缘，是在风暴肆虐得最厉害的某年七月，遇上了参加岛屿写作计划的女孩程颐。岛上的人们都叫她阿颐，是六婶的某个亲戚多年前搬到市区居住后所生的女儿。在她的陪同下，我第一次离开离岛区，穿越 262 个岛屿的某条曲折海道。那次的逃离，父亲预先不知道，只是在风暴过去后他才发现自己的儿子失踪了，于是一整天在海里打捞那些看似浮尸一样的麻布袋，在烧毁的棚屋区里辨认焦黑的尸体。他认为我这种患了离岛班船恐惧症的孩子，在暴风雨天里不是在山上奔跑，就是已经在海里淹死了。

直到岛上的巡警告诉他，我跟一个女孩坐船溜去了市区，他才放下心。他没有为我的莽撞感到愤怒，也没有因为我有能力离开离岛而兴奋，好像反正只要我成功踏上市区，他就根本不关心我是不是被人拐骗了。在别人看来轻而易举的事情，落在他儿子身上，偏偏是引起极度厌恶和不适的难事。我这种横跨大海的行为，是不是完成了他对这片岛屿的反抗？抑或父亲借由我的成功逃离，来消除自己基因缺陷带来的不堪？我经常琢磨他的想法，有时，我有种错觉，认为自己比他更了解他本人，但我没有真正问过他。

很多时候，我确信自己是一个不明朗的生命形式，出生时，就已经被分配好了生命的构成——包括性格喜恶、寿命长短、对海水的敏感度，以及地域上的进退范畴——只能与这片岛屿捆绑一起，受控于难以解释的能量场——我能确信的，也只有这一点。尽管和他们一样识水懂渔，但我跟这个岛创造的任何生命都存在着根本的隔离。比如，我对岛上任何一个女孩都不感兴趣，而我又无法抵达市区的土地，这样注定了一种全新的"生殖隔离"将会出现，那就是，我将永远只能是我自己，和岛屿风尘一样，是富裕或贫乏之后的残余。我坐在石礅上，想象海鸟把自己当作死掉的鱼虾叼起来，带到另一片本来也同属于我故乡的大地上。现在，作为一个永恒的外人的困惑，像随着海浪荡来荡去的泡沫，怎么也冲不散。

如果要谈论遗传问题，那个在船难中去世的母亲应该也要承担一半的责任。我的恐惧症是遗传自父亲还是母亲呢？最近，我开始回忆母亲的死，那一场离奇的爆炸有没有将她炸得粉身碎骨？怎么连一件衣服都没有找到？如果将恐惧症一切为二，父亲的生，母亲的死，要各负一半的责任。就这样，长久以来，我通过把责任均分、稀释，将自己置于一个受害者的角色，成为一个装载怜悯和安慰的容器。

台风洛克登陆香港时，离岛区气温骤降。本已放好了的大衣再次从密实的衣柜拿出来，沉甸甸的，如吸饱了海水。父亲叫我去码头接人，是从港岛区那边来的一个女孩。我问她是谁，父亲没有回答，只是说，她是来参加什么写作计划的。他怎么就以为我可以辨认一个陌生人，并将她带回来？他在我身上设置了过多无理的事件，我从孩童时期就开始学着寻找意义。

从渔村去渡轮码头那边，要坐巴士，环山而行四十分钟。记得有一年台风，某处海域出现了水龙卷，岛屿下的不是雨，而是鱼。我正好十岁，父亲第一次叫我去接一个女孩。我站在多伦多道站等巴士，被掉下来的墨鱼砸中了脑袋，满头都是腥臭的墨汁。岛上的一切事物都在移动、迁徙，连鱼都可以飞翔——我突然流下眼泪，对砸中我的墨鱼产生了嫉妒，拖着它回家煮了。吃墨鱼的时候，我仍止不住眼泪。父亲以为我是因为太喜欢吃墨鱼了，往后捕鱼时总是留意着有没有墨鱼。尽管我再没吃过第二次，父亲依然保持着捕捉墨鱼的习惯，上岸后，将它们洗刷干净，晾晒在阳台上，腥味很重，风吹过来时它们相互碰撞，发出沉闷的啪嗒声，像一种墨鱼式的风铃。为了卖出去，父亲将墨鱼做成卤水物，在渔村的入口兜售，五十港币一份，并对游人说，这些卤水墨鱼比瑶柱还好吃。有段日子，我一直在帮忙卖卤水墨鱼，等那个女孩来买。

可是那年，我忘了去接的那个女孩是谁呢？我没再问起父亲，记忆中也没有这样一个新鲜又陌生的女孩出现在渔村里。当我再次接到父亲的任务，要去码头接一个女孩时，我觉得是上天特意给我一个弥补的机会。只是下鱼的奇观再也没有出现，默默之中，岛上的事物仍在我的背后移动着，变化着，却并不改变我。

我到达码头时，狂风愈发猛烈，吹起海水，对面山体都模糊了，几条空船松脱，在海面漂走。我看见一群学生模样的人从新渡轮上下来，侧着身体抵御狂风，就近寻找避风场所，纷纷挤入了麦当劳。我来到麦当劳门口时，发现里面挤满了人。每个人身上都是半湿的，弥漫着海水的咸味和被濡湿的温暖。昏暗的人群里，大多数是男生，他们一边擦干身上的雨水，一边聊着岛屿写作计划。女生只有寥寥几个，我要从她们当中判断出哪个是我要找的人。

"有人认识廖新科吗？"我问。廖新科是我父亲的名字。那些人纷纷抬起头打量我，我第一次被这么多双眼睛检阅，难堪得迅速低下了头。

"你好，你是廖杰吧？多谢你来接我。"一个女孩突然出现，她的脸被斜剪的短发挡住，散发着染过的淡金色，"我叫程颐，稍等我一下。"然后，她转过身跟旁边的学生交代些什么。我默不作声，有意无意地偷听他们的话，假装看着窗外等雨停。哦，他们都叫她程程。在一群外来人的拥簇下，我感觉身处市区，在港岛线地铁的摇晃里，在旺角的红绿灯底下，在众生面目模糊但可以暂且忘记自身存在的尖沙咀繁华中。

风势减弱后，有些空船漂得太远了，码头广场上散落着各种破伞。我跟程颐说，我要去收集那些伞，请她等我一下。她跟着我走出麦当劳，帮起忙来。坐上回渔村的巴士时，我经过十年前碰到下鱼事件的多伦多道站，便指给程颐看："十年前你是不是来过这里？我当时在这里等过你。"她摇摇头，说忘记了，她一年回来一次。我很疑惑，自己怎么从来没有见过她。她只是笑了笑，她总是在笑，也不知道世上有什么事情可以总让一个人发笑。我又给她讲了当时下鱼的事。她说在市区，也下过一次鱼，不过是楼上住户扔下来的死金鱼。说完，她又笑起来。

我没出声，看着环山公路在雨后的反射光，有些迷蒙。

这次上岛，程颐是为了参加大学组织的岛屿写作计划，要在限定时间内完成一篇不限体裁的作品。"纯属多余。"她这么评价这个活动，"这里太湿了，只能写篇游记应付，没法认真写点什么，画点什么。"

"你家人认识我爸？"

"嗯，算得上认识。"

"你今晚住哪里？"

"哦，你爸没告诉你吗？我会在你家待一段时间，直到活动结束。"

"哦，可以。"

"你应该没去过那边吧？"她指的是市区。我摇摇头，顿时非常难堪。

"你晕船吗？"她追问道。

她似乎很了解我，不像是跟一个第一次见面的男生说话，那种试探里带着强烈又明显到愚蠢的目的，分明就是有备而来。"你的写作计划就是采访我吗？"我反问。我并不打算敞开心扉，在车上回避了她提出的很多问题，一度怀疑自己是不是接错人了。在渔村总站下了车后，我把程颐带到父亲面前，就气冲冲地独自走开了。这是我第一次对父母和自己以外的第四者，宣泄这个岛屿压抑的愤懑。

刚开始有好几天，我没有见到阿颐。父亲说，她去了客栈那边，和师友们一起写作，又问我前几天为什么生气，是不是做了些什么不恰当的事。我否认了，为他的本末倒置感到气恼，明明是阿颐在逼问我的隐私，用那种听起来无邪的笑声粉饰她的目的。

黄昏时的棚屋区，台风暂时退却了。气温上升，空气湿湿黏黏的，夕阳下的棚架停满了海鸟，梳理它们那一对对鎏金的羽翅。有些日子里，海水上涨至离阳台底部仅有一米左右的深度。

在阳台开一个洞，将装有诱饵的笼子放下去，第二天清晨再提起来，就能发现有不少落入陷阱的虾蟹。这些日子我是和父亲一起度过的，他负责将笼子和诱饵准备妥当，我负责迎接最后起笼的收获时刻。如果海水退却的时间延迟，我们的收获会增多，但藤壶侵蚀建筑的高度，也会随之上升。我不喜欢藤壶，密密匝匝的灰黑色寄生物，附在棚屋底部的支柱上，随烦人的海水一起蔓延，像无尽时光给人带来的无法消解的沮丧。

我在深夜电视台收看过一个短片，讲一个女人在男人的伤腿上养殖寄生藤壶，用以食用的诡异故事。我将阿颐看成是短片里的那个女人，而我的某种旧患创伤正是她用来养殖藤壶的伤口。我不知道她的写作计划是不是跟我有关：我是她的素材，被拆开，然后重新组装编撰？这些没有根据的偏见和想象，与海边棚屋的潮湿、无聊纷纷联系在一起，似一种岁月的诅咒。

我坐在阳台处，浑身不自在，想起昨夜的梦，船只爆炸的回响如此巨大，火光灼灼，膨胀的火球一下子摧毁了棚屋区。棚屋区像是末日时期的住所，另类的威尼斯水城，纵横的水道穿梭其中，木质护栏，花岗岩柱子，夹杂着金属支架，铺满死掉贝壳的滩涂，而在这之外，是无人居住的陆地。棚屋区是我的世界中心，我凭此找到心理抚慰，一眼就能识破其假象的安慰，蕴含着甜蜜、湿脸、腐朽。看吧，我脚下的阳台木板也要开裂了。

晚餐时分，父亲提了一笼子的小螃蟹回来。他浑身酒气，对于喝酒后出海的死亡风险，他不怎么在意。我与他谈话的主题，总是离不开渔获与死亡，母亲和爆炸。整个房子，除了泡在水里的海产，他是我身边唯一的活物，如果他由于冷漠、疏忽和对我存在的罔顾，某天溺死在海里，我将承受无法计量的打击——说这些话，当然无法奏效。既然死亡不可预知，那么在他看来就是遥遥无期，不必在意。他那种生死天注定的观念，让他与其他渔民区别开来。至少，其他渔民出海前会上香拜神。父亲面对那一片海呢，更像一片装满母亲死亡之忧的苦海，喝酒是唯一的抵消手段。有几个雨夜，棚屋区断电，在风雨中飘摇，我独自点着蜡烛，坐在屋子中央，啃着白煮的螃蟹，等待他从海上归船。每当一阵急促的脚步声接近，我就做好从别人口中听到他已罹难的心理准备。大多数时候，这种情况不会发生，那一阵脚步声通常是他自己发出来的——他站在黑暗的门口，浑身湿透，开门时带来的那阵强风，将屋里的蜡烛熄灭，反而让他的形象更接近于一个从海里走上来的死神。这时，我再次变得揪心，神佛隐遁，死神报丧。

"清蒸？椒盐？"父亲提起螃蟹，问道。

"清蒸吧。椒盐的话，又要下酒。估计你今天已经喝够了。"

"那就椒盐吧，我不喝酒。"父亲偶尔会看透我的心思，顺着我意，当作亲情的弥补。

父亲在厨房捣弄螃蟹，解开笼绳的声音给屋子的寂静添了些许不协调的噪音。他把螃蟹放在水龙头下冲洗。拥挤的螃蟹，密匝匝的青色硬壳，四处挥舞的大螯，相互挤对，发出"沙沙、嗒嗒"的怪声。我看见他偷偷地喝了一口酒，才把剩下的半瓶倒在螃蟹堆里去腥。

　　我坐在窗前，等待星辰显露。一只海鸟扑簌簌地落在窗前，嘴里衔着的竟是一枚银币，在长长的鸟喙间玩弄。祖母去世时，我见过她嘴里衔着一枚银币，模样安详肃穆。海鸟衔着银币，代表的是不祥还是安详？人住在海边，要面对广袤的未知，人浮在水面上，向深海索取食物，在它暴怒的一息间，将自己的命交予大海。我也曾见过海鸟啄食浮尸，说不定这枚银币，正是来自海上的葬礼。正当我想将它赶走，它掉头飞了进来，嘴里的银币掉落地面，噗叮叮地在地板上滚动。它飞落地板，啄食什么。我低头，看见地板爬满了吐着泡沫的螃蟹，其中一只的螯还夹着我的裤脚。我出了虚汗，仿佛目睹一场大规模的海洋生物入侵。惊恐过后，我才想起父亲应该出了什么事。我踩着螃蟹，向厨房冲过去，发现他倒在厨房门口。我使劲晃了晃他，他咂咂嘴，侧身打起呼噜，是醉酒后睡过去罢了。我一边清理爬上他脖子和头发的螃蟹，一边给他醒酒。部分逃逸的螃蟹从阳台跳入海里，发出细微的扑通声。清理过后，留给我们食用的螃蟹也没几只了。那只海鸟还在客厅中央，啄食被我踩扁的螃蟹尸体，只是那枚银币再也找不到了。我不知道，如果这只海鸟当时没有提醒我，父亲的结局是否会不一样？那枚银币又是否代表什么？在那之后，这只海鸟把我家当成了它的栖息地，每到夜晚时分，它总会飞回来。它……是母亲在海上化成的幽魂吗？

　　我清蒸剩下的螃蟹，父亲醒过来时，螃蟹已有些许发腥了。他不管不顾，抓起一只就啃，完全忘了刚才发生过什么，还一边赞叹自己的厨艺多么精湛。

"阿颐是谁？"我问，以为父亲在意识蒙昧时，会说漏些什么秘密。

"你六婶亲戚的女儿啊，人家从市区来的呢。"他明显加快了咀嚼的速度，故意做出孩子吃东西似的蠢样。

"六婶的哪个亲戚？"

"人家早就不在离岛住了，远房亲戚那类人——"

"哦，那我明天去问问六婶。"

"问来做什么？人家就来住一阵。"

"既然是六婶的亲戚，为什么住我们家？"

"你不是知道吗？六婶的破房要装修，住不下。"

"古古怪怪。不会是介绍来给我相亲的吧？"

"做梦吧你！你这连船都坐不了的人……"父亲嚼完几只螃蟹，全都是乱啃一通，"咿呀，那只鸟是干什么的？"他指着在地板上啄食螃蟹的海鸟说，"嘘——你别动，等我把它抓起来。"

我晃晃腿，海鸟一阵小跑，识趣地飞了出去，消失在外面沉重的夜空里。

十二点睡下后，过了很久，我听到父亲起床的拖鞋声。为了避免湿气侵蚀，我们通常住在二楼。我和父亲的房间正对着，剩下的一个空房与我的房间紧贴着。台风带来大量的降水，父亲在夜里风湿发作，疼痛，趿拉拖鞋，拖着腿，极像夜半苏醒的游魂。同时响起的，还有一把女人的声音，估摸是阿颐回来了，父亲下楼是去给她开门。

阿颐叫了声叔叔，走进屋里来。父亲问她吃过饭没有。都半夜了，人家肯定吃过饭了，问个屁啊，我心里想。楼下窸窸窣窣的，跟窗户下方拍打的海浪声一唱一和。阿颐的房间安排在我隔壁，因为那是仅剩的房间了。听到两种脚步声走上楼梯，我安静地躺着，尽量压低呼吸声，有种莫名的紧张。

可他们什么都没多谈，跟父亲道了晚安后，阿颐打开房门，接着关上。她跟我仅有一墙之隔，还是木墙，恐怕我的一个翻身就会引起她的注意。估计她也这么想，轻手轻脚的，打开塑料袋时的嘎啦声像放慢两倍速率。很快，她躺下床，除了偶尔翻身，后来的半夜都没了动静。

月亮制造的潮汐声，成了我入睡的最大噪音。明天的台风是不是在乌云背后酝酿着？夜里细数的痛楚，在梦里有最大的纷呈，思绪若得不到安稳的话，今夜的某个时辰，船只爆炸的噩梦恐怕会如期生长——

多年前的一个静夜，时钟的刻度是八点过十分，一个小孩站在码头，目送一艘船载着母亲远去。"八点二！我搭八点二嘅船走！你唔使再嚟揾我！"①当时父亲在和母亲吵架，话语中唯一存在的时刻，就是那个钟点，"八点二！"他跑到码头，看到好几艘渡轮在黑夜中同时起航。他随便选了一艘，想象那个女人坐在甲板上，与他对视，挥手作别。这么潮湿的空气，风又是这么迟缓，火是怎么燃烧起来的呢？船上的某个点，冒起了一个小火花，也许是一团被藏在酒瓶里太久的火。它的流动性比海

---

① 粤语：我坐八点十分的船离开！你别再来找我！

浪更优雅，窜起、蔓延、扩张，如游蛇，旋转升空，瞬间变成了一个太阳大小的球面。海面被照亮了，还照亮了其他渡轮的甲板。就着短暂而炽热的明亮，他的目光快速地在其他甲板上搜寻母亲，目睹的全是扭曲变形的面孔。父亲说，当晚的船全部受到爆炸波及，母亲在其中一艘上面。他说这句话的脸孔，是悔恨的，那么慌张。而我只有无限的迷惘。那种上船就呕吐的恐惧症，是从那晚开始的吗？可是，我感觉它来自娘胎里的黑暗。连父亲都这么认为。

被火球之梦惊醒的夜晚，我和父亲入睡的床榻之间，相隔一条狭窄走廊。我多么希望他酒后的听觉能保持敏锐，能听到我从床上急促坐起的咿呀声，接着跨过这条潮湿的走廊，打开我的房门，站在门口问我还好吗，或者坐在我床边，和我说些什么，比如，他们当初怎么认识的，她有没有带我去过滩涂挖贝壳，她出走的事件缘由。可是，他从来不愿意走出那个已然不属于人类居所的房间，在里面发酵着海洋的愁绪，如一艘海底的沉船，充满自我遗弃的证据，浓重的酒气，连海浪也掩盖不下去的鼾声，满地散落着有待修补的渔网。我走进去搜寻有关母亲的痕迹，找到的只是电视明星的老旧海报，沾满了包过海产后的黏液鳞片。

难得天晴的日子，我四处喷上清香剂，给他清洗床褥，请附近的婶婶们来烧烤，试图让这个家早就消失了的母性气息重新焕发。翻开他那些缠结深重的被子，上面遗落着不知从哪里带来的鳞片，我曾突发奇想，认为父亲不再是一个人，而是某种鱼类在陆地上的后裔，母亲的离开也正是因为发现了这个恐怖的真相。

我倒希望《印斯茅斯镇之阴影》的情节是真的：在故事的最终，主人公发现自己是深潜者的后裔，怀着战栗与幸福，回归大海的深处，"那身形有着人形的模糊特征，而头部却是鱼类的，长着从不闭合的，巨大、凸出的眼球，在脖颈的两旁，还有不断颤动的鳃"。我按照书中的描述，观察了父亲好长一段时间。直到有一次，我看见他在迷迷糊糊中，把地上的渔网当作被褥，随手一抓就往身上盖，渔网缠着海藻、鱼鳞和枯叶，缠着他这个近乎枯朽的男人，一派作茧自缚的模样——我最后得出了这样的结论：他的确只是一个又普通又悲哀的男人，连他的孩子都看不起他。

今夜，我再次惊醒，床垫像长了一层青苔那样滑溜，身体差点从床沿滚下去。一瞥中，那只白色的海鸟又飞临卧室的窗口，嘴里叼着那枚银币，悬在鸟喙间，在风中噗叮叮地响，犹如不灭的幻觉。我撑起身，想去看看那只鸟。

"廖杰，你醒了？还好吗——"阿颐轻轻敲了一下木墙。

我看了看墙上的时钟，还有两三个小时，天空即将迎来新的晨曦，便又悄悄躺下床去，装作什么都没听见。

等父亲和阿颐都起床下楼后，我才慢吞吞地起床，走到走廊外，闻到了久违的食物香味，跟父亲的煎炸式做法不同的食物熏香。

"早晨。"阿颐向我打了声招呼，她在平底锅里烹调一种混合芝士和虾肉的薄饼。

"你在做披萨吗？"我问。我从楼梯走下来，在客厅等她忙完，因为洗脸池跟洗菜池是共用的。"嗯，是那类东西吧。你要洗脸？等我一下。"阿颐说。"没关系，你继续。"我说。"昨晚没吵到你吧？"阿颐将金黄色的虾肉夹出来，撒上香料。"睡得很死，根本不知道你回来了。"我说。阿颐笑了一下，准备最后的装盘。父亲在阳台抽烟，向我招招手。我磨蹭了好一会儿，看见阿颐端着早餐朝客厅走来时，我才走出去。

"人家给你做早餐呢，比我做得要好吧？"父亲深吸了一口烟，挑着眼睛说。我没睬他。其他棚屋住户纷纷走出阳台，晾晒堆了几天的湿衣服。"我们要不要买一台干衣机？"我问。"你没干衣服穿吗？"父亲问。"不是，家里那么潮湿，人不舒服。棚屋区会有干燥的一天吗？"我问。"台风过境后，天就晴了。"他说。"是吗？"可是，这些话我听了十几年了，"爸，阿颐不会是你的——"

"早餐好了哦！"阿颐喊道。

父亲把烟头扔到海里，把手搭在我肩上，和我一同进了屋。洗漱时，我察觉到四周有了细微的，但足以让它看起来更洁净的变化，比如厨具的摆放高度调整了，扔沙发上的衣衫不见了，洗手池里的青苔刮掉了……

"尝尝吧。只有这里才有这么好的虾。"阿颐说。父亲点点头，夹了一块到我碗里。

我把芝士味浓郁的虾肉送进嘴里时，眼角瞄到了窗户，那里有一道金黄色的光在移动。出太阳了。我们三人看着窗外的太阳一点点从乌云背后露出来，又被隐约地遮蔽起来，奇形怪状的光斑落在那张常年长着霉菌的餐桌上。这是一道饱含生命的光。父亲那张长期被海风侵蚀的脸，在阳光的照耀下，像块礁石，硬扎扎的头发如同顶部放了一只海胆，铁青的神色似乎受到了感染，变得柔和。阿颐那头淡金色的头发融化在光线里，而脸却凝固了，从侧脸的角度看过去，她长得跟我在照片里见到的母亲很像。我无法抗拒这份超越十几年时光的想象：我的父亲，我的母亲，双双降临，如同我出生的那一天，被爱意的眼睛注视着的真空时刻，没有咸的海风，没有湿的衣襟，没有……

早餐过后，阿颐和我坐在阳台的藤椅上，晃啊晃，想等阳光再猛烈一些。

"跟我坐船过海吧。"阿颐提议。

"去哪里？我想你早就知道了，我上不得船。"

"你要拿自己去喂鱼吗？"阿颐问我。

"什么？我吃鱼，但不用自己喂鱼——"我说。

"只有这样做，你才有办法去到市区——的餐桌上啊。"阿颐说了个很冷的笑话。

阿颐耸耸肩，掏出塞满了背包的稿件，有文字稿，有画稿，有些许湿黏。她将它们一张张摊开，放在有微弱阳光的栏杆上。"等干燥些再说吧。你相信自己有天能坐船么？"也许吧，我想。阿颐皱着眉头，看着我，最终欲言又止。

然而，干燥的日子真的降临了。只是……

台风洛克走后，不留一丝痕迹，太阳神祝融居其位，气温在一天之内上升到华氏 104 度。挂在屋外的空调机轰轰作响；海鸟聒噪不停，抢食热死后浮在水面的银鱼；水位持续下降，藤壶晒得爆裂出红色的浆液；原本吸满了水分的棚屋木架被抽干水分，发白发亮。顷刻间，一切事物决定要还原七月夏日的模样，接近毁灭的模样。阿颐放在客栈的颜料全部融掉了，当时她在临摹蒙克的名画《太阳》，画到一半的太阳光线条全部变成了水，流了一地。

那场著名的离岛区棚屋火灾，也许是因为变压器超负荷，也许是因为那些海鸟的羽毛被太阳烤燃了，成了火鸟落在棚屋区的屋顶上。我们用伞布在屋顶修补破洞时，看见远处几排做烧烤生意的棚屋首先起火，火焰在风势下，如蹿天的火蛇，在半空伸缩，低处迅速蔓延的火焰一路推进。我们简单收拾了一下，打算从新基桥那边撤离，但火很快围了过来。

父亲说来不及了，带着我们从阳台跳到海里。然而，水位本来就很浅，我和父亲跳下后，直接陷进淤泥里，水淹到胸口处，动弹不得。只有阿颐落脚的位置地质稍硬，她伸手拽住我和父亲，企图将我们拉回来。我看到阿颐头顶上的阳台地板冒出了火舌，如果上岸，同样会被烧死。父亲推开阿颐的手，反手抓住她，将她朝水里拉。突然，父亲的两只手分别将我和阿颐的头往水里按。就在下一刻，家里的煤气瓶发生了爆炸。我呛了几口海水后，在非常模糊的视线里，看见橙红色的巨大火焰在水面一掠而过，覆盖整条海道。爆炸的巨响使我的心脏停顿了一秒。阿颐在水下挣扎，晃动着被父亲压下去的头颅，鼻子喷出大量气泡——在仿佛死了的一秒里，看着阿颐痛苦的脸，我再次目睹十岁那年的船难，施加在母亲皮肉、心脏上和眼球前的灼热与压迫，是这样的吗？最后一次爆炸余波，将我们三个冲开。

　　头疼欲裂，混沌如夜，我侧着身体被捞起，天旋地转，正如登上了离开离岛的船只时的眩晕和呕吐。阿颐淡金色的头发沾满了炭黑的灰烬，翻白的眼睛，无神地盯着我。"妈妈，你是白色的海鸟，还是无辜的少女呢？"我一遍遍地问自己，仿佛看见漫天飞翔的火鸟，在海面坠落、熄灭。父亲将我们两个夹在腋下，在半水半泥的海道跋涉前行。"廖新科！廖新科！廖——"有人一遍又一遍地喊着我父亲的名字。我难以想象，他是怎么独自拖着两个二十多岁的人走出那片被火焰要挟的水路的。半个小时后，飞机投下一个个救命的水弹，伴着人们的惊呼，在泥泞间逃生，步履沉重。他们是不是很怀念曾经潮湿如死亡沼泽的棚屋呢？

　　高温和火灾偃旗息鼓的第一天，我们在政府公屋避难。参加写作计划的学生全部撤离离岛区。被烟灰覆盖的黄昏天空，露出一片暗沉的血红，父亲叉着腰，站在链桥上，遥望那片像淋了一桶沥青般的黑色棚屋区，俨然大火过后的森林，除了花岗岩柱子，木质结构全部被烧毁，向天空伸展参差不齐的残肢。临屋的小型海产船也不能幸免，还能闻到海鱼被烧成焦炭后的古怪香味，死亡同时带来了肉体的血腥和食物的甜蜜。大火一下子烧掉了父亲即将与之一同腐朽的房间，烧掉了日深月重的记忆巢穴。维修工程进行的第二天，台风再度登陆，将还没喘息过来的部分危房彻底摧毁，潮气和海水重新占据被烘烤过的纵横海道。

　　我曾以为，即使无法登上市区的土地，我还有环绕的青山、棚屋和大海做依靠，焚毁后的景象不得不使人心生无处藏身的漂泊感。我问消防员，这里还能重建吗？他们回答，政府会尽快帮助我们重返家园。这样的回答当然不能安抚我，我只是相信，有父亲在，一切还不算太差。他在火里将我和阿颐救出的经历，某种程度上促进了父亲形象的重建。

有好一段时间，阿颐一言不发，任由头发被烧得蜷曲，反而开始看着我，竟充满了也许是怨恨的情绪。我用眼神凶了回去。她依然不屈不挠，就这样盯着我。

"你到底想怎么样？"我提高音调，质问她。

"跟我上船！船！船——听到了吗？"她骂道。

"坐船干什么？"

"去见你妈！"阿颐扇了我一巴掌，"你这个不敢坐船的傻仔！"

坐船竟比我预想的容易得多。

上一次将脚踏上登船甲板，已是多年前的事。这段时间足够一个人去改变自己的口味，行为惯性，或者忘记痛楚。我把坐船的恐惧症当作生命的一部分，也许它同样利用这段时间，慢慢培养对我的厌倦，在某个噩梦后的清晨，早就从我身体溜走了；也说不定，是那次爆炸的冲击唤醒了我最深切的记忆，我终于可以直面母亲在爆炸中承受过的铺天盖地的恐怖；也说不定，是阿颐将母亲还没死的消息告诉我后，我在给自己设置的无垠的精神篱笆里，找到了一个兔子洞，一个足以容纳我钻过去的出口，找到了走下去的台阶……

　　再度袭来的台风，没有阻挡我们的行程。从离岛码头，驶往香港市区的渡轮，坐满了要离开这里的游客。我和阿颐坐在最后一排的靠窗位置。坐在前面的乘客里，有一半是离岛区的村民，我尽量低下头，还是有不少村民认出了我。他们在短暂的疑惑和惊喜后，说看见了奇迹：我终于成功上了船；大屿山上的大佛显灵了，这可是渔村的骄傲呢。又问我是不是受了什么刺激，要和女朋友私奔。但当他们看到坐在我旁边的人是阿颐时，立刻结巴起来。

　　他们之所以这样说，是因为除了我，他们从来都知道——从十年前我第一次在多伦多道站等阿颐那时就已知道——我母亲在市区有了第二任丈夫，并成了阿颐的后母。

　　"每年回来，我都想看看那个从未离开过离岛区的哥哥。"阿颐说，"每年，我都希望自己能快点长大，告诉你，我们拥有共同的母亲，尽管没有血缘关系。"

　　"为什么现在才让我见到你？"

　　"因为叔叔……他自身的羞耻、怨恨，他一直骗你，说姨姨死在了爆炸中，连他自己也装作无法离岛……你可以怪他，但他一直在努力帮你克服坐船的障碍。"

　　"这么多年，我妈说过想见我吗？"我问。阿颐只是恳切地点头，却没有再说为什么她不亲自上岛寻找自己的亲儿子。我无法分辨，这是狠心还是有所顾虑，不得不把这次离开离岛区的旅程，想象出一种辉煌来：我去见一个也许变成一只白色海鸟的女人，或者一个水淋淋的鬼魂。在过去的二十五年里，我并没有个人灵魂，如果有，也只是被潮湿的岛屿，被刻意欺瞒的父亲，被无声隐遁的母亲，所共同铸造的残缺意识。他们带领我走进一场迷雾里，那里到处都是爆炸后浮在水面的残肢，在海面盘旋并啃食尸骨的鬼鸟，还有那个徘徊不前的我。我是为了寻找秘密而活下去的游魂。

雨水打在船舱的玻璃上，我抹干上面的雾气，看见大佛在风雨中的慈悲模样。不过，我知道，在码头无法看见大屿山的大佛，那是台风中光线折射的假象吧。但母亲还活着的事，不再是我梦里的假象。

阿颐说，直至今天，我父亲对她想带我踏上市区，去见那个跟他离婚的女人的做法，仍犹豫不决。我说，他没有用谎言将我禁锢在这个对我来说像死亡沼泽的岛屿上的权力。所以，我们决定不把坐船的事告知他。现在，他应该还站在被烧毁的废墟里，缅怀他失去的一切，对自己儿子正踏上新的旅程一无所知。

穿越那段我遥望了十几年的航道，没花多少时间。它竟然如此简单就被跨越了。高耸的大楼逐渐出现在窗外的迷蒙烟雨中时，我知道那是维多利亚港。

渡轮在中环码头停靠，那里到处都是外国人，身高超常的白人，穿着大裤衩的露宿者，正敲锣打鼓跳着一种群体舞的菲佣，卖咖喱鱼蛋的印度人。在拥挤的人群中，我感觉自己是一个异乡人，刚踏上了另一个国家，比如偏远的北欧之国。阿颐没有马上带我去找母亲，而是在尖沙咀兜兜转转，在弥敦道上等红绿灯，在港岛线和荃湾线来回坐地铁。我们经过九龙公园，在里头坐了

一下。我记起那首《九龙公园游泳池》：我原是世间其中的粒子，
二百年后这里什么也都不是。但不知怎么，我找了好几次，都没
有找到九龙公园里的游泳池。

"我妈现在和你爸住一起吗？"我坐在秋千上问阿颐。

"要不然呢，我爸有好几间房在出租。"

"哇——"

"不过，我自己在外面住。"

"为什么？他们在哪里住？"

"重庆大厦。"

在九龙公园坐到入夜，阿颐终于肯带我去重庆大厦。我们明
明可以在白天去，因为这样更安全。难道她想向我披露重庆大厦
在夜色里的秘密？我对阿颐说，如果她不想进重庆大厦，可以叫
母亲自己下楼见我。她从皮包里掏出一条橙色的围巾，披在肩
上，稍稍展开，盖住上半身，将手挎在我瘦弱的臂膀上。可以
了，上去吧，她说。

在重庆大厦的灰暗招牌下，我仰望像蜂巢一样挂满污秽外墙
的空调机。在入口处有一个印度人开的鱼蛋档，左边是一个外币
找换店，看样子也是印度人在管理，他探出头来，看见我领了一
个橙色的女孩踏上阶梯，在胡子下露出邪魅的笑容。走廊两侧都
是几平方米大小的手机铺，一个个商人坐在地上，或从洞穴一样
的铺头探出身来，问我们要不要买部手机。阿颐一路推着我向前
行，我感觉她的身体越来越沉，脚步越发急促，好几次因为慌乱
而走到死胡同，只好掉转头来重走一遍。

　　终于，我们找到了上楼的电梯，那里排了一条长长的队伍，每个人都推着一个大箱子行李，没有一个亚洲面孔。只有两个电梯可以上去，由于行李超重，一次只能进几个人，在古怪的气氛中，等待的时间变得很漫长。阿颐把脸埋在自己的围巾里。在重庆大厦十七层，共七百七十个单位的蜂巢格子里，那个多年前在我记忆里做了亡人的母亲，正居住在其中一个空间里，呼吸着浑浊的空气，与来自世界一百多个国家的人种混居。我问阿颐，既然她爸在这里有套间出租，为什么还要和我妈住在这里。阿颐只是回答，是我妈坚持要住这里的，而她爸又经常外出……

　　半个小时后，我和阿颐成功挤了进去，按下十五楼电梯的按钮。电梯里的灯光一律散发着青白色的光，缆绳上升的响声提醒我，我正离自己的母亲越来越近。我见到她，会有一次拥抱，一次落泪，或者一个落在额头上的吻吗？

　　十五楼的电梯门打开时，一条漆黑的过道跟电梯门口直接相通，阿颐推着我出了电梯。过道两旁都是密密麻麻的门，一些坐在门口洗脚的人纷纷投来目光，脚上的水湿答答地流到地板上。他们很快又忙起自己的事：拆手机零件、打包货运包裹、擦拭珠宝、发呆……阿颐慢悠悠地收起围巾，估计这里的房客都认识她吧。

　　阿颐带我走到 223 号房门前，她说，你妈在里面。你进去吗？我问。她摇头。一种压抑的情绪笼罩着我，我想知道，在阿颐心里，我母亲到底是她的后母，还是只是一个附属于她父亲的女人，屈居在一栋塞了四千人的大厦里。我敲了门，扭开门把，脑袋瞬间感到一阵轻飘飘的眩晕，仿佛打开了一扇要么通向地狱，要么通向天堂的大门。门开了的那瞬间，一种暧昧的光透出来，飘荡着烟气。房间有几个上下架床，空间不足十平方米，坐在上下架床上的全是外籍人士，东南亚的，印度的，非洲的，他们同时把头转向我。在过度的惊恐中，我想马上退出去，但阿颐在后面推了我一把，我只好继续深入这个突然变得无比幽深的空间。外籍人士坐在床上，看着我走进来，一边翻身，调整脚的位置，低声交谈。在最里面的床上，我看见了一个女人，唯一一个亚洲女人。我猜，她正是我分别多年的母亲。可是，我能说她是我母亲吗？不，应该问，她真的是一个人类吗？慢慢地，我产生了一些幻觉，她的脸开始长出鸟喙，手臂变成了白色的羽翅，有一双瘦长的黄色鸟爪。

妈，是你吗？我问。听到我这么问，大家纷纷围了过来，用关切的语气跟我的"母亲"说："哎，你儿子来看你了。"我在她的床前蹲下来。在我眼里，她是一只纯洁的海鸟，一只在大火中受了重伤后，无法复原的海鸟。看，她的白色羽翅露出一个暗红色的伤口，折断了，无法飞翔。再看，她的腿关节发了炎，还失去了几个鸟爪子。再看，她的羽毛开始脱落，裸露的毛管塞满了肮脏的烟灰。

"你妈妈一直在等你呢。"一个印度人说。

"Her love！ Splendid！ Gorgeous！"一个非洲人说。

"你要唔要锡锡佢？"一个东南亚人说。

"廖……廖杰。仔仔。"那只鸟扑腾着受伤的翅膀，对我说着鸟语，"妈妈一直在森林等你来找我。我从来都觉得，这个森林跟棚屋区的森林是相通的。我没有抛弃你，你看，我这不是在岛上等你回来吗？"

这时，大家朝我发出尖锐的笑声，在这个有着自己运作规律，同样潮湿的，密不透风的，名为"重庆大厦"的岛屿里。众人跳下床，捧起那只巨鸟，抬到天花板那么高的地方，好让她发表最后一通演说："仔仔，你不要悲伤，我已经接受了自己的命运。请转告你爸，不要挂念我，也不要怨恨我。我已安息。他永远都不会找得到我，因为在这片永远暗无天日，却如此国际化的幸福大都会里，连死亡都找不到我！"

我缓缓退后，视线天旋地转，一双双手从床上伸出来，想抓住我的肩膀——我真的离开离岛区了吗？这里，是钢铁的；那里，是水的。我没有坐电梯，一路冲下十五层楼梯，穿过楼梯角里一个又一个赤裸的灵魂。

这夜过后，我再也没有见过阿颐。

明天，我即将离开香港市区，返回离岛区。

最后一天，我去了一趟上环，打算买点海味，给父亲带回去。鲍鱼花胶鱼翅，买不起。一些便宜的瑶柱虾干，可以了却心愿。但我没去摩罗上街，因为那里卖的全是一些真假难辨的古董，作为手信买给父亲的话，不太靠谱。然而，摩罗，这个词有点耐人寻味，它有好几个意思：百合花、鳄鱼、魔障。所以，那里到底是卖古董的，是卖百合花的，是卖佛道魔障的，还是卖鳄鱼的？嗯唔，我应该去好好看一眼。

　　于是，在上地铁前，我折回去，找到了摩罗上街。在摩罗上街，有一个巨大的建筑夹角，一侧通向幻象般的古董街，一边通向繁华曲折的闹市。我站在夹角前，正好看见一个贵妇人牵着一条鳄鱼走过街——哦，原来，香港市区也真的会下鱼。

角色 X

　　一个女人，被一头长着 X 型犄角的黑山羊刺穿腹膜，死了。一个奇异的故事，发生在一个奇异的时代，其荒谬性通常会被消解，遗弃在野史怪谈这类故事的角落。

　　但作为目击者，我认为这故事值得书写，不仅因为字母"X"代表的未知量，更是由于其指向了意义模糊的普遍性领域。

　　那是一个准备彻底衰落下去的年头，我们镇上的经济，受到某场来自遥远城市的金融风暴的影响，结构逐渐瓦解。农场主们纷纷讨回本来已送去屠宰场的山羊，金钱成了一个虚无的符号。真是匪夷所思。一般来说，这种跟外界融通渠道微弱得近乎不存在的农耕小地，除非是战火蔓延，其经济独立性会持续几个世纪（这当然有点夸张）。

　　其间，我正创作一部难以界定其属性的作品。它既非完全虚构，因为事实的背景正是发生在百年前的一场疫病，但又并非基于真实的细节，毕竟这场疫病的真实资料难以考究。我只是偶然听到一个临死的女人回忆起那场近乎幻影的疫病，一场疯羊病：一夜之间，山羊集体抽搐；在月亮暗淡下去的瞬间，在场的人被黑暗中的羊角攻击；恐慌暴乱仅持续了几分钟，月亮重现时，所有山羊消失了，空气里连飘浮的羊毛都没有；在场的人在第二天接连死去，都说是消失的山羊顺势带走了它们主人的灵魂。

唯一存活下来的居民，是一个男子，他正是那个临死女人的祖上，以上的回忆出自他的供述，片言只语，充满人类的古怪冥想。不难想象，所有奇异事件的亲历者、目击者、幸存者，甚至耳闻者，都是史料整理员和纪实作家犯难的源头，在是否信任他们这件事上，难以下决断。因为幻想、臆想和妄想，是内心经历过惊涛骇浪的人特有的能力。那些相信现实世界不存在歧义性的人，会闭上眼睛，轻佻地跃过那一潭倒映着绿色月亮的深水。

若要给这部作品下一个确切的定义——是虚构，还是非虚构——它的关键无疑是那个男子。山羊消失一事，极有可能是他受惊后的臆想，以民间恐怖故事的形式流传下来。在苦苦思虑几个日夜之后，我决定创造一个角色，这个角色就是那个幸存的男子。基于虚构的真实，一次语言上的把戏。

这个想法带来的喜悦没有持续多久，新的苦恼让我再次陷入思索：那段臆想式的描述，对男子来说是真实的，对他的后代来说，也是真实的，可是我心里无比清楚，那根本是天方夜谭。因为在牛以外的反刍动物——比如羊——身上发现牛海绵状脑病，亦即所谓的疯牛病，只不过是近十年来的事，而百年前那场疯羊病，更可能是人类大脑的一次集体幻影，通过离奇而真实的消失，表达一个不具现实意义，不会被时代承认，同时跟时代错位的预言。就我们所知，自疯牛病被发现以来，已有将近一百人死于此病。

在西方，山羊是邪恶的象征，黑山羊在颜色上更加深了其邪恶的意味。在东方广袤的城镇，我们对山羊没有迷信上的恐惧。这场疫病通常被冠以神秘的意义，是人类意识之外的一次超自然现象，与山羊无关。现在，山羊早已重回畜牧品种的名单，反而，金钱成了不祥的虚无的符号。不过要承认，世界文化的融合无法避免，加之农场主对朊病毒的提防，奇怪地转变为对毛色和羊角的全面控制，后来发生的事称得上是奇闻：镇上的农场主决定不饲养黑山羊，出生的黑山羊会被抛下悬崖摔死，以此减少后代的黑毛色基因的表达概率，另外，白山羊会在出生后不久被主人去掉羊角。一条狭窄的河流之下，可能有蔓延数百里的地下暗河呢。看吧，百年前的疫病留下的心病，成了跟季节转换、风雨雷电一样平常的自然现象。放眼望去，在草场上散步的山羊，颅顶上除了一对柔软无骨的耳朵，就再也没有硬物了。我们因此无法发展斗羊这种娱乐活动，没有流血的动物打斗，是没有看头的，还不如去看斗鸡呢。

我们这个城镇，从百年前到如今，都是一只活在虚构之丝和真实之丝交织的蛛网上的蜘蛛，对蛛丝发生的每一次震颤，无法很好地判断到底是昆虫落网，还是只是一阵风穿过罢了。

我是这只母蜘蛛众多幼蛛中的一只。我要将所谓"基于虚构的真实"的重心，放在虚构上，还是真实上？我要在这部作品里探讨虚构的真实性，还是真实的虚构性？就预言一词而言，它本身就兼具虚构和真实的双重属性。

啊，我的创作生活，也不过是另一场人类的幻影！

这样一来，连男子的身份都靠不住了：难道他没有可能是女人临死前的一次臆想？这个关键角色就这样被悬置了，我只能暂时将他命名为"角色 X"。

我们知道，很多表面的繁荣都是一堆泡沫，经济学识并没有在我们镇上得到足够的重视，当我们听到金融风暴一词时，只是单纯对纸币的价值产生恐惧。在泡沫式的恐惧里，我们为自己制造了一场真实的金融泡沫危机。

我不敢走到街上去，一是因为"角色 X"迟迟未能确定，二是街上实在太混乱，刚从屠宰场回来的山羊乱成一团，占据了街道。农场主们在皑皑白雪般的牲畜群里，仔细辨认自家的山羊。急躁的气氛，爆炸的鸣笛引起山羊的集体恐慌，做出随时要攻击人类的姿态。看来，百年前的疯羊病要再次重演，我期待它发生，以一种把伤害尽量降到最小的方式发生。如此一来，同时作为目击者和写作者的我，便可以合理地代入角色 X 的位置，创造叙述故事的推动力。这也就是所谓的"基于虚构的真实"。

但事与愿违，现代的山羊大多被驯化到一出生就能听懂人类语言命令的程度，那种近乎直觉式的服从，是从它们父母身上携带而来的。街上的动物暴乱很快被平息，预期的野蛮狂欢没有发生，所幸的是，我的耳朵得到了暂时的歇息。它们排着不算整齐的队伍，回到了各自的农场，把头伸进挤奶棚的脖套儿里，安静地等主人们来挤肿胀了好几天的奶水。

这意味着，无论我在狭窄的书房对着白纸，发表多少异想天开的论述，我的挤奶工作还得如期进行。我把记录以上文字的笔记本放回抽屉，锁上，然后洗了个澡，将身上沉积了几天的霉气冲洗干净，换上挤奶工制服，出门去。

我在一个女农场主家里做挤奶工，微薄的工资是我创作这部作品期间唯一的收入来源。羊奶跟羊毛一样，都是长出来的金钱。每次挤奶结束后，按羊奶桶数来结算的工资会立即兑付。当女农场主决定将部分山羊卖掉时，这意味着羊奶的桶数会下降，我感觉自己的温饱受到了威胁，幸好，尚未到来的金融风暴帮了我一把。

女农场主恰巧有个对我来说充满解读性，也符合其身份的名字，肖羊：拼音的 XY；女性的 X，男性的 Y；未知量的 X，路径分岔的 Y；或者，直接说成：消失的羊。

跟她的名字相反，肖羊本人的生活很单调，为人啬得出奇。给一百多只羊挤奶不是个轻松的活儿，但我的工资并没有因此得到体现。在我来见工的第一天，肖羊就已明确且坦白地跟我说，羊奶出自羊身上，我没有为奶水的自然产生付出劳动，挤奶工如同接生婆，只应得到将它们带到现实世界的那部分价值，无法拥有羊奶的价值，好比接生婆不应得到所接生的孩子的抚养权，以及孩子给予亲生父母的同等的爱。乍听之下，这套论调牵强得惊人，但我无法否认其中竟然拥有如此自洽的逻辑，存在天然的合理性。我的这一双手，跟接生婆的一样，只是新生事物的媒介。这让我想到，百年前那场神秘疫病的研究价值，是先于我存在的，而我，只是它的代笔者吗？又如，一双写字的手，如何能在牲畜的躯体内创造出纯白的奶水？不，只是接生，只是一股挤压的力道，就可以让摆满地板的水桶在几个小时后溢满将被出售制成奶酪的液体，用蛋白质哺乳肉体，流动的，腥香的，决然可以在每一个清晨感受到营养注入胃部的满足感。而像空气这样看不见，似乎也难以明显触摸其形体的东西，仿佛是虚构出来的物质，无法填饱胃囊。人要对空气产生强烈的渴望，除非经历过爱伦·坡笔下被活埋之恐惧，否则很难在生存需要上重视起空气来。说实话，对历史的是非臧否，我向来没有兴趣，对此我的父母也早已知晓，因此他们在决定搬到城里的历史博物馆做管理员时，连做做样子，问我要不要和他们一块离开都不愿意。可是现在，我怎么突然对那段幻影般的疯羊病往事产生了兴趣呢，以至辞掉工作在书房里夜以继日地琢磨构思，为了吃上一口饭甘愿在农场做卑微的挤奶工？是生存的需要，还是精神的诉求呢？我祈求，在我完成这部作品前，父母千万不要回来。毕竟，一个落魄的形象，一项违反本性的研究，一桩在虚无之海钓鱼的事业，就是个笑话。

肖羊也不是羊奶的生产者，按道理，她也不应该得到财富。当然，我不能用她的论调反驳她，因为这些话术明显是用来对付我的。但我依然天真地相信，我将作为主动发现和接生世界的角色继续存在的。

闻到空气里奶水的骚味了吗？今天的山羊怎么挤都挤不出奶，躁得直撞木栏。那些柔软发红的奶头，正忍受着膨胀的痛苦，像一个个灌满水的红气球，让人心痒痒的，恨不得用一根针戳破它们。我只得暂时放下工作，准备把情况告诉肖羊，请兽医来。

我浑身黏糊糊的，制服浆得干硬，不吸汗，也不透气。

"姜……圣西？你的名字可真够怪的。"一个口齿不清的声音飘来。在大棚门口，浮满干草屑的黄昏斜光，照出了四种事物，在这个时刻闪耀着神圣的光芒：一个年轻的女人，一头长着 X 型犄角的黑山羊，一只熟烂的水蜜桃，一段削了皮的甘蔗。

这个一手牵着黑山羊，另一手拿着甘蔗，嘴里叼着水蜜桃的女人，是肖羊的女儿，肖利。这个名字也没比我的名字正常多少。她可以叫肖莉、小丽、雪莉，甚至叫 Shirley 都可以，而不是叫肖利，一个身份和性别皆不明的名字。

"对，是我。"我们站在门口对视。

她把甘蔗塞到我手里，"给你。别让我妈知道，她觉得你们这些挤奶的男人就应该饿着。"

"饿着？我必须吃饭。"我说。

"她比较神经，老是以为你们会偷喝羊奶，还是对着羊奶头直接吸那种。哈哈，她有次在羊奶头那里发现了一排牙齿印。"

"肯定不是我干的，我掉过一颗牙。"我咧开嘴，露出一个空空的牙洞来为自己作证。

肖利是我们这个地方为数不多在外地上学的知识分子，暑假回来农场帮忙期间，她认识了我。或者说，我认识了她。像她这种拥有高学历的女孩，我是不敢轻易透露自己正在创作一部什么作品的。自学成才跟求学成才，前者总是显得不正规，没有被认可的资格，只是狂妄地自封为王，企图咸鱼翻身。所以大多数时间，我在她眼里，就是一个她在每个夏天回来时，都能看到的临时聘用的普通挤奶工，在骚味哄哄的挤奶棚挥汗如雨，在光影暧昧的动物躁动里，发生几个眼神的交接。我们唯一的共识，大概是一致认为，那场金融风暴不会波及至此，一切都将是一场虚惊。这个共识起了一定的积极作用，特别是在她得知我是本地人后，她觉得，我比她以前见过的那些只会勾引她，但每个夏天结束后都不再出现的挤奶工，多了些许安全感和人情味。这句话令人遐想联翩，不知道在我之前的那些夏天，那些各色各样的挤奶工和农场主的女儿之间，在夏日邪魅的羊奶气味中，在干草堆上，到底发生过什么。

她找了片干净的草地，叫我坐下去。我的眼睛，却被那头黑山羊的橘黄色的眼珠吸引住了。

"我妈每年都挑选一个男人送来农场做工，为的就是等我放假回来，有个男人处处，处得来，那就结婚吧。她不介意自己的女婿是自家农场的挤奶工。"她说。

"……没合适的吗？"我问。

"爱情太难了，动一下感情都是危险的。"她回答。她在吃的那个水蜜桃，粉红，软烂，牙齿轻易地嵌入果肉里，泛黄的汁水从她的嘴角淌下。有一堆蚂蚁正围绕着滴在地上的水蜜桃汁，组成一条长长的队伍，不知道那个幽深庞杂的蚁穴到底在哪里。

"我更爱吃甘蔗。水蜜桃一捏就得烂。"她又说。

"正相反，我讨厌甘蔗，容易扎破嘴。"我舔舔嘴唇，那儿有个小伤口，隐隐刺痛。

肖利把头凑过来："真的呢，流血了，我给你止血吧。"然后，她把自己那两瓣儿像红色海蛞蝓一样的嘴唇贴过来。在一阵视觉变形的惊恐之后……我的舌头出现了一种奇异的味道，血的腥，甘蔗的腻，蜜桃汁的甜。它像魔法一样在口腔里流动，麻痹了其他味觉。如果有一种新近发现的水果是这个味儿，那它的学名一定叫作血蔗桃，也许是某个航海家流落富饶荒岛后的意外发现。我仔细辨认着，它是怎么从刚开始的浅淡，到浓烈，直至最后消散。

每个夏天，她的爱情都是这么开始的。剥除了羞耻心和情欲感的香气，从牲畜棚里涌出来的鼓胀的奶水气，共同攫住每个挤奶工的灵魂。

口腔里的味道消散后，我的嘴唇不再刺痛。肖利咬着桃核，在把玩，来回翻动，接着利索地将桃核吐出去，吹了一声口哨。

闻声，黑山羊从远处跑过来。我原以为，这个地方不可能有活着的黑山羊，而且它的年龄不小了，还是带角的：扁平而宽大的黑角向后方生长，跟平常向外生长的羊角不同，在接近脖子的位置，它们开始朝中心点交叉，形成一个畸形的、却令人心醉神迷的 X 型，末端磨得尖锐锃亮。它朝我们跑来时，高高昂起犄角，橘黄色的眼珠子充满邪魅，一只黑色的恶魔——在古老的北欧神话那里，恶神洛基的私生子，正是一头出没在原始森林里的巨型黑羊。我不禁向后挪了几寸，生怕被那对犄角撞翻，被摄取魂魄。肖利轻轻拍拍我的手臂："冷静，你是一个男人，别被一头山羊吓坏了。我妈可不喜欢这样的男人。"黑山羊在肖利身旁停住，低下头，X 型犄角垂直竖起，举向天空。

"我以为这里的黑山羊都会被摔死。"我注意到，这是一头母羊。

"它跟我在同一天出生，还有一对交叉的角，这种珍稀动物应该受到保护。每当我妈想把这头不祥的羊崽丢到悬崖摔死，我就会哭。我一哭，她就受不了，良心被折磨。告诉你，我是个私生女。冥冥中，有些东西就命不该绝啊。"肖利说。

这么说，这头黑山羊至少有二十岁了。这时，黑山羊突然抬起头，望着庭院的木门。

"你俩坐在这里干吗？奶呢？挤了吗？"肖羊走出庭院，问道。

我耸耸肩，说："堵了，奶头堵了，没有奶。"

肖利撇过脸去，抚摸黑山羊的角。肖羊走进羊棚里，找了一个杯子，然后把那只黑山羊拽到我跟前。她握住黑山羊鼓胀的奶头，用力一挤。黑山羊猛地踢了一下腿，硕大的橘黄色眼珠急剧颤抖，它没有跑掉，只是强忍着疼痛。接着，一股羊奶便滋滋地喷到杯子里。这种行为充满暴虐的残酷，不像一个农场主的所作所为，更像陷入了魔怔。她把羊奶举起来，向我宣告自己的胜利，嘲笑我的无能。

"喝了它。"肖羊把杯子递到我眼前。然而，杯子里的羊奶泛着令人恶心的血丝，微微荡漾。肖利无神地看着我，手还在抚摸羊角，似在安抚它的疼痛。

"刚才的事，我都看到了。现在，我给你一个机会，你把这杯羊奶喝了，我就让你住进我家，工资翻倍。与其做一个平庸的挤奶工，还不如加入我们，成为羊奶价值的共同创造者！"肖羊提出了一个荒诞的交易，似乎早就看透了我的想法，"我知道你缺钱，还私下捣鼓一部什么书——当然，这个我并不关心——我只是认为，你需要钱，我需要一个得力助手，我女儿需要一个男人，如果以现代家庭为单位，共同经营畜牧生意，对大家来说，都是有利的。"

肖利在我耳边笑着说："别听她的。别以为我亲了你，你就可以有什么特权。这只是个游戏，为了讨好这个女人。我才不需要男人。"她站起来，牵着黑山羊，朝屋子走去，还不时回头对我微笑。我实在摸不透她到底在想什么呢。黑山羊和肖利一起进了屋，看来这只黑山羊的待遇高于其他只为产奶的白山羊，被当作宠物来豢养，只是刚才那个被施加暴力的时刻让这种尊贵蒙上了一层恐怖的色彩。

"这杯奶不干净，换一杯可以吗？谁都怕疯牛病，虽然现在的防疫工作做得很好。"

"我看你们这种搞创作的人最脏！原始家庭吃生肉、喝鲜血，现代家庭的餐盘里掺了一点血丝，也不是完全不能接受的嘛。"肖羊把杯子塞到我手里。为何非要喝一杯血奶才能入赘这个家庭？而且，我从未想过入赘，肖利也不像对我有真感情。一个全新家庭的构成，的确掺杂了许多强人所难的因素啊。"喝了吧，喝了吧，喝下去，喝下去……想想你的书，想想你的生活，想想家庭的温暖……"肖羊的催促声萦绕耳边，像烦人的苍蝇，给人伪善的绝望，又给人希望的雏形。

窗内，肖利白色的脸，黑山羊亮黑的脸，在玻璃的曲折光线里合而为一。那是一张痛苦挣扎的脸，有着琥珀一样清澈的眼睛，那是远古邪恶的洛基的私生子，森林黑山羊的灵魂，正蛰伏在现代家庭的餐桌下，密谋一桩全新的让人类集体消失的神秘事故。

如同宣誓加入某个文学流派的古怪仪式，我一口喝下了它——象征疯羊病之源、带有 X 型犄角的黑山羊迫于暴力而产出的血奶，正渗入我空虚的肠胃！

事后证明，喝血奶是个糟糕的玩笑，它不具备文学上的意义，对促进自己融入肖羊的家庭也毫无建树。我的身份依然是一个挤奶工，像肖利说的，我没有任何特权融入她的家庭。

然而，当天晚上，我的身体帮助了我，我发烧了，上吐下泻。于是，出于部分的人道主义，肖羊不得不留我在她家过夜，替我请来了大夫。这是一个足以让她蒙羞的玩笑，她完全没有想到，我的身体竟然这么脆弱，喝了一杯鲜奶（带血的）就几乎要垮掉。如果让卫生防疫站的人员知道了，无论事发原因如何，农场都不得不封闭一段时间。为了不让事情泄露出去，肖羊没有给我请正规的医生，来到我床榻前的人，分明是那个与肖羊保持着紧密合作的兽医。嘿！要把我当羊来治吗？这个兽医住在肖羊为他提供的地下室里，秘密研究一些古怪的牲畜疾病。兽医说，我只是患了轻微的肠胃感染，并无大碍，给我开了一剂人畜通用的治疗感染的药方——这不奇怪，肖利痛经时，兽医还给她开过一种用来给母鸡消炎的药来止痛，药盒子上的确写着它有治痛经的疗效。无论如何，人畜不分的愚昧是需要提防的。

这是我第一次在这个家庭过夜。

肖羊安排我住进杂物房里，地上堆满了灰黑色的羊毛，连床褥都是用羊毛随便铺成的，这里看起来像春野里肮脏的雪地。服药后，我的身体开始进入麻痹的状态，动弹不得，躺在羊毛床上，如同被一堆丝毛真菌寄生了，体液正一点点地被吸空。真是一次糟糕的体验，想不到第一次住进来就遭到了非人的待遇。

在我服药后的上半夜，这里人畜不分的情况变得更严重。肖羊所宣称的现代家庭的特点纷纷涌现，在严谨规整的表象之下，泛着现代派的血丝。

柔软的羊毛堆积得很高，我被放下去后，整个人陷入了沼泽泥潭一般，不断下沉。我的视线受阻，只能看到天花板那一点点空白，所以这就可以理解，为什么当门被推开，一只带蹄子的生物走进来时，我被吓得半死。进来的是那头黑山羊，它在我床边徘徊了一阵——我感觉它是在打量我——接着，一双橘黄色的眼睛便出现在我的视线的上方，X 型犄角高耸而起的景象带给了我长久的震撼。我无法把眼睛移开，手脚也无法动弹。

在此之前，我已经无数次体验过"鬼压床"的痛苦，即使科学早已向我们展示了睡眠麻痹的真相，却依然无法缓解人类在面对此类身体异常和幻觉出现时的恐惧。我强行把眼睛闭上，暗示自己这一切都是幻觉，然而当我把眼睛睁开时，那头黑山羊依然在盯着我。好吧，看来，病痛状态下的睡眠麻痹所带来的持久性的幻觉，远远超出了其他状态。"鬼压床"完美地诠释了未完成之书的属性，亦即，人类可以在清醒地意识到身处幻觉的同时，沉浸式地体验幻觉带来的强烈真实感。早已消失在时间线后的无从考察的神秘事件，对于身处现代的我来说，无疑具有跟"鬼压床"同等的奇妙之处。

如果人畜不分是这个家庭的一大特色，那接下来发生的一切奇怪事情，我都可以用现代派的眼光去对待，是全然的幻觉，是意识的虚构，是脑部的真实——无论怎么定义，都不会改变它的本质色彩。我再次想起未完成之书，当初我为它预设的"基于虚构的真实"这一定义，似乎慢慢获得了强而有力的现实支撑。

"你睡在我的床上了。"这头雌性的黑山羊，发出的是一个男人的声音。我花了好一会儿才接受了这个生硬的设定。

"是你的主人肖羊让我睡在这儿的，你的羊奶也是她要挤的。别找我麻烦。"我回答。

"你身上的羊毛，就是我蜕下来的呢。"黑山羊说话时的嘴部活动，更像是在反刍草料，"每个晚上，我都要清理掉一些痛苦的毛，挤掉一些染血的奶，否则我活不了几天。而你呢，却要用我的痛苦之毛来取暖，喝我的血奶来获得特权，获取那点毫无价值的写作灵感。"

"我真是冤枉啊！为了写那部书，我几乎要饿死了，如果牺牲一点健康能够换来金钱和灵感，也是值得的。"

"哦，你说你手上正写的那部蹩脚的回忆录？"黑山羊退回我看不见的地方，"你不会认为那件事真的发生过吧？"

"虚构，真实，都无所谓。写出来，它的价值就会存在。"

"你理解错我的意思了。我不关心它的真假，那是我的祖先时代的旧事了。要确定它的真假，最好的做法，就是用全新的方法让它在现代重演一遍。没人会在乎那些只有短暂时代意义的故事。要是搞错了前提，你写的只是一坨粪便。"黑山羊说。令我惊讶的是，它说这段话的过程里，出现了好几个不同的声音，似乎有无数个灵魂共用这头羊的身体。

"你是谁？"

"你的人称用得不对，不是我，是我们！你即将跟我们一样，在夏天结束后，死在这个农场，灵魂被禁锢在这头黑山羊的身体里，永远只能被那两母女奴役。呀，多么痛苦啊，哈哈。"

它，就是那些在夏天结束后消失的挤奶工们。每个带着理想来这里当挤奶工的男人啊，他们的心在这个现代家庭的手中破碎、死去，为了闪光的未来，也为了幽深的阴影。

一个人身上的污鬼们曾说："吾名是群，因为吾等众多。"

这个房间有一台电话，就在手边不远的桌子上。我要报警！捣毁这个犯罪之家！

"你不必惊慌。你写的那本书虽然很烂，主题偏了，技巧也搞错了，但说不定，它将会是你逃出这里的关键呢。"黑山羊又回到我床前，把那对 X 型犄角伸过来。我努力抬起手，抚摸它，如同抚摸一樽圣器，两只羊角交叉的地方很温暖。

那一刻，"角色 X"的形象，反而变得更模糊了。

当我从这场麻痹中挣脱出来后，肖利进房间来，请我到客厅进餐。

她笑着告诉我，镇上断电了，今晚我们只能进行浪漫的烛光晚餐，犒劳我的辛苦付出。她用这样的语气与我说话，仿佛我只是个偶然来访的客人，又或者是一个受到主人礼遇的忠心男仆，而今天发生的事情是我的凭空想象：那个突兀的接吻，那杯致病的血奶，那头挤满死魂灵的黑山羊。但我还没能很好地控制身体。肖利打开衣柜，从里头搬出了一架轮椅，扶我到上面坐下。她推着我一路穿过这个家庭最阴暗的走廊，幻影中的橘黄色眼珠飘忽不定，是夜空中闪烁的金星，是宇宙奇趣世界的接入点。

来到客厅，全室烛光通明，我看见这对母女穿上了同款的红色裙子。肖利引我入座，接着她坐在我对面。肖羊在准备食物，主盘上的羊肉搭配紫红色的葡萄，点缀以气味强烈的薄荷叶，用羊奶烹煮过的土豆白得像失血的肌肉。餐桌很长，那头黑山羊站在餐桌的尽头，是的，它站在餐桌上，不是地上。黑山羊从餐桌的一头慢慢走过来，尽管体型庞大，不适宜站上桌面，但它优雅得如同住在富贵人家里那些可以自由活动的猫咪，每一步都轻盈无声。它走到我和肖利之间的位置，停下，因此我们的视线在它下垂膨胀的乳房之下交汇。在这个奇特的角度下看着肖利，隐秘得到庇护，我看见了她黯淡的内心，曾经阅读众多书籍里被杀死的女神的故事，现在在她的身上捕捉到了共同的印记。一个在年幼时受到死亡威胁的私生女，不知怎么知道了自己年幼时的秘密，也许是作为母亲的肖羊亲口告诉她的，从此打开了幼年的噩梦。为了克服它，她选择了与她分享共同命运的黑山羊为伴，喝它的奶，在一头雌性动物身上重启幼年接受母亲哺乳的亲密关系，何况这头黑山羊的体内还装满了其他男人破碎的心，她一并接纳了所有的爱和痛苦。如果她愿意和我进行第二次的接吻，那肯定会是出于真心，而不是表演给自己的母亲看。

肖利拿起一个玻璃罐，推到黑山羊的乳房下，伸出双手挤了一罐羊奶，倒了一杯，推到我面前。黑山羊转身回到餐桌的尽头，默默无声地站着，那双眼珠被烛光照得宛如喷火的瞳仁。我接过那杯羊奶，纯白无瑕，散发着甜美的气息。肖利劝我一口喝完它，趁着营养新鲜，趁着夜晚的柔光。此时，我内心不再对羊奶产生恐惧，黑山羊已经赋予我接受馈赠的特权，于是，我将羊奶缓慢喝下。

然后，一个男人也在餐桌上坐下，是兽医，他向我点头问好。肖利没有跟兽医打招呼，鄙夷地看着我，我看得出这并不是针对我，而是针对兽医，是借由我那张油光泛泛的脸，将这种鄙夷的情绪折射到兽医身上。这个家庭的女性气息是明显昭然的，男性在里面扮演的角色总是充满可疑。比如我，只是一个借由写作的缘由进行生活观察的入侵者。这位仆人一样的兽医呢，总是藏着僭越性别阶层的诡计，想成为这里的一家之主，至少，要先被他的情人的女儿承认。我们四人的关系若即若离，没有明确的钳制关系，发生在餐桌底下的角力是现代家庭里必不可少的游戏。很多时候，我们只能通过这种游戏的方式，重新拷问无聊生活里的价值意义。这就是为什么我必须搞清楚那些羊身上发生了什么，因为当我在人的灵魂里找不到突破口时，冷漠的羊早就看穿了一切。从一头羊口中问出事情的真相，是所有科学技术都无法完成的事，难道每个人都必须经历一次恐怖的"鬼压床"才能从一头黑山羊身上听到数千个死魂灵的诉说？表面的研究逻辑已经失去了其效力（我们不能一味把羊吃掉，以为这样就能吸收那庞大的基因信息），只有走到背面，用迂回的方法，才能纵向深入，"鬼压床"的梦幻已经向我证明了事实的确如此：这个家庭有秘密。

"你的书写得怎么样了？"肖利问道。

"……才刚开头。我不确定这本书是不是需要写出来。"

"怎么了呢？"

没等我回答，这时，肖羊把食物端上来，她坐在肖利身边，开始分派食物。肖利闭上嘴，不再发问。

"请尽情享用，食材都是最新鲜的！"肖羊兴致昂扬地对我们说。

"我敢担保，这的确是最新鲜的羊肉。"兽医说，他甩动那头乱糟糟的长发，说不定发梢里还沾着羊血羊粪，"我发明了一种工具，可以快速结束牲畜的性命，以最快的速度将肉送到厨房进行烹饪。姜先生，晚餐后，你赏脸到我的工作室欣赏一下这台机器吗？"

"不了，我还要继续我的写作。"我推脱说。我极少向他人透露自己的写作计划，但为了突出它的急迫和复杂，我向在座的人简述了那本书的创作理念。

"那可是一段古老的动物谋杀历史了。"兽医说，"现代的羊早就没有了攻击性。你看，这头黑山羊可是珍稀动物啊，绝不能让别人知道。黑色——邪恶，羊角——危险，交叉——呃，这个代表什么呢？"兽医迟疑，"总之，现代的谋杀艺术更具鉴赏价值，说定了，饭后来我的工作室吧。"

"就是啊，来嘛。"肖羊说，跟兽医相互抛起媚眼，"创作者怎能不观察生活呢？你吞下这盘新鲜的肉，就有义务看它是怎么被制造出来的，对你的创作来说，是一个很好的素材。"

我不知道为什么兽医执着于邀请我观看他的死刑装置。我只知道，如果我不答应，我的性命可能在今晚就结束，藏在家里抽屉的笔记本上的开头，将是我在世仅有的遗嘱，而且我的死亡理由会被污蔑为"因历史艺术而死"，一桩未能完成的艺术。多少个男人在这种现代家庭悲剧中死于心碎？如果我这样死去的话，我的书写到头来只能毫无意义。

"好，谢谢你们的建议。"

"够了，别逼他。"肖利生气了，"早知道我就不回来，永远不回这个乌烟瘴气的家。妈，你负责养羊，他负责杀羊，这实在是——姜圣西，如果你执意要来我们家，你会被杀死的！欸，我意思是，一个创作者会被群体扼杀。"这段话听起来似乎是为了挽救我的创作生命。

"女儿啊，你瞎说什么？何必说出这样伤人的话呢？"肖羊说，"姜先生已经向我们阐明了他的创作理念，他需要跟羊群生活在一起，才能虚构那段消失的家史。我们这是在帮他。"

"我决定了，我们现在就去看那台机器吧！"为了把肖利从这场斗争中解救出来，为了一睹所谓现代艺术的真相，我站起来，答应兽医的邀请。

离开餐桌前，我发现盘子里的羊肉是生的，这就是所谓的新鲜吧。

我们来到羊棚门口，地下室的门藏得很隐秘，就在羊棚的地面之下。兽医掀开稻草，门露出来了。打开后，一条似乎没有尽头的楼梯展现在我们眼前，它的消失点弥漫着薄雾，像是一片黑色湖水，荡漾着无数头羊的血沫。兽医对我做了一个请的手势，便率先走下楼梯，我紧随其后，肖羊母女俩殿后。我伸手触摸两侧，竟然没有摸到任何墙壁，空空荡荡，仿佛稍不注意，就会掉进深渊。我在使者的带领下，如同进入地狱，空气凄冷，更多死去的阴魂，在终点跳着激情的舞蹈迎接我的到来。

记得昨天，我给父母打了个电话，坦言我的创作正面临失败，一个重要的角色没法成功建立起来，但我没有理由去他们的城市生活，一切都太沉重了。我的父亲说："小西，你终于想通了呢。我们当初抛下你，不也是为了让你有机会面对自己的失败吗？这样你才会去寻找你自己的生活，去组建自己的家庭嘛。"

电话里头，我听到母亲催促父亲赶紧去管管看展览的游客，于是便把电话挂了。是的，我现在正组建自己的家庭，一个面目模糊的艺术之家，成员们心怀鬼胎，白日里友好相处，到了夜里密谋相互残杀，它容纳了所有即将被书写的情节和人物形象，在文字的阴沟里，盛开一朵朵沉重、庞大的时间之花。

我一步步走下楼梯。如果我能顺利活过这个夏天，从这里走出去，在晚夏的金黄色蠓虫和空气的馥郁中体察自己的内在，那肯定是一个了不起的季节。我想象我亲爱的父母现在正挽手站在博物馆的展览窗前，一起默想那些逝去的时光，怀念一个即将不再是他们儿子的男人。进入过地狱的人，不能再以人间的生死簿去计量他的生命之数。

事实证明，跟喝血奶一样，地下室同样是一个骗局。

地下室的灯打开，灯光很刺眼，四周并没有因此被照亮，雾蒙蒙的，像有一个锅炉在燃烧冒气。兽医向我展示挂在墙上的药剂和刀具，详细地讲述从他下定决心要做一个兽医开始，怎么研制新药为牲畜治病，后来心灵发生了一次转变，成为一个屠夫。他扶着墙，为自己的双重身份而挣扎，一边光明，一边黑暗。肖羊来到他身边，安慰他说："亲爱的，不必自责，要不是你治好了那些羊，我们怎么能有健康的奶水喝？要不是你练熟了杀羊的技术，我们这个家怎么能天天吃上新鲜的羊肉？豢养和屠杀，分不开啊。"兽医假惺惺地点点头，抹掉眼泪。他接着带领我参观他的屠杀场地，天花板下吊着许多头被开膛破肚的裸羊。他始终没有向我展示他所谓的现代艺术，那台快速屠杀的机器。我们绕了一圈后，他带我进入一个狭小的房间，里面堆满了纸质资料和照片。

"姜先生，这就是你想要的东西。我花了半生才收集完毕！现在，它们在这里盛大地欢迎你！"兽医说完，猛地把灯光调到最亮，整个房间宛如被太阳的光线塞满了。

"这，是我想要的吗？"我嘀咕着。

没花上几秒钟，我就彻底明白过来，这里的资料记录的就是那场神秘的疯羊病的始末，翔实的文字记录，清晰得如在眼前的现场照片。但我不想再回忆起它们，不想再复述它们！我花了这么漫长的时间，心力交瘁，在脑海里一遍遍推演的神秘历史，正以如此枯燥的形式展露在我眼前！一堆没有生命的纸！一张张失去血色的照片！一个个邪恶的纪实文字！

我正被一步步诱骗进这个家庭的深渊！我看见历史在崩塌，心灵的风暴之潮正在退却！

肖羊和兽医在外头疯了似的在大笑，他们的诡计得逞了啊，成功地向我展示了所谓的现代艺术，这几乎将我杀死！在他们的陷阱之中，我所有的虚构之美，像被抽干了血的手臂，无力再去写任何一个文字，而那本藏在抽屉里的笔记本，将成为羞耻的证据！如果此时此刻，黑山羊冲进来，用它那对 X 型的尖角刺穿这对情人的腹部，那么，一切虚构都将成为真实啦！作为事件的目击者，我足以凭借它们，进入更大的虚构之海不是吗？

自欺！

肖利递给我一盒火柴和一罐汽油，在我耳边说："重要的是，毁灭。"

很快，所有的资料都燃烧起来了！每烧掉一份，它们就退回历史的神秘阴影中一步，虚构的砖瓦重新被搭建起来。

肖羊和兽医闻声而来，惊慌之下抱起地上一桶桶凝结的羊血去灭火，紫红色的血液像餐桌上圆润的紫红色葡萄榨出来的汁液，涂抹那一片值得被歌颂的消失之墙。火太大了，羊血不起作用，这对情人绝望地用身体去灭火——是呀，他们身体里的艺术之血正在汹涌而起呢！

我拉起肖利的手，走上楼梯，朝地下室门口奔去。那里，透进一个方形的光亮，是天堂的入口。出来后，我们迅速把地下室的门锁上，再用羊粪和稻草封死。

我们冲出羊棚时，白山羊也纷纷跟着逃出去。看呐，海边的草场是一片自由移动的洁白。

就这样，我和肖利成了牧场的新主人。

往后，修建牧场，接生，挤奶，做奶酪，售卖……我们做了我们能做的一切，去维持一个牧场的模样。尽管付出了努力，和肖利相处了颇长时日，但我一直心不在焉，心里有一个疑问，使我无法安心投入这份所谓的爱情里。

"肖利，以前的那些挤奶工都到哪儿去了？"我鼓起勇气问她，"每个晚上，我都在做噩梦，梦见分离，梦见大群，梦见屠杀。"

"圣西，你听过《利未记》里关于替罪羊的故事吗？"肖利问道，抚摸黑山羊的羊角。黑山羊正守在我身边，一边反刍，一边用那双橘黄色的眼珠盯着我的笔记本。自从接手牧场以来，我就没翻开过这个笔记本，没写下一个新的文字。

我点点头，说："献祭用的白山羊，我们已经献祭了。"

于是，在一个大风天的清晨，我们牵着黑山羊走到悬崖。悬崖之下，是那些一出生就被扼杀的黑山羊崽的坟墓，白色的尸骨如生长在海滩的刀刃之花。这些独特的生物啊，人们心中臆想的罪恶之源。

我把手放在黑山羊的 X 型犄角上，拍了一下："去吧。"

黑山羊叫了一声，便沿着倾斜险峻的小路，走下悬崖，走在尸骨皑皑的海滩，没有悲恸，没有狂喜。日出时，它消失在雾气里。一个朝天空放射出来的 X 型影子，高耸，庞大，虚空。

后来的每个冬天，我和肖利都会去海滩走走，收集挂在尸骨上的那些灰黑色软毛。黑山羊褪下的痛苦之毛。我们知道，它的习性像只候鸟，或者一条必须蜕皮后才能成长的蛇，每年冬天都会回来，只是我们无法看见它。我们把羊毛塞进枕头里，这样，在翌年的每个夜里，枕在上面的我们，会进入一个梦幻的虚构世界。我们因此获得了第二种内心生活。

重要的是，我得以重新开始阅读和写作，去构建"角色 X"的个性。不过，我们再也没有找到地下室的入口，它就像画在地上的一个圈，被轻易地抹掉了。所有的历史都成了虚构，所有的真实都将在我的内心深处上演着。每次追忆肖羊和兽医，我都以一种回味阅读过的书籍形象的方式进行。在回忆里，他们是一堆词语："现代家庭""绝妙的屠杀""地狱无门""仓皇的夏天""紫红色的情人"。

有天，肖利偷偷翻阅了我的笔记本。我很生气，她只是笑着对我说："姜圣西，你自己就是角色 X 啊，听，它们的发音和结构都是那么接近：J-S-X。"是的，我就是那个在夏季结束后，幸存下来的男人。

现在我在笔记本的结尾，写下了一个诗人的话：

"此时我坐在寒夜中，写着，知晓一切。"

图书在版编目（CIP）数据

角色X / 路魆著. -- 福州 : 海峡文艺出版社,
2021.5

ISBN 978-7-5550-2579-5

Ⅰ.①角… Ⅱ.①路… Ⅲ.①短篇小说－小说集－中
国－当代 Ⅳ.①I247.7

中国版本图书馆CIP数据核字(2021)第051257号

角色X

路魆 著

出　　　版：海峡文艺出版社
出 版 人：林　滨
责任编辑：陈　瑾
编辑助理：卢丽平
地　　　址：福州市东水路76号14层 邮编350001
电　　　话：（0591）87536797（发行部）
发　　　行：后浪出版咨询（北京）有限责任公司

选题策划：后浪出版公司
出版统筹：吴兴元
特约统筹：朱　岳　梅天明
特约编辑：陈志炜
营销推广：ONEBOOK
装帧设计：张　凯
装帧制造：墨白空间

印　　　刷：嘉业印刷（天津）有限公司
经　　　销：新华书店
开　　　本：889毫米×1194毫米 1/32
印　　　张：10
字　　　数：200 千字
版次印次：2021年5月第1版　2021年5月第1次印刷
书　　　号：ISBN 978-7-5550-2579-5
定　　　价：48.00元